紫塞白雪

胡国栋 著

远方出版社

图书在版编目（CIP）数据

紫塞白雪 / 胡国栋著 . -- 呼和浩特 : 远方出版社 ,
2023.5

ISBN 978-7-5555-1726-9

Ⅰ . ①紫… Ⅱ . ①胡… Ⅲ . ①散文集—中国—当代
Ⅳ . ① I267

中国国家版本馆 CIP 数据核字 (2023) 第 073219 号

紫塞白雪

ZISAI BAIXUE

著　　者	胡国栋
责任编辑	王　叶
封面题字	邓九刚
封面设计	陈永圣　王立仁　常　慧
版式设计	王改英
出版发行	远方出版社
社　　址	呼和浩特市乌兰察布东路 666 号　邮编 010010
电　　话	（0471）2236471 总编室　2236460 发行部
经　　销	新华书店
印　　刷	新城区天辰印刷厂
开　　本	787mm × 1092mm　1/16
字　　数	245 千
印　　张	17.75
版　　次	2023 年 5 月第 1 版
印　　次	2023 年 5 月第 1 次印刷
标准书号	ISBN 978-7-5555-1726-9
定　　价	58.00 元

如发现印装质量问题，请与出版社联系调换

序

■邓九刚

2019年夏天，我受国栋之邀为万里茶道驿站武川站挂牌，在此期间我们聊了许多。我说到武川本来物阜人杰，却把许多本该属于自己的资源拱手让人，武川的莜面、土豆本来名扬天下，却没有属于自己的响当当的品牌……

国栋竟有些愧疚与无奈，他说许多领导对武川的文物保护单位和非遗保护名录不了解，讲话时却大谈自己治下的土地文化积淀深厚。武川可可以力更镇新建了不少街道，却以拾人牙慧的“腾飞大道”“迎宾路”“滨河路”之类命名，而不是“宇文泰大街”“独孤信大道”……号称北魏重镇、帝王之乡，竟寻不出一丝魏风唐韵来。

回到正题，大窑文化的打制石器告诉人们，在几万年前就有人类在大青山地区活动，浓重的薪火炊烟几万年不曾散去。白道是武川标志性地理位置，就是今天蜈蚣坝上那一段路径，亘古以来发生过许多历史事件，至今石路上的车辙仍清晰可辨。今天有许多人努力穿越历史的苍烟，循着先人的綦辙追寻那一段伟大的源头，胡国栋先生就是其中一位。

我认识国栋至少有三十年了，那时他还是个愣头青后生。创作《驼道》前的一个盛夏，我在凉爽的武川一住竟月，就住在武川文化馆院内的一间小土房里。每到傍晚，国栋就会领着我走门串户，访问当年为旅蒙商管理驼队的驼夫们，我从这些老者口中得到了万里茶道最直接也最重要的素材。我们俩有一种师生关系，又像是兄弟关系，我看他总是特别亲切。

我一直关注国栋，等待他有好的作品出现，直到2016年我受呼和浩特市宣传部邀请出任评选"五个一工程奖"的评委，在众多作品中意外地看到了他的长篇小说《绝牲》——他出书没有告诉我。评委们都没听说过这个平地冒出的家伙，但他的作品却惊艳了所有评委。小说通篇在人性和兽性的迂回缴绕中展开，内容很新奇，文学语言独具特色。国栋是靠自己的作品征服评委而获得这一奖项的。

现在，我手中是他的《紫塞白雪》的初稿。眼神虽不好，却没影响我读完他的全部文稿，看得出，他是个长满文学触角的人。他的散文品质很高，他以独特的视凝视看他的故乡，以丰润的文笔描绘他的乡亲，他的每一篇散文都算得上上乘之作。文章里看不到儿女情长、卿卿我我和那些无病呻吟的东西，他是站在大青山之巅放眼古今，看那些历史的烽烟正在散去，先人们走过的路上薪火飘袅，敦风化俗。

我发现他是那样地热爱着他的故乡，从作品的字里行间能够感受到他对这块土地代马依风般饱满的深情。他用真情实感讲述人们听过的或者没有听过的故事。

国栋的故乡在武川可可以力更镇，清末民国初时外人都称其为"驼镇"，是万里茶道上一个很著名的节点。那里有许多的养驼人以及被内地商号和俄罗斯公司雇用的驼商驼夫，我的许多作品也有它们的影子，不少故事和人物都与那个传奇的地方有着血脉联系。武川人大多数是走西口或者晋商的后裔，他们既有山西人的精明，也有草原人的敦厚，和他们相处，你可以敞开心扉，用不着斟词酌句。

武川盛产山药蛋和莜面，其品质在全国都是顶级的，和这里的人民一样质朴而又实诚。

国栋的散文里既有古今英豪，也有山野村夫。我发现他写还了很多的家畜和动物，他给予这些生灵足够的尊重。马、狐、狼这些充满人性的动物似乎是他曾经的兄弟，它们在他的视野里且歌且舞又血泪求生，也不乏人性中的狡诈，但带给他的感动远超人类。他的作品中饱含惜牲护牲的情怀，他对大青山的一草一木、一鸟一兽满怀悲悯，他是第一个对那里的环境被破坏痛心疾首的人。

国栋是地道的武川人，他是一个淡泊名利的人，他永远守候着市井。他认识许多的鄙俚百姓，听他们口中的世界，陈年旧事，死水微澜。他为人谦和，不喜张扬，对文学的爱好也是如此，坚持几十年笔耕不辍，收获满满。

武川是个神奇的地方，令人心驰神往。不仅是关陇集团的发祥地，北周、隋唐的皇室都是从这里走出去的，武川有它独特的历史现象，这种历史现象需要有人去告诉读者。

抗日战争时期，武川是全国十九个抗日根据地之一，武川人的尚武精神在民族危亡时得以体现，面对苦难和牺牲，武川人表现出应有的韧性、不屈、忠诚的品质和勇武、担当的气节。国栋的文章以一种特别亲和的笔法展现了那个时代的英雄人民。

一个人孤独地坚守着自己的精神家园，需要耐心，需要韧劲，需要强烈的爱。正是这种情怀，促使胡国栋全身心地去码砌文字，展现故乡的汉骨魏风、天穹地阔、骑尘箭雨、长调情歌。大青山的壮美一直都装在他的心灵深处，呼唤他用真情去讴歌这方英雄的故土。

胡国栋的灵魂已经扎根在生他养他的这方土地，他的作品蘸满了乡井浓厚的养分和味道，这正是他努力回报这母亲般的哺育的最好方式。武川的土地总能产出神奇，为她耕耘树艺必会收获丰隆，让我们共同期待国栋有更多好作品问世。

2021年秋

目录

第五章　逸闻篇

第六章　苍烟篇

第七章　唏嘘篇

第一章　紫塞篇

一、紫塞悲风

初秋的一个下午，我正闲着没事干，摄影家赵慧岗打过电话来说想拍长城，于是两个人一拍即合，驾着他的四驱越野朝偏离公路的方向上路了。偏远难行之处，人迹罕至是古代文化遗存之幸，由此长城遗址才保存得较为完好。

我于云海莽岭间寻找着古人诗词中的“紫塞”，一路爬至大山之巅，在呼和浩特北部的一处山脊上，老远便看到自己曾经调查过的长城堡垛。在秋日阳光的照耀下，紫红色的城垣像一条长龙，明艳艳地舒展在山野之上。这是我时隔三十多年又一次站到它面前，并再次被脚下这仿佛浸泡在血色中的

长城所震撼。这正是我们在寻觅的“紫塞”！

作家杨绛先生也曾考究过“紫塞”，她在《走到人生边上——自问自答》一书中写道：“我曾考证‘紫塞’的出典，只知长城之下土尽紫。一说长城之下有紫色花。我国各地土色不同，有黄土地、红土地、黑土地等。长达万里的长城下，土尽紫。为什么呢？筑长城的老百姓有生还的吗？一批批全都死在城下了。‘尸骨相支拄’，不全都烂在城下了？老百姓血肉之躯掺和了泥土，恰是紫色。这种泥土里花开紫色，真是血泪之花了。好大喜功的帝皇奴役人民，创建了人间文明的奇迹……”

其实，“紫塞”就是指秦汉长城。其兴筑于秦，修葺于汉，横亘于中国北方，延展万里，两千年来从来就是中华民族挺直的脊梁！

我曾有幸成为第二次全国文物普查队的一员，徒步追踪乌兰察布与呼和浩特境内的秦汉长城遗迹——脚下永远是绵延不绝的紫色城垣、堡垛、烽火台，才知晓古人称秦汉长城为“紫塞”之根源所在。

闲来展卷，常有“紫塞”二字跃入眼帘：李白有“悬胡青天上，埋胡紫塞傍”；杜甫有“旅雁上云归紫塞，家人钻火用青枫”；甚至有一回读孔尚任的《桃花扇》，居然见得“一声叱退黄河浪，两手推开紫塞烟”……

说来也怪，大青山的土色变化多端，黑土有之，黄土有之，灰土有之，但秦汉长城所经之处偏偏都是紫红色，诚如晋人崔豹所云：“秦筑长城，土色皆紫，汉塞亦然，故称紫塞焉。”古人把这道连接秦关汉隘的长城形容为千秋不变之紫塞，让人感受到历史的呼吸与我们如此贴近。难怪明代的陈与郊在其剧作中写出了“怎比着嫁穹庐啼紫塞”的唱词。穹庐、紫塞，不正是阴山的历史远影吗？

站在血色的城垣上南瞰青城，阴山怀抱里的呼和浩特高楼林立，车流如蚁，静中有动，让人不由感叹古人择选城址之妙。北望群峦，长城在山脊上逶迤远去，而脚下的汉代城址像是在长城上打了个结。

赤土里秦砖汉瓦尽显，翻开两千年前戍边将士枕戈寝甲、栉风沐雨的悲壮岁月，一阵凉风吹过，衣襟飞舞起来，只觉得神清气爽。

环视周围，障城算不上大，外城墙一周仅千余米，依地形而建，皆不甚规矩，互为依托，两城呈“吕”字形。每城中皆筑高台，各呈“回”字形，内城墉残高仍有六米左右，占地都不过百余平方米，老乡称其为“点将台”。周围地势甚为辽阔，传说是秦朝名将蒙恬和秦公子扶苏点将阅兵之处。两座城址满负历史的创伤，孤傲地立于旷野。它们平地而起，艳阳下的残壁大紫大红，宛若浸透戍边将士的鲜血。

考古学家李逸友先生早年曾对该城进行考察，认为此地为汉武泉县治所在。汉置边塞县城一般都依长城而建，或呈“吕”字形，或呈“品”字形，军政各自为政又互为依存。除了修筑长城，秦将蒙恬在长城沿线置四十余县，建立完善的边防机构加以管理。之后不断有罪犯流放到此加入开疆拓土的行列，据说大青山一带今天引以为傲的美食——莜面，便源自垦田作物。那条著名的秦直道将国家和军队紧紧地联系起来，这是西北地区目前史料记载的最早且最有成效的开发。

万里秦墉虽已为历史风尘荡平，但它的雄姿依然在蜿蜒中时隐时现，穷于南山，又挽起南坡下的赵壁，历史的接力棒就这样传得以递下去。

在几千年联翩接踵播迁于阴山的马背民族心中，阴山不仅仅是一座山脉。它还是进入繁盛中原农耕地带的藩屏，是觊觎邻家的制高点，是南下劫掠的台基。草黄马肥，单于恣意的胡骑在黄河两岸掀起的烟尘和呼啸早已没入苍烟浩瀚的阴山。

据说大青山的沟沟壑壑里有一种植物，人们叫它“白蜡杆”，是古代匈奴人制作弓箭和毡帐龙骨的上好材料，如此几十万控弦之士才“饮羽连百中，控弦逾六钧”。一旦失去这块居高临下的宝地，他们便不知进退，“过之未尝不哭也”。

阴山山脉总是卓尔不群，北望群峦，雄伟崔巍，北坡则缓缓展开于蒙古高原，站在它面前总让人心生豪壮。阴山中段的大青山东西约七百里，横亘于内蒙古中部，与黄河勾肩搭背相向而行。这段山体大多由紫红色的砂岩构成，失去植被护体，红岩赤土，疑似霞光流溢，恍若赤旌漫卷；浩浩赤潮，变成一道血色屏障，让人感叹遥远的秦汉先祖保家戍边的艰辛——狼烟猎猎惊汉廷，笳夜夜扰秦戎。秦汉长城虽然在朔风飞雨的侵蚀下变得漫漶莫辨，但它的紫颜血色依然鲜亮如初，仿佛秦骨汉魂在壮美的阴山间气吞万里——阴山的气势永远巍峨磅礴。

呼和浩特将军衙署的照壁上的“漠朔藩屏”、武川故镇北门匾文“汉疆锁钥”，似乎都在说明这座大山的非凡意义。《皇明九边考》中对阴山的重要性也表述得很明晰：“中国得阴山，则乘高一望，寇出没踪迹皆见，必逾大碛而居其北。去中国益远，故阴山为御边要地。阴山以南即为漠南，彼若得阴山，则易以饱其力而内犯，此秦、汉、唐都关中，必逾河而北守阴山也。”

秦将军蒙恬征丁百万，治戎十余年，统领着精锐的三十万虎贲之师，墉堡如链，旌云蔽日。一条直道把长城和秦都长安连接起来，长城由此东西延展万里之遥。百万卒丁顶风冒雪，多少男儿用青春坚守在“紫塞月明千里，金甲冷，戍楼寒，梦长安”的悲风之中，他们将身体埋葬在阴山的泥土之中，夯入紫塞。

蒙恬最终遭赵高陷害冤死，他却自认为罪有应得，死前长叹：“……城堑万余里，此其中不能无绝地脉哉？此乃恬之罪也。”蒙恬将军死得冤，更冤的是秦公子扶苏，为了大秦江山永固吃尽苦头，到头来江山、性命尽失。

他们大概都没想到自己那么快就魂归阴山上的那片紫色高原吧。

西汉史学家司马迁对大兴土木、修筑戎塞的暴政大加挞伐，影响着后人对万里长城的认知。如唐代诗人常建所作《塞下曲》："北海阴风动地来，明君祠上望龙堆。髑髅皆是长城卒，日暮沙场飞作灰。"一种悲凉的气息隔着历史的血色帷幕扑面而来。

中原大地男耕女织、赓续薪火的和平岁月里承载了多少紫塞悲风，我们的前辈谱写了一个又一个盛世华章。清代陈廷敬的"紫塞连天险，黄河划地雄。虎狼休纵逸，父老愿从戎"道出了紫塞包含的民族大义和舍身报国的民族豪情。

曾经靠轻歌曼舞营造的和平不会持久，仰人鼻息岂非苟延残喘？用中华儿男青春的血骨筑成的万里墉堠，才是一个民族坚若昆仑的身姿。

假设扶苏执天下，蒙恬统三军，秦朝可能依托万里紫塞提早一百年完成卫青、霍去病横扫匈奴的历史伟业。但历史从不接纳假设，就像阴山紫塞永不改色。

蒙恬统领戍边的三十万精锐，在天下人揭竿而起，咸阳烽火炽、兵戈遍九州时竟然神秘地消失了。大秦轰然倒下，阿房宫的灯火和胭脂沉寂在火烬中，但远在阴山的长城在沉睡了百年后重新抖擞精神，满血复活于汉疆。汉高祖在长城脚下的白登山败于匈奴，差一点儿丢了老命，痛定思痛，觉得能保他江山不倒的利器只有长城了。西汉王朝重新启用秦人所筑的这道紫色墉墙，照着秦始皇的样子，征调十万壮丁修葺被人们诅咒了百年的万里秦墉。面对这堵血色土墙，匈奴人只能望之兴叹，不得不低下桀骜不驯的头颅。

这堵紫色土墙，宛若国家的院墙，忠实地守护着和平。

阴山不仅筑就了长城，也铸就了无数英雄，阴山紫塞注定要和一些人的名字联结在一起，譬如李广、霍去病、卫青……他们已然成为长城的化身。

阴山之所以如此伟大，是因它用血色的秦关汉隘捍卫着我们的民族精神。历史的长河每掀起一朵血色的浪花，都映出阴山的悲壮。朔风带血，战尘漠漠，胡骑啾啾，筚篇凄厉，漫长的几千年里，饮马长城窟的士卒在积雪中踩下的足迹，中华儿男打夯时滴在秦壁汉墙内的汗珠，紫色土丘下残留的勇士的残骨断肢，无不装点着阴山的肃穆豪壮。

中华儿女的集体生产力和集群智慧又一次拯救了我们的文明。一个文明古国屹立不倒，只因那一声夯歌中凝聚的民族力量。从长城的夯层中，我们可以窥见一种世上罕有的精神，它凝聚的不是泥土，是民族图存的信念，是抵御外敌的群情，是牺牲自我的大义才能铸就的伟大工程——紫塞、长城！

二、阴山之魂

阴山注定是李广的，就像李广注定是阴山的。

阴山是独一无二的，它连同依附它的山体跨越千余年时空的五个朝代的长城。古往今来，阴山作为汉疆重垒为国家所倚重。

李广是独一无二的，他的神射和勇气是阴山的脊梁，千年不颓，直教狼顾鸱跱者握着弯刀的血手颤抖，奔突的胡马蹄乱惊啸。于是，阴山这座伟大的山脉成为汉疆藩屏，也注定成为这位陇西虎将的舞台。

蒙古草原的风流吹在阴山崔巍的山体上，秦关汉堡已然颓废，而李广的英姿两千年来从未褪色，其轻舒猿臂、引弓怒射的雄姿早已定格，如同秦时明月光耀不息。

长城有时像柔弱的木栅，面对猛兽胡马的铁蹄和嗜血的弯刀，大地之上哀鸿遍野，雨井烟垣。烽火台上摇曳的狼烟如一团丝带紧勒汉廷的喉咙。心高气傲的汉高祖和他的三十万军队如同落入陷阱的猎物，蜷缩在长城脚下的白登山绝望哀号。从此，和亲这一名词出现在汉简上。人们总是替那个用琵琶宣泄悲悯的明妃叫屈，千年不止。的确，靠一个弱女子去扑灭狼烟胡尘，天下男儿该当愧色。但他们似乎忘记了，大汉不仅有奇女子王昭君，更有伟男儿李广。

陇西望族之李氏家族中李广的出现掀起了中原男儿尚武的狂飙，他猿臂狼腰，神镞的锋刃切开白马将、黑马将的铠甲，征鞍策马挽雕弓，威风八面杀四方。胡人闻知李广威名，竟不敢犯边。

李广射虎的故事已是天下皆知，它的意蕴不在于他是如何将那枚青铜箭镞射入岩石之中，而是要射碎马背控弦之士的意志，那是一位真正的无坚不摧的英雄的绝唱。那轮悬在天空的秦时明月投向大山古道旁灌木丛下的一只"眈眈之虎"，逼真的虎形石块蒙蔽了李广的锐目。在坐骑的嘶鸣和随从的惊呼中，飞将军猿臂轻舒，击发千古一射。唐代诗人卢纶在其《塞下曲》中描述道："林暗草惊风，将军夜引弓。平明寻白羽，没在石棱中。"

这方谐谑了飞将军的虎石想必在历史的苍烟中已经回归为一块平庸的石头，那块虎石横卧之地通过司马迁的记述，给后人留下了模糊的想象空间，这一伟大的历史文化遗产被许多个地方争抢，其中就有北京卢龙、赤峰固北、宁夏固原等。唯独内蒙古阴山没有发声。因为这个故事就发生在阴山一带。究其一生，青壮年时期的李广任北地、雁门、代郡、云中等地太守，这些地方都是地依阴山作为汉疆屏障，自秦筑长城东西万里，汉廷又加修葺以拒胡骑，李广的一生几乎都在阴山前线与匈奴人苦战，经常戍游前线边地常备不懈，他的神射令敌军闻风丧胆。只有伟大的阴山才能创造飞将射虎入

石的神话。

李广难封，大汉君臣百姓却皆赞誉他为空前绝后的英雄。

李广的光芒注定要光照千秋。心高气盛的唐太宗李世民，不顾先祖中胡族印记，把自己的家族血统归于陕西成纪李氏，只因有李广这个光彩熠熠的名字。

出生胡族的文人公孙昆邪爱之之甚，在景帝面前哭诉：“李广才气，天下无双，自负其能，数与虏敌战，恐亡之。”汉景帝当然知道李广的精神力量远大于其武功，于是将李广调离前线到远离匈奴的上郡做太守。国家太需要这样一位英雄去威慑敌人。

那些百代文宗不惜舞文弄墨，抽秘骋妍寻找阴山的灵魂。诗人王昌龄循着李广的足迹，登顶阴山白道时，完全被这里苍苍莽莽的悲壮景象感染，他感叹世上再无李广这样的国之干城，于是对着这块大地呼喊：“秦时明月汉时关，万里长征人未还。但使龙城飞将在，不教胡马度阴山。”

李广注定是阴山之子，他像阴山一样孤傲不羁，当他用剑切断自己的颈时，倒下的是六十岁的身躯，永恒的是无敌的灵魂，不瞑的是愤怒的豹眼，唤醒的是英雄的血性……

李广难封，飞将军的天成威武和凛然大义却早已深入人心，他的名字俨然成为一座难以撼动的燕然勒石。汉文帝为之扼腕叹息：“李广生不逢时，如果在高祖之时，必然不止万户侯啊！”

李广虽然呈威震北，却一次次失去建立不世之功的机会。年仅十八岁的霍去病横空出世，率领八百骑兵深入大漠，大破匈奴骑兵，拜骠骑将军，首战便封冠军侯。之后短短六年，卫青和霍去病大败匈奴，战功赫赫。反观李广带兵，不循常规，散漫无计划，士兵不重军容，只依侦骑警做预警，与匈奴用兵无异。但他率领的汉军单兵技能远逊色于匈奴控弦之士，一旦与匈奴骑兵遭遇，李广虽单凭一己之力可取万军上将之首，但却无法战胜如狼似虎的匈奴军队。因此，他几次带兵出击，都铩羽而归，损兵折将。李广至死也不明白卫青、霍去病二人的制胜法宝：卫青是依靠传统方式，先以武刚车防守，再以精兵反击；而霍去病虽用兵法与其相近，但他的部下多有匈奴人，其余亦是精选的汉骑，整体素质都强于李广带的兵。

李广年迈的身影湮没在卫青、霍去病年轻有为的光环中。汉武帝发动漠北之战，由卫青、霍去病各率五万骑兵远征匈奴本部。花甲之年的李广请求随行，但卫青早就接到汉武帝的密令，李广不可为前锋，原因是年老及运气差。于是，李广便被安排从东路出击，后由于迷路而没能准时到达目的地，寸功未建。英雄李广颜面扫地，最终用刀结束了自己的生命。

李广身体里有着马背民族的基因，他的先祖秦将李信的西戎血统就是佐证。从《史记》中亦可看到李广的带兵方式和正统的汉将带兵迥然不同——没有战事时多选水美草茂之地歇兵放马，多显自由散漫；战事起时则浩浩荡荡，以千军万马之兵势投入战场。

李广在阴山广阔的草原找到了属于他的自由天地，他喜欢和战士骑歌箭雨，以骑克骑，以箭伏箭。他更喜欢决斗式的较量，来展现他个人的英雄本色，这更符合人们对一位旷世英雄的鉴赏口味。

阴山坚挺着秦墉汉垣，而英雄李广则铸成一道难以逾越的精神长城。胡尘终于沉寂在朔漠苍烟中。万古悲风化作秦隘汉关，千秋武魂唯有阴山飞将。李广，早已成为百姓心中的英雄，功比居胥，重如阴山！

三、北疆锁钥

“锁钥北门天设险，壮哉峻岭走长龙。”咆哮的黄河一路向北，受阻于阴山，只好掉头东去，画出一个大大的“几”字弯。这里是黄河和阴山最贴近的地方，阴山横卧在黄河和蒙古草原之间。最后一次造山运动中，这道年轻的山脉在蒙古高原南缘崛起，阴山从此屹立于天高地阔的中国北方，挺身阻挡来自辽阔草原的风沙寒流和肆恣的马蹄，成为一道坚不可摧的朔漠藩屏。

自两千三百年前赵国长城淡然地走入阴山的梦中，秦汉魏隋金的长城如期而至，静静地横卧在这方大地之上，岿然难撼，从此生死相依、矢志不渝，承载起“汉疆锁钥”的历史重任。

两千年来，秦风汉月抚过，朔尘漠雨泻过，马蹄战车践过，野火狼烟炽过。用秦汉两朝人的骨和血夯筑的赵壁秦墉虽已垣残壁颓，但这里的每一块裸石、每一簇白草、每一寸沙原、每一条溪流依旧坚硬如铁。这种力量仿佛源自一条隐形的根，想必就是那一条条依偎在阴山怀抱的长城。

长城如一道曲折的闪电，挂在北国的天空上，勒在阴山的崖壁间，附在迤逦的车辙里，形成一股经久不息的解衣磅礴的独特气质。先林胡，再匈奴，继鲜卑，又柔然，而突厥、丁零、高车、室韦、契丹、女真、汪古……终究，不管是浪沧洪涛还是涓涓细流，都将百川入海，他们新鲜的血液源源不断地注入中华民族生生不息的血脉。

阴山因为长城而雄阔壮美，诗风画意无处不在。阴山展臂千里，黄河水如同母亲的乳汁，静静地滋养着这方英雄辈出的大地。长城逶迤附在山脊，直向天际，极目穹天万里，如英雄博大的胸襟：风吹草低见牛羊，雕弓烈马听胡歌。

驱车登顶阴山中段大青山的白道古隘，秦堡汉堠漫漶莫辨，但我早已梦回秦关。西天边斜阳下的一抹晚霞模糊成一幅画卷，那画里有旌的定格，有鼓的轰鸣，有骨的吟唱，有血的飞扬。朔漠苍烟飘散在阴山的沟壑山梁，笮笳鞞鼓扯破塞外的长夜，悠长的胡唱伴着骇人的腥风血雨，黄沙掩埋了秦戈魏剑，却掩不尽一轮又一轮控弦之士冲锋的马浪，胡族弯刀的寒光冻僵了墉楼的旌旃，如同冰雪下凝冻的山峦。

只手遮天的秦始皇，却遮不住阴山飘来的狼烟。于是，伟大的皇帝倾举国之力行一项浩大工程，城垣以走马之速腾出山脊，百万戎卒打夯的号子震荡着山谷，精壮的身体倒在粗暴的鞭挞下，戎楼里凄风苦雨袭扰着冰冷的甲胄，胡笳声声切割着一颗颗思乡的心。然而，这段伟大的长城没能给予秦国江山永固的期许，撼动王朝第一块基石的是那些修筑长城的戎卒们。一个胸怀鸿鹄之志的卑俚耕夫竟一呼百应，始皇帝一统天下的辽阔秦域一时烽烟四起、生灵涂炭。此刻，万里秦墉如同一把愤怒的长锯，把这个空前强大的秦朝切割得四分五裂。这一切是为秦政之暴？长城之悲？戎师之怒？蒙恬之冤？

历史经验告诫我们：一个民族夯实意志比夯实土墙重要得多。

阴山下，一方青冢，一个青黛的传说；一位美人，一出凄美的远行。王昭君的声声琵琶抚慰着这片隐痛的国殇，也抚平了匈奴人的狂躁，人们终于迎来“胡汉往来长城下”的和平景象，狼烟散尽，显现文景盛世。一个舍身报国的小女子的坟茔，竟屹立高耸过那条倾秦汉两个王朝国力修葺的长城。

难怪吉鸿昌将军凭吊昭君墓时立碑抒怀，碑文曰："懦夫愧色。"！

卫青、霍去病赴死的勇气利如刀刃，李广神勇穿石的箭镞百折不挠，冷峻的长城见证了每一场关乎人民生死存亡的搏杀，宽厚的阴山接纳了每一个为国牺牲的男儿的忠骨。伟大的长城展现了神奇的力量，黄河的怒吼席卷着漠北的沙尘。

历史总是在戏谑中曲折前行。入主中原的拓跋人在长城脚下建立了北魏王朝，国家迎来新一轮民族大融合时代，秦汉长城静静地承受着一场又一场沙尘的扫荡，在朔风的呼啸中渐渐颓平朽去。然而拓跋王朝需要面对柔然人无休的滋扰，这个飙驰万里的民族陷于无奈，依阴山筑长城两千里，置六镇于长城沿线。因此，魏长城衍生了著名的"北方六镇"，最终成为王朝挥之不去的梦魇。

古人云："成者王侯败者贼。"北魏六镇中武川镇的宇文泰、怀朔镇的高欢验证了这一说法。两名年轻的军官在阴山长城的戎塞横空出世，乱世中挟天子以令天下，两个军人集团捉对厮杀，在中国北方掀起了数十年的血雨腥风，以惊世骇俗的力量创造了一段帝王传奇。就连清代学者赵翼也唏嘘于东魏、西魏、北齐、北周、隋、唐三帝都出自阴山戎镇的史实。宇文泰亲手缔造了这个叫"关陇集团"的军阀家族集团，这个家族中每个成员的身体里都流淌着多个民族的血液：汉、鲜卑、匈奴、突厥、铁勒……宇文氏、杨氏、李氏、独孤氏偾张的尚武血脉成为驰骋中华大地无往不胜的动力。之后的数百年间，这几个家族几乎成为九州大地的主宰。他们轮流坐庄，开拓了中国历史上的隋唐盛世。"关陇集团"对于中国的影响似乎延续至今，阴山和长城如同根脉，为各民族输送了无穷的营养，使得中华儿女的肌体和意志如此坚强。

阴山丛生长城，长城催生诗歌。两千年来，阴山白道谷一个饮马泉下悄然吸引了无数文豪巨匠争相赋作《饮马长城窟》。蔡邕、陈琳、陆机、虞世南、袁郎、王建……这些百代文宗纷纷舞文弄墨、抽秘骋妍，抒发对这块天苍苍、野茫茫土地的崇敬之情。之后的千百年，《饮马长城窟》的作者们在长城脚下找到了挹之不绝的创作灵感，循着雄关万里的长城，他们如鱼纵大壑，徜徉恣肆，妙笔生花，惊世之作层出不穷。

阴山因长城而雄浑苍劲，长城因阴山而神圣威严，它令无数英雄心驰神往，也引无数文豪竞相折腰。只教历代明君视其为国之重地，秦皇汉武倚为疆之锁钥，炀帝太宗仰止重于泰山。

一个权臣、一个玄士，一个文学家、一个旅行家，郦道元游历的脚步踏入白道谷，恍若梦境再现：仰望长城仿佛云端，足下空谷宛若地窟，两岸峭壁万仞，岩缝清泉趵出，瀑流声如雷崩，溪水清冽见底；一队队戎马争饮，蹄溅浪花，马啸彻谷。郦氏似乎看到汉时戍守长城将士饮马于此的英姿，怅然间顿悟：古来先贤争赋的《饮马长城窟行》创意竟源于此。于是，他在著名的《水经注》中由衷地叹道："歌录云：'饮马长城窟。'信非虚也。"

之后，"饮马长城窟行"的马蹄并未停止，它引得历代文坛巨擘争相赋之。借阴山王气而君临天下的两位君王，决不会缺席白道谷长城泉窟这一才墨之薮、染翰操觚的文化盛宴。这源于他们对阴山代马依风般的热爱，对这片父辈出生、家族兴旺的土地的敬畏和敬仰。这种粘吝缴绕的情愫在诗中得以尽情体现。隋炀帝的《饮马长城窟》挥斥方遒，气贯长虹，魏武之风跃然纸上，尽显风骨凝然、文阵雄帅的才略。他的诗中"北河见武节""晨光照高阙"都提到了故乡阴山的地名。天可汗李世民的同名诗作亦展示了他博大雄浑的情怀：文思如水银泻地，如浪沧拍岸，如彩虹绚日，如牧骑劲奔……一代帝王的胸襟像阴山般坦荡，如长城般坚固，似黄河般绵长。他的"忽悠卷旆旌，饮马出长城"被后人认为是在歌颂那场唐军取得伟大胜利的

“白道之战”，这场战役一直为后世看作盛唐开疆拓域的伟大壮举。

四百年后，王昌龄心怀对长城和李广的敬仰之情登上阴山白道，天高穹远，雄关威严，旌旗漫卷。他坚信只要有李广这样的国之干城在，阴山要隘这一铁闸定会将胡马阻挡。他的惊世之作《出塞》把阴山、长城以及李广作为一种誓言，融入了我们民族的血脉。

尽管历史有许多扯不开的皱褶，但阴山和长城依然用坦荡的胸怀，留给大地充满豪气的千古回响。凄绝的呐喊声依然响遏行云，弯弯的秦时明月如镰刀一般收割着汉骨胡血交融的文化，歌韵如云朵飘过，岁月的苍烟如水一样流淌，坚强地挺直古老的身躯，不愿倒下，如同民族的脊梁不能断裂，也如阴山和长城一样不能分割。

壮哉！阴山！如果阴山没有长城，它将失去“胡天朔漠杀气高，烟云万里埋弓刀”的灵魂。正是它的杀气和悲壮，使其成为镌刻中华民族英勇不屈的印记，它的崔巍雄壮敢比泰山，重若昆仑！

壮哉！长城！假如万里长城没有阴山，它将必然支离破碎、黯然失色。只因阴山，长城才伟傲无双；只因阴山，长城才固若金汤。长城是耸立于这座伟大山脉民族精神的丰碑。总有一种不朽的力量在阴山、长城的夯层若隐若现，那正是我们所探寻的勇往前行的匆匆足迹。

四、毡乡话毡

一千六百年前，敕勒族人斛律金一腔“敕勒川，阴山下，天似穹庐，笼盖四野，天苍苍，野茫茫，风吹草低见牛羊”竟成千古绝唱，从此无人不知敕勒川这个穹庐之乡。《敕勒歌》中的“天似穹庐”几乎成为对人们想象中游牧民族的生活如牧歌般生动而具体的写照，毡账是他们永远的天空，是他们自由飞翔的翅膀和生生不息的根须。

早在两千年前，关于毡帐的记述便贯穿于中国北方游牧民族的史籍之中，如“穹庐”“穹隆”“旃帐”“毳帐”等，这些称谓均指代毡帐。毡帐是我国古代北方游牧民族最主要的居住形式，几千年没有变过。王昭君的葬礼上，匈奴“一百里铺氍毹毛毯，踏上而行”。细君公主和亲乌孙，作歌遣怀：“穹庐为室兮旃为墙，以肉为食兮酪为浆。”鲜卑、乌桓等东胡民族“居无常处，以穹庐为宅，皆东向”；柔然“土气早寒，所居为穹庐毡帐”；高车诸族宴请宾客，不讲究座次，“穹庐前从坐，饮宴终日，复留其宿”；突厥“畜牧为事，随逐水草，不恒厥处，穹庐毡帐，被发左衽，食肉饮酪”；契丹“行营到处即为家，一卓穹庐数乘车”……自古以来，居留阴山之北方游牧民族无不以毡为居。

呼和浩特是北魏文明的重要发祥地，在这一时期，中国北方地区的毡帐一直是皇家和民间的建筑主流，这便是北魏时期没有土木建筑留存后世的主要原因。鲜卑族拓跋人虽然入主中原，但他们并不善于建造城池，这从和林格尔盛乐和大同平成这两个都城的简陋程度可以看得出来。毡帐弥补了城市人口迅速增加而居住能力不足的短板。

这一时期，鲜卑族发明了百子帐，大大满足了皇家祭祀、政治集会的场所需求。白居易的“合聚千羊毳，施张百子弮”所描述的就是百子帐，是一种圆形环状的毡覆巨帐。南齐使臣出使北魏时，见识了北魏祭天仪式宴饮之所的宏盛：“以绳相交络，纽木枝枨，覆以青缯，形制平圆，下容百人坐，谓之‘繖（伞）’，一云‘百子帐’也。”当时的毡帐有大有小，大者可容千人。毡帐的使用不限于宫禁或军阵，“其先出自为鲜卑慕容氏……有屋宇，杂以百子帐，即穹庐也”。这也说明这一时期的毡帐制作技艺达到了登峰造极的地步。

“形制平圆”，状似张伞，而为大型祭祀聚众之需的千人大帐，这样的描述十分贴近在大青山顶部发掘的北魏祭天遗址的特性。北魏太武帝拓跋焘曾在今呼和浩特武川县境内的广德殿附近置千人大帐宴请阴山诸部首领，这里与正在进行考古发掘的祭天遗址距离不过五公里。大青山毡乡的辉煌历史得以掀开。

赴约的丁零、柔然部族首领，面对“毳张如云覆帐千仞，内室可跑马，凡千人于其中酒乐”的壮观景象，不禁被震慑，甘心屈服。

仅仅过去百余年，同样的一幕又上演了，主角则换作隋炀帝。隋朝决定沿阴山修筑一条东西长一千公里的长城，隋炀帝下诏任命宇文恺负责规划度量。隋炀帝去北方巡视工程时，想顺便对突厥等民族显耀国威，于是命世出武川的宇文恺制造大毡帐。

因修建大运河、大雁塔和大兴城而千古扬名的宇文恺创造了毡帐奇观。他的才华被发挥到极致，大帐很快在荒芜的原野上拔地而起。宇文恺又建造了观风行殿，殿内能容纳侍卫数百人，殿体可以拆卸和拼合，行殿下面装有轮轴，可以迅速地推行移动，有如神助。那些隋朝北面的邻居们被这雄伟盛大的毡帐所震撼，无不惊悸于隋朝的威势。《资治通鉴》中记载：“帝欲夸示突厥，令宇文恺为大帐，其下可坐数千人；甲寅，帝于城东御大帐，备仪卫，宴启民及其部落，作散乐。诸胡骇悦，争献牛羊驼马数千万头。”

好大喜功的隋炀帝“显摆”成功，龙颜大悦，一再赏赐宇文恺，直令群臣生妒。

毡帐不仅作为郊外祭天的宴息之所被使用，大多时候人们置毡帐于家园、林间或田野，以供宴饮、狩猎休闲之用，还用于举办婚礼。毡帐虽被认为是草原文明与农业文明大异其趣的标志，但在民族大融合的北魏时期，毡帐或与瓦顶木构屋宇共存，这种现象延续了数百年。

山西大同出土的司马金龙墓葬随葬毡帐模型、附近雁北师院出土的三件陶制毡帐模型以及与呼和浩特市相邻的四子王旗一处北魏墓葬出土的毡帐彩绘，三者形制基本一致。这些稀有的毡帐图样模型是目前经科学考古发掘出土的印证北魏居室文化的珍贵文物。尤其是司马金龙墓出土的方形毡帐，从未见于文献记载，是反映北魏时期毡帐形制的重要文物，进一步证实了北魏时期毡帐和土木建筑共存的现象在当时的社会十分普遍。

当时的毡帐有圆形，也有方形。方形帐房四壁弧状攒起，收拢于顶部，开天窗。天窗位于帐顶，凸起呈圆筒状或方筒状，以券形拱状物遮盖天窗，垂下两根绳与帐门相接。而步帐内则建有瓦顶木构的庑殿顶房屋，瓦屋与帐房二者同处。

北魏时期，由于迁都洛阳，毡文化得以迅速传播，影响了中国的农耕地区。一些具有胡族血脉的贵族门阀不愿放弃原来的生活方式，甚至在都城洛阳的鲜卑贵族拥有广厦豪宅仍然“依毡而居”。有大量的资料显示，许多鲜卑贵族居住毡帐的习俗一直延续到晚唐。仕众追求的“胡风胡俗”中包括胡服、胡帐、胡床、胡食、胡笛、胡舞等，其中的“胡帐”指的应是毡帐。

唐代的胡风在居室文化领域尤为突显，甚至保留了北魏举办婚礼于露地置帐，新婚夫妇入帐交拜的风俗。《唐会要》中记载：“相见行礼，近代设以毡帐，择地而置，此乃元魏穹庐之制。合于堂室中置帐，请准礼施行。”难以置信，元魏穹庐之制堂而皇之盛行于大唐。胡风焉？唐风焉？

白居易晚年在洛阳履道坊购置了一处私宅，在宅内设了一顶青毡帐。他晚年的诗作大多都在青毡帐内完成。白居易在他的《青毡帐二十韵》中精

妙地描述了自己的毡帐："……北制因戎创，南移逐虏迁。汰风吹不动，御雨湿弥坚。有顶中央耸，无隅四向圆。傍通门豁尔，内密气温然。远别关山外，初安庭户前……"并且炫耀他的青毡帐比帝王家的古董宝物还要珍贵。

隋唐时期，阴山地带素为突厥人故里，著名的汪古部就是突厥人，他们在毡乡繁衍生息，今天的土默特蒙古族中有许多人具有汪古部的血统。"毡祭"是一种较为特殊的祭祀习俗，可溯源至古突厥人时代。《酉阳杂俎》曾载:"突厥事祆神，无祠庙，刻毡为形，盛于毛袋，行动之处，以脂苏涂。或系之竿上，四时祀之。"呼和浩特北部的要隘"蜈蚣坝"，曾被称为"瓮衮坝"，应有此祭俗传统。

一直到清朝中叶，大青山南北毡包点点，高车长调，牛羊遍野，车辙逶迤……毡乡土地上的景物如一幅画，永恒不变。

元代诗文常见有关毡的描述。元初时，契丹人耶律楚材多次路过阴山，他在诗中记录了自己在深秋凭吊昭君墓时的情景："茧纸题诗熟鍊字，毡庐谈道细论文。"可见当地接待这位当朝重臣的驿馆便是毡庐。而普通老百姓"卷地朔风沙似雪，家家行帐下毡帘"，在这艰辛与恶劣的环境中生存，毡帐永远是毡乡人的暖巢，见证了阴山草原的历史变迁。

清朝中叶，著名的万里茶道开通，呼和浩特的毛毡业兴旺起来。行商的驼队的骆驼数量是以房子为计算单位的，驼队掌柜被称作"领房子"。每顶房子管理十四"把子"骆驼。每一"把子"又含十四至二十峰骆驼，一顶房子通常有两百峰骆驼，一支上规模的驼队往往有十几顶房子，数千峰骆驼。房子是用毛毡制作的，以若干根白蜡杆做支撑，外边覆以毛毡。"骆驼房子"沿途的食宿都是在临时支起的房子中进行的，这些房子按规格分为大、中、小三种。其中大房子的直径为一丈五尺五寸，中房子的直径为一丈三尺五寸，小房子的直径为一丈一尺五寸。驼夫们多屈肢相拥而卧，每人都在一片二尺半宽的毛毡上和衣而睡。毡隔绝了地面的湿寒之气，虽算不得舒服，却能保证驼夫的身子骨不受侵害。在千里万里的征途上，毡帐因其支收自如、携带方便而成为驼夫们的日常居所。

木制驭架下覆毡于驼体，可最大程度保护骆驼不受皮外伤；值钱易碎的货物，比如瓷器之类，以毛毡包装可防止磕碰……这简直是毡之旅，用毡制作的流动的房子在往返千里万里的戈壁草原征途上创造了经济奇迹。呼和浩特成为万里茶道上的一颗明珠，这是古人在丝绸之路上毡帐文化的一次复活。

这一时期，大量三晋汉族人走西口迁徙到大青山地区，农耕文化影响着这里的原住民，但并未降低毡在毡乡地区的作用。相反，山西毡匠将蒙古族传统制毡工艺中的随性、松散加以改进，创造出以精致、紧密、坚实、美观为特征的擀毡技艺。

毡匠们的身影一直活跃到半个世纪前。生活在农村牧区的呼和浩特人脑子里满是毡的记忆，毛毡对他们的重要性不言而喻——毡品渗透于人们生活的方方面面：毡帽、毡鞋、毡靴、雨毡、羊包、炕毡、鞍具……在相当长的一段时间里，毛毡一度被看作有钱人的体面之物，曾是土匪和乱军争相抢掠之物，有时一块满炕大毡引得人们大动干戈，不得不分而割之。有些老者死后没有棺椁，就用毛毡把尸体缝而裹之。生之爱毡，死亦恋毡，对毡乡的人而言，铺着毛毡的火炕，如同倦鸟的归巢，多少疲惫和伤痛在柔软的毛毡上都会被抚平。在毡乡人的眼里，毡是母亲的怀抱，是美梦的膏壤，是生命的起点和终点……

在呼和浩特的一个小村子里，七十七岁的武川毛毡技艺制作传承人刘充喜看着自己制作的毛毡正在从乡人的生活当中淡去，琳琅满目的生活用品强行抹去了那些老旧的毡品中膻腥的气味、灰暗的色调以及附着在毡上的螨虫……他想起自己年轻的时候带着十八个徒弟辗转在中国北方的几个省区，总有做不完的营生，他们坐在自己擀好的毛毡上吃着好吃的饭食，点着挣下的票子，吹着口哨去给新东家擀毡。待到回自己家过年，吃席的时候他总是坐在当头正面，许多有头有脸的人夸他有本事，表示要让自己的儿子、侄儿跟他学徒。

如今，好多人都不知道曾经有过一种手艺人叫擀毡匠，甚至没人愿意和他唠擀毡的话题。曾经风光无限的老毡匠刘充喜像空降到沙漠一般，落寞、孤独，找不到方向，他只有吞咽酸楚，呆呆地望着他的弹毛弓。直到有一天我上门找他，问他关于毛毡制作技艺传承的事。我看到他老泪纵横，弓着的腰板直了许多。他一直相信擀毛毡这门手艺不会丢。

2017年，武川毛毡制作技艺被列入呼和浩特市非物质文化遗产名录，标志着这项即将消失的传统技艺得到重视和保护。

毛毡的制作工艺很烦琐，首先要将满是油腻的草原绵羊毛用弹毛弓击打至蓬松如新绵，然后将用山榆制作的一张大弓夸张地悬在半空，毡匠极有耐性地重复一个动作，用肘部的力量拨动牛皮筋制作的弓弦，发出“嘣咚！嘣咚！”琴弦般悦耳的声音，羊毛的碎屑在空中飘浮，大片的羊毛像雪花降落，渐渐覆盖在毡台上。

弹好的羊毛要在竹帘上铺匀，然后喷水、卷毡、捆毡链，之后赤脚不停地踩动毡捆，像妇人擀面条一样反复地滚动，途中还要解开擀链子，上手压边、清洗、整形、卷边。卷紧后再用脚蹬踩、翻滚，如此反反复复，几经修整、洗涤，毡子逐渐变得平整、匀称、白亮，最后慢慢等待阴凉处的风将其吹干。

呼和浩特地区的毡匠们喜欢在毡面上弄出一些图案，以增添毡的美感和情趣。他们通常会用黑羊毛或黑牛毛在白色毡面上缀一朵花、一双蝶、一簇草或一匹马，有时候他们还会在毡的边缘内侧嵌以祥云图案，毡便不再是毡，而是一家人对美好生活的追求和向往。

一捆毛毡是几个汉子一头汗水、两脚冰凉的劳动成果，而毡子的主人却要积攒多少羊毛，又要付出多少工钱？直到有一天地毯出现了，鲜艳绚丽的色彩、密实紧凑且富有弹性的毯面以及人们迅速增加的收入，使毛毡在其面前相形见绌，从而加速了毛毡的消亡之路。

在晋陕农耕地区，为了节省羊毛或其他动物的毛，人们往往会在毛毡制作过程中添加米面，喷洒素油，从而增加毛毡的耐磨度，被人的臀部反复摩擦的毛毡，时间一长，变得油光水滑，甚至像木板一样挺直。有一天人们会发现毡的中央像蜂窝一样窟洞纵横，这大概是擀毡时夹面喷油的弊端吧！

老毡匠刘充喜曾经拜一位蒙古族毡匠为师，他知道蒙古族擀毡的历史更为久远，制作毡的过程随性、闲逸而优雅。擀，是在一根木头与竹帘间夹羊毛，浸足清水后任由马匹拉着在草地上来回奔跑，裹着羊毛的木头像颠簸的小船。蒙古族毡匠一边喝茶，一边等待收获。羊毛经碾压渐渐结成毛毡，这种毛毡松软柔和又不失紧实，很容易依附到蒙古包的龙骨上，再以绳索箍其上，便成为毡帐的墙面。

覆盖在蒙古包上的毛毡因季节而变化，天气越凉，覆盖的毛毡就越多。在最寒冷的冬季，蒙古包外墙要覆盖五六层毛毡才能抵挡蒙古高原刀子一般的寒气。蒙古包的地面同样离不开毛毡，最下边用羊粪砖铺地，具有防潮隔冷的作用，再在上面铺上毛毡，整个房子被厚厚的毛毡包裹着，这可能是古往今来游牧民族对于毡帐情有独钟的原因吧。

蒙古族的男人们都有一手制作毛毡的手艺，而毛毡制品更多时候要依靠女人来完成后续的加工，比如制作一双叫“嘎蹬”的毡靴。所有民族的爱美之心都表现在妇女的一双巧手上，蒙古族毡靴的靴腰上要缝缀一些图案以增

加其美感，妇女们低吟着古老的歌谣，手不停地摆动着，羊毛均匀地无限延长成毛线。这些毛线被浸染成五颜六色，她们用彩色毛线装点着自己心中的美好愿望——或施以各种纹饰，或拼成各种图案，或绣绘各种动物，原本死板的毡物立马生动鲜活起来。

数百年来，大青山南北农牧区的百姓依毡而居，席毡而卧，生于毡，死于毡。炕铺毛毡，足蹬毡靴，身披雨毡，世世代代在朔风漠尘中生生不息。毡是毡乡人难以磨灭的记忆，是我们走过数千年历史的足迹。

呼和浩特作为毡乡，实至名归。

第二章　赤旗篇

一、骆驼场·血磨

石磨是人类使用历史最为久远的石器之一，有的地方至今仍在沿用，只是动力由牲畜换成了发动机。石磨由两块直径相同的沉重的圆形石块组成，平面被凿出搓板状齿棱，其中上扇稍凹，中央凿一圆孔作为通往磨膛的粮道；下扇中间凸起，与四周边缘形成小坡度流线状。依次进入磨膛的粮食在上扇的旋转中被反复研磨碎细，顺着坡度向外移动，成为粉物泻到磨台，最后再以箩子过滤，如此，麦粒便成了面粉。

这个人们在农村房前屋后司空见惯的物件，因为经历了一个特殊年代，

凝聚了太多传奇，成为我们今天故事的主角。

1.不凡的石磨

一位大青山的山民，凭着一腔力气和血气，硬生生背起一扇重达两百多斤的石磨盘，在浓稠的夜色中忍受着皮开肉绽的疼痛，经受着人体极限的考验，不知深浅地摸黑走完二十里似路非路的山路。石磨最终在一处叫骆驼场的深山秘境落地。他的行为令无数八路军伤兵感到震惊，仿佛见证了一场不可思议的铁血搏杀后的重生。而这位山民觉得自己只是干了一件再寻常不过的力气活儿一般。

他怎能想到在自己死后十多年，石磨会静卧在博物馆一隅。它的非凡历程让人们对这位甘心为抗日根据地贡献一切的山民肃然起敬，也让他这个生长在大山深处的普通百姓成了大青山地区尽人皆知的英雄好汉。

石磨是在大青山深处骆驼场东南角的一间石室被发现的，文物普查队找到它时，它在一处残垣下，覆满泥土，有人打来水进行冲洗，它的阳刚之气一下子迸发出来，仿佛迫不及待地要轰隆隆转起来。两个年轻力壮的后生试着抬了一下，结果从胸腔到嗓子发出艰难的声音，那是一种知难而退的信号，离地些许高度的石磨重重砸回原位。

这盘石磨又沿着四十年前进山之路重新归来，山路依旧曲折，狭窄得似径非径。抬磨人还是附近的山民，只是换作刘双狮、白生宝的后代。当初运磨时要借着夜幕做掩护，凭一双肩膀偷偷地干，三四个人一晚上搞定，而此刻阵仗大了许多，十几个后生大喊着号子，撑着杠子、绳子、吊链等新式工具，耗时数日，石磨总算被一寸一尺地挪出骆驼场，最终上了那台等待数日的卡车，直奔呼和浩特。

内蒙古博物馆的王晓华在其编撰的《大青山武装抗日斗争史略》中记述道：“武川县李齐沟群众白生宝在得知部队没有石磨、吃不上面粉的情况后，冒着生命危险，突破敌人的封锁，把两扇重314斤的石磨偷偷送到数十里外的我军驻地骆驼场……”文中的“偷偷”显然是指怕被敌人发现，所以利用夜幕掩护完成。而她提到的磨重是上扇208斤，下扇106斤，却忽略了石磨重量变化这个环节，当时白生宝背的重量绝不是博物馆称的重量。当时健在的民兵队长刘双狮——石磨主人的话给出了答案：“比起进骆驼场前，上下磨扇都少了一寸多，碾磨过程中牙子有几回磨平了，又请石匠凿出新牙子，白生宝背它时比现今的分量重得多。”

运磨出山的过程，无论是山民，抑或博物馆工作人员无不感到震撼，前辈们对抗战事业的忠诚坚如磐石，所爆发出的力量如火山喷发，所做的牺牲却静若群山。那个一生不曾吃过一顿饱饭的山里汉子——白生宝的寻常名字被载入红色史册。

2.探寻秘境

我跟随向导进入骆驼场是在1986年的夏天，作为参加全国第六次文物普查的队员之一，我走进了这处秘境，更真切地触摸到这对非凡的石磨。

出发的前一夜，我们住在离骆驼场尚有二十里山路的二四道沟村，向导刘满满是刘双狮的孙子。二四道沟村只有四户人家。刘家曾是支持抗日的堡垒户，无怨无悔地为抗日出生入死，对共产党的感情深厚，刘双狮是战地动员委员会副主任，民兵队长。他家的那盘炕上睡过姚喆、郝秀山、杨植霖、曹文玉等八路军的重要干部。刘满满指着他家院里的直径约三尺的小石磨说：“俺家早先那盘大磨盘送给骆驼场的八路军了，这盘大推小磨是后来置

的，也用了几辈子。”

刘满满的媳妇儿巧巧用油炸黄米糕招待我们，她麻利地淘了黄米，风干，倒在院中央的石磨上，此刻，队员们齐齐地把目光投向眼前的石器，心里满是感激之情。黄米缓缓流入磨眼，巧巧用手推动石磨，磨盘欢快地旋起，石头与石头摩擦出一种明快有力的声音，黄色的面粉从两扇磨中间溢出，浓浓的薪火在这户偏僻的老屋燃起，久远的记忆正被召唤。

太阳从东山头探出圆脑袋，我们已在路上。那是个山丹花开满山坡的季节，一朵朵，一簇簇，在绿色草丛间绽放着，不知名的虫儿鸣叫着，眼里觅不到路，脚在低矮的灌木丛缝隙中前行，脚落处不知深浅，逼仄时无可迂回，不时踩到尖利的石子将人的脚板硌得生疼，也会脚底一滑摔个屁墩……

文物普查队要求不准遗漏一处历史文化遗迹，骆驼场是内蒙古博物馆的重要革命文物发现地，这处革命遗址也显得格外重要，因此我们要收集标本，做好遗址的环境和形制记录。

此时我们身上只背了相机、罗盘等一些轻便物品，那时二十四岁，像一个充满气的自暴自弃的篮球，不碰都想蹦。就这样，我们跟着向导行进在若隐若现的自然形成的山路上，时而侧身，时而腾挪，时而跳跃，走在前头的向导，像一只灵动的山羊。

我一直在想：当年的白生宝是怎么走完这段路程的？但我们的双脚的的确确正走在当年白生宝背负那块两百多斤重的石磨盘走过的路上。我的心中不由得对我们要探寻的那对石磨和背它入山的白生宝产生了无限的崇拜和敬意。

我被这段艰难而曲折的路折腾得汗流浃背，走了一半腿就如灌铅一般，我大口喘着气，喝空水壶中的水后才继续前行。后来实在走不动了，我们便在一处山梁歇脚，一股凉风吹来，沁人心脾，乘此机会大伙儿要求向导刘满满给讲讲骆驼场、讲讲石磨、讲讲白生宝……刘满满开始回忆他爷爷刘双狮无数次向他讲过的所见所闻……

3.“骆驼场”的血腥传说

在敌人的重重围困下，大青山抗日根据地不停地反击着敌人，根据地机关不停地转移，无数澎湃着革命热血的身体在拼杀声中流血、牺牲。饥饿、严寒、传染病如影随形，八路军严重减员，根据地遭到破坏，敌人丧心病狂地想要八路军从这块土地上消失。

大青山静静地庇护着这支抗日劲旅，为他们提供了一个非常隐秘的山中小盆地——骆驼场，使一个有着两百多人的伤病医院有了场所。它藏在大青山的深处，由于出入艰难，附近的山民也少有进入，再加上一个暴力血腥的传说，直让人望而却步——两百年前，几个猎人追逐猎物误入此境，惊奇地发现大青山内竟然有这般奇景，这是个群山环抱的小盆地，四周山体相连，自成屏藩，东侧山崖底部有两百多米长、丈余深的石穴，宛若动物棚圈，成群的野骆驼卧在其中，悠然咀嚼，仿佛世外桃源般。猎人遍寻其境，未见人迹，始知驼群为自然野生。也有人认为是一支旅蒙商驼队货物遭土匪洗劫，人员被杀，骆驼因无人管束漫游至此，它们饱食终日，优哉游哉。猎人觉得自己拥有了一大笔意外之财，企图赶它们离开，但驼群显然不愿离开它们天堂般的家园，对入侵者进行反抗。猎人发射火枪，却更加激怒驼群，这些庞然大物的万丈怒火烧到他们的身上，像移动的柴火垛一般追逐着入侵者，将首次踏入骆驼场的人类和他们的贪婪踏在夕照下丰腴的泥土中。

不久，一支军队闻讯而来，百余头骆驼被人类猛烈的武器射杀，骆驼愤怒的嘶吼持续了数个时辰，它们的身体被肢解，成为士兵们的美味大餐，骆驼身体内流淌出的血水流入小河，使得溪流猩红浓稠，那些被血腥吸引的鹰隼只能在高空中俯瞰人类制造的惨烈。从此，这个小盆地里的每一棵树、每一块岩石、每一波溪浪，仿佛都泛着戾气，骆驼场从此驼影绝迹。

我们终于来到这个神秘的红色秘境，如同荡舟进入桃花源。环顾四周的时候，我发现这个地方真的惊艳，周围群山环抱，山上长满了郁郁葱葱的树木，像一个拨开草丛缝隙才可以看到的鸟巢，“巢”中窝风暖和，只有泉水流淌的声音遇到热烈响应的岩壁变成轰鸣，清凌凌的溪水从圆润光滑的卵石上流过，水里的小鱼儿游来游去。各种不知名的鸟儿欢唱着只属于它们的歌，几只美丽的锦鸡从脚下腾起，绚丽的身体像一朵移动着的绽放的花。阳光透过树丛一束束投射进来，像琴弦一样美丽，引得各种飞禽走兽甚至小小的虫儿都为它们的乐土欢唱，在这个静谧之地生出些喧闹。举目望去，天远云淡。一石一木、一草一溪仿佛来自史前世界，仿佛一切都和人类无关。

这个“巢”的东侧，排列着两百多米长的山崖，像坚强有力的臂膀，护佑着这片净土。崖下接近地面的地方，有一个好像被洪水冲刷掏空的天然长廊，深约数米，高有丈余，南北延约两百米，就像没有加门加窗的一排房子，让人不禁感叹大自然的鬼斧神工，这是上天赐予人类的良居。

在这种环境下人的创造力会被激发出来，战士和民兵们选择用最古老的夯筑法改造新居，他们用几块木板、一把夯锤，在岩洞前迅速建造起一堵遮风挡雨的墙。至今夯层依然清晰可辨，看着它，耳边仿佛响起了当年八路军打夯时的号子声。

或许当初到骆驼场时，每一个人都惊叹于这处天赐的藏兵之地，但随着医院的医护人员和伤员转移到这里，各种问题接踵而来。由于山里人从未涉足过这里，别说石磨、石碾，就是所有生活的必需用具，也全部要由外部供应：每口锅、每口大缸、每双筷子、每个瓷碗都是由当地的民兵在夜色中偷偷运来的。

而当下最迫切的是，急需一盘石磨！

4.石磨！石磨！

回到1941年，血雨腥风弥漫在大青山的沟沟壑壑，骑兵主力转战到外线，根据地环境变得更加险恶。日军残酷的“梳篦式扫荡”使生机勃勃的大青山像被霜打了一样，东西百余里沉寂无声，鸡犬不闻。那时候家家户户都有自己的石磨，因为大青山只产小麦、莜麦和粟，不用碾子或石磨加工成面粉，人们是无法吃饭的。石磨还可以把草籽或植物的茎叶杆磨成粉状。面粉中要拌许多的野菜、沙蓬子、山药蛋才能弥补粮食的不足，人们才能勉强度日。石磨一直是农民离不开的活命工具，在这些大字不识一个的山民中流传着一则比较文雅的谜语：

两石搂抱转团团，
老驴相跟去又还。
耳闻雷声天无云，
大雪纷纷不觉寒。

当然，谜底就是石磨。

日本人所到之处，八路军早已人去沟空，敌人恨意难消，于是每到一处，见房子就烧，见人就杀，尤其看到石磨，更是恨得咬牙切齿。它那副岿然难撼的样子以及仿若一只眼睛在睥睨怒目的磨孔令日本兵又恨又怕，于是将一枚手雷塞进磨眼引爆，上下磨盘硬生生被炸裂成碎块。连司令部前教导

队、警卫连、军械所、电台人员加工粮食的石磨也被炸毁。大青山找不到一对完整的石磨了。日本人以为只要八路军无法加工麦粒，根据地的军民就会生生饿死。

眼下的困难是如何把小麦变成面粉。没有石磨，战士们只能用最原始的方法粉碎麦粒，将其熬成糊状供伤员食用，更多的则是把麦粒整个煮着吃。据说当年的基地主任李方汉是位艰难险阻只等闲的老红军，但面对眼前有粮无面的窘境却一筹莫展。

大青山遍地石头，找个石匠勘一盘吗？但是制作石磨的石材要求甚高，制磨之石材要硬度适中，坚韧耐磨，不易崩解。石质中夹砂石，磨合时才不致脱落，否则面会牙碜。百十里之外的敌占区有这样的石材，但如此大的动静，敌人一定会发现。

刘双狮组织民兵为骆驼场运输物资，看到这种状况当即表示，他家里的那盘石磨不大不小，可以给部队。他居住的二四道沟村是一个只有几户人家的小村，这盘磨一直供着周边几个村的三百人磨面，是在敌人“扫荡”中幸存下来的，为骆驼场的两百人提供口粮可谓大小适中。

基地主任李方汉听闻大喜，当即随刘双狮回到村里。村里人听到刘双狮想把他家的磨盘贡献给八路军时，没人有半点儿吝惜，也没有想过自己家将来的白面要从哪里来。看到这对沉重的家伙，李方汉旧愁刚扫，又添新愁：这扇磨上盘估摸着有两三百斤重，如何进得了骆驼场？那里本来无路，只有一条被动物踩出的如细绳般的灌木丛野径，随着山势忽上忽下，陡峭处仰面而上，逼仄处斜身而过，下坡时脚下碎石如珠。羊肠子路贯穿大部，只容得一人立足，其他人根本用不上力气。如此路况，石磨如何被运到骆驼场？

突然，刘双狮一拍大腿：骆驼进骆驼场——对路！他马上找了一个随旅蒙商跑过驼队的驼夫，牵了一头成年骆驼来助阵。骆驼是很能负重的动物，能驮四百斤货物远征几十里。

驼夫喝令骆驼跪下，众人七手八脚把两扇磨盘绑上驮架，骆驼起身时后肢先起，这时沉重的磨盘惯性使然竟滑向驼颈，骆驼长脖子上发达的肌肉像滚珠一样助推着前滑，好在众人眼疾手快，一齐上手控制住磨盘，骆驼才有惊无险地站立起来。看着这个庞然大物驮着石磨盘稳健前行时，人们长出了一口气。

当骆驼行走在高低深浅不一的窄道时，它伟岸的身躯无法自控，长而纤细的四肢无法在千折百回、崎岖不平的空间保持平衡，身体战战兢兢，嘴里不时发出凄厉的叫声。终于，它一个趔趄，像一捆草一样翻落沟谷，绝望的嘶吼声在山中回响，两扇磨盘与山岩碰撞，发出沉重的响声，夜色中火星四溅。

月光下，一幅惨景触目惊心：骆驼四肢岔开，生气全无，石壁溅满驼血，血腥气在山谷的夜里弥盈，两扇磨盘早已挣脱羁縻夺路而去。骆驼的惨状令驼夫难抑心中悲伤，一时哭出声来。李方汉赶紧安慰道："八路军不会让老百姓受损失，我们会合理赔偿驼价的。"

刘双狮则说，骆驼是为了抗日牺牲的，它的肉正好给伤员同志们打牙祭。众人苦笑一下，几个人借着马灯寻回磨盘，石器展现了它软硬不惧的品性，竟然完好无损。大家连夜剔剥了骆驼，把驼肉送进骆驼场，一直折腾到天明。

想到如何将石磨送进骆驼场，众人便鸦雀无声，刘双狮突然说："只有人最是可靠！"这时大家立马想到了同一个人。

对！"赛白袍"白生宝，一个上顶得天、下立得地的"车轴汉子"。

5.超人？凡夫？

刘双狮骑了头骡子满山头找白生宝。此刻，白生宝正在一道沟里放牛，远远就能听到他在唱大青山爬山调。他不善言辞，喜欢听书看戏，没人时也喜欢唱民歌来宣泄心中七荤八素的情感，似倾诉，似怒问，似哀怨：

满山坡的莜麦山药蛋，
为甚喂不饱俺个单身汉？

胡燕儿飞走老家子来，
我甚时能穿上你做的鞋？

东凹地的麻秆一丈来长，
打光棍的人儿多恓惶。

白生宝浑身力气，唱歌穿透力极强，要是吃饱喝足，能震塌土崖。白生宝三十出头，肩宽腰细，微须黄面，碌碡一样硬戗。虽天生神力，本人却看不出一丝白袍将的虎威，绵善得像一只羊羔。

心里着急，刘双狮没心情听他表演，喊断了他悠长的歌调。白生宝看见几个汉子齐齐盯着他看，竟为自己刚刚唱的内容被人听到脸红到了后脖子。

白生宝一肚子苦楚，活了三十几年没吃过一顿饱饭，一个浑身力气的汉子填不饱自己的肚皮。一次他去一户人家打短工，那家有个待嫁的闺女，长相俏丽，家务农活儿也样样利落，见白生宝这光棍汉能吃苦，忠厚老实，一身好力气，便实心想招他做上门女婿。白生宝倒是把自己当成一家人，敞开肚皮，也不拒荤素粗淡，三盆十八碗风卷残云般扫入肚中，却不料因这一顿饭砸了锅，他的饭量把一家老小吓得愣怔，一段美满姻缘的种种盘算念想也被他一并吃没了。这事儿被山里人当个笑话传遍沟里沟外。白生宝绝了娶媳妇的念想，从此便灰心丧气地打起了他的光棍。

说起白生宝这个大肚汉，人们都直摇头，只有八路军不嫌弃他，每次吃饭他们都尽量少吃，省出来些饭菜给他，最后还会说："小白，对不起，没有让你吃饱。"八路军的话让白生宝浑身由里及外暖乎乎的，这时候他才觉得自己活得像个人。几回想加入八路军，但想到自己饭量惊人，八路军时常缺粮断粮，自己反倒会成为部队的累赘，白生宝只有把失落咽进肚里，平日就在村中做个牛倌，过着饔飧不继的日子。

白生宝是头些年循着前人走西口的路从山西朔州来到大青山的，只为自己能够从饥肠辘辘中解脱出来，也给受他拖累的家人省一点儿活命的口粮。当他踏上这块牛羊遍地、莜面山药满坡的美丽地界，虽然说饿不死，但饥寒交迫仍是他要面对的生活。不断有零星的家乡人为逃避日本人的戕害而北上来到大青山地区，他们带来一个噩耗：生他养他的白家堡惨遭日本兵屠村，村里百余口无一逃脱，家人尽遭毒手……他像一头愤怒、焦躁、渴望复仇的犍牛，在屋里冲撞着，一拳砸断桦木炕沿……从此，他铁了心向着八路军，因为只有他们才能为他报仇雪恨。

白生宝得了个"赛白袍"的外号还是头年的事。那天，他的一头驴被群狼追下崖头摔断腿，狼群正要对这顿天降大餐大快朵颐，白生宝及时赶来，手握桦木棒一声断喝，狼群被震得胆战，不禁后退，它们眼睁睁看着这人兀自将毛驴扛起——那驴早被狼吓破了胆，知道主人救它，也不胡乱挣扎。这毛驴少说也有三百斤重，十里山路白生宝竟然一下没歇就将它扛回了村里。

狼群眼见到口的肉飞走，本来可以扑上去连人带驴一起吞掉，但白生宝手拄的木棒触地时发出的响声令它们胆战心惊，他的力量让这群极会审时度势的猎手望而却步，只是一路追着他嗥，且保持一定距离，生怕他大发神威要了狼命。

后来兽医用两块木板把伤驴的断腿夹住，喂些草药，几个月后那驴的蹄声又在空荡荡的磨坊响起。这事传出，走江湖唱小曲的编词赞白生宝：

白生宝好神力天下无双，
救拐驴靠的是一双肩膀。
就好像那白袍将从天而降，
驴骑他十里路安归家乡。
听狼嚎回头看一串蓝光，
众狼眼不肯熄凶焰明晃，
丢掉了到嘴肉气炸肺腔。

山里人觉得他像说书唱戏中的有九牛二虎之力的唐朝名将白袍薛仁贵，便叫白生宝“赛白袍”。

根据地百姓积极支持八路军抗日，二四道沟这个偏僻闭塞的小村因为骆驼场伤兵基地而繁忙起来，每到天黑，村里的汉子们便开始忙碌。白生宝像一台运输机器，蚂蚁般不知疲倦地用他的背扛起了人们难以置信的重物，蓄水存油的大瓮一个百十多斤，只需几根绳索把大瓮结结实实地捆在背上，白生宝一口气便能背进十几口。白生宝干活时总是出大力气，干最多的活儿，走最多的路，不知疲倦，不叫苦叫累，但因为自己食量巨大，他生怕给部队增加负担，干完活总是悄然离去。

白生宝成天半饥半饱，看着有些慵懒，但一听刘双狮说为八路军办事儿，立刻像一只狸子灵动起来。跟着刘双狮找到石磨后，他一只脚踏在磨盘上，用虎眼略斜了一下，两只像生铁一样坚硬的手，摆弄了一下磨盘，显得那般轻松。“能行！”他只淡淡说了两个字，像在石壁上钉了两枚铁钉，让人感到分外踏实。“今天黑夜一定要把磨盘送进骆驼场！”刘双狮说出这话时更有了底气。

阳婆悬在西山顶上，离天黑还要等一阵子。刘双狮把白生宝叫回家中，他知道这个成天饿着肚子的汉子吃饱才有力气。妻子做好了饭，是很普通的山药蛋、甜苣调莜面。白生宝手握筷子，一口气吃了三大笼，总算停下筷子说：“发大力气，只能吃六成饱。”

当地人有句俗语：“三十里的莜面二十里的糕，十里的荞面饿断腰。”大青山的莜面给了白生宝力量，他像一头犍牛一样挺立在那副石磨盘前，众汉子便把下扇磨捆绑在他的背上。白生宝站起来耸一耸肩膀憨笑着说：“不重！”当他迈开沉稳的步子，伴随着脚步的频率，人们感受到白生宝拄着的那截保持身体平衡的桦树棒杵在地上有力的震颤和回声。

刘双狮等几个汉子前呼后拥地护着白生宝，负责打马灯照亮，到了难走的地方，众人用杠子护着，危险处众人前拉后推慢慢挪动，在逶迤如线的山道上忽上忽下，迂回曲折。白生宝像一头老牛韧劲十足，忠诚地载着石磨盘前行，终于在经历了大半夜后到达骆驼场。白生宝解开绳子，将身上的重负掼在土堆上，众人这才发现他后背上垫的毛毡碎屑无存，后背被磨牙啃得体无完肤、鲜血淋漓，石磨之上血流犹滴。再看他的两只脚掌满是血污，鞋底儿在重力的摩擦下早已磨穿，他是赤着脚走完最后那段路程的。

“铁打的英雄汉！”基地主任李方汉脱口赞道，这话却意味深长：铁打的骨头？铁打的意志？铁打的坚韧？

此情此景，使得卫生队的战士和伤员们泪流满面，有的护士取来当时非常宝贵的碘酒为白生宝擦拭消毒，他只说："俺皮厚，用不着。"脸上泛着笑容，尽显英雄本色，像白袍将军薛仁贵完成殿前力举千斤大鼎一般从容自若。比起它的伴侣，另一扇一百来斤的磨盘却有些微不足道，毕竟，这是一个常人可以承重的范围，虽然对任何一个壮汉来说在羊肠小道上负重前行二十里绝不会轻松。

6.久违的面香

石窑里的军粮还散放着新麦浓浓的麦香，刚刚过了秋收，根据地就有了新收获的小麦，它们来自大青山南麓的土默川平原，麦粒饱满柔软。在那肥沃的黑土地下，小麦的种子偷偷地发芽，偷偷地生长，偷偷地抽穗，偷偷地结实。土默川的各族儿女和一山之隔浴血杀敌的八路军生死与共，他们风一样地收割、打场、藏麦，躲过了日军骑兵巡逻的铁蹄，瞒过了汉奸们觊觎的贼眼，绕过了据点里歪把子机枪的封锁，用骆驼、骡马冒死闯过大青山那充满死亡气息的乱石塞路的孔道，偷偷将粮食运进山里，每一粒珍珠般的麦粒都浸着一段惊心动魄的故事。

石磨像宝贝一样被人们簇拥和抚摸着，民兵们马上动手，在天然石窑的南端一隅建设磨坊，一切都是抗战速度。他们连夜砌墩、置磨、组装，白生宝早忘了身上的伤痛，帮忙搬动大块砌石。

对于民兵们来说，磨面算不上难事。磨面亦作碾磨，专业的碾磨人叫磨倌，刘双狮的家族早年是开磨坊的，是家传磨倌，他早就摩拳擦掌等待这个时刻。淘粮用的工具——八尺大锅，容得下十担水的大水缸，以及水瓢、笊篱、筛子、耙子、毛口袋等淘粮工具一应俱全，都是此前由白生宝等人在夜色中偷偷运到山里的。

淘粮要有充足的水，于是就干脆把淘粮锅支在泉子旁，大锅里一半粮食、一半清水。刘双狮是个淘粮高手，一把笊篱在手，在锅里不停地搅动，上抓浮于水面的枳糠，下捞沉在锅底的沙石，纯麦粒用笊篱搭出来控在筛子里，然后集中晾在炕席上或战士们用草编织的大草垫子上，用耙子把粮食摊匀，水分慢慢被夏日流动的纯净的空气带走……

石磨在白生宝那头拐驴的强力拉动下急速旋转，磨盘发出强有力的冲撞声，紧接着面粉像雪花一样从两个磨盘中间泻了出来，麦香味充盈整个营地，欢快的气氛在面香中弥漫。大伙房的铁锅里面条的香味冲了出来，之后吃面条的吸溜声响此起彼伏，汇成一曲生命不息的乐章。

浑身伤痛的白生宝的鼻息里充斥着面的香气，心里无比畅快，他家的驴在磨道上迈着碎步蹄子，伴着轰隆隆的磨声漫无止境地走着。驴拒绝不了面香的诱惑，只想瞅准机会贪上一口，无奈一块黑布蒙眼，一根木棍支着它的脖子远离磨盘。刘双狮不时用笤帚扫回磨盘边缘的麦屑，眼看着驴儿有些怠惰，便用笤帚疙瘩朝它肥厚的屁股蛋打去，那地方的皮肉激了一下，蹄子声又急促了起来……

从那以后，石磨一直转过了春夏秋冬，伤员一茬一茬重返战场，这个战地医院一直没被敌人发现。

7.大青山的脊梁

据经历过抗战的老人回忆，1945年8月17日，获知日本投降消息的大批日军在连绵不绝的滂沱大雨中偷偷逃离大青山，一路上草木皆兵。他们知道这里的百姓身上积蓄着的怒火释放出的将是万钧雷霆，一旦获知日本投降的

消息，一定不会让他们活着逃回日本。

落汤鸡般集结在大青山下一处旷野的日本战败军准备乘列车东撤回国，登车前他们北望眼前这座令他们心生畏惧的巍峨山峦，行了集体军礼。

白生宝的故事被传开以后，许多人都想一睹以一己之力背磨进山的“赛白袍”拔山扛鼎的英姿。村民说白生宝已故去多年，一生没有照过相片，没有一个亲人，没有墓志铭，只有一个野草萋萋、日渐缩小的坟茔。

虽然只是一个农民的血肉之躯，但其爆发的生命力和耐力足以名扬千古。

我坚信没有哪个人会做出这种超越人体极限的壮举，它足以让那些大力士运动会上表情夸张的西方大块头们黯然失色，短暂的身体爆发犹如昙花一现，而持久、坚韧、勇敢、拼搏的意志才能将血肉之躯和不屈精神融合成中国人不可战胜的伟大动力。这不是一个个例，中国还有愚公举族移去挡在门前的大山的传说；有用人力在山脊上夯筑起阻挡异族入侵的万里长城；有靠双手削了1250座山头，凿了211个隧洞的红旗渠工程；有一个农妇坚守沙漠几十年，徒手将荒漠变成绿洲的传奇……这些，不正是中华民族几千年百折不挠、坚韧不拔的投影吗?

这盘磨，同巍峨的大青山一样，闪耀着红色光辉，并历久弥新!

二、蜈蚣坝·血路

每每入冬，旅蒙商驼队满载着洋货，从遥远的异国像扬帆之舟被凛冽的鼓足了劲儿的西北风一路吹回至大青山，可可以力更镇成为闻名遐迩的驼镇。每年会有二十万峰骆驼穿越阴山蜈蚣坝途经这个驿镇，驼铃敲碎了小镇白天和黑夜的宁静，像沸鼎一般蒸腾了那条形似黄瓜的弯街，却也打开了镇民们一家老小的活路。

本想傍驼道靠拉骆驼养家的大青山人，所有吃饱穿暖的念想在那个残阳如血的傍晚破灭。铩羽而归的驼户们满脸灰尘也掩不住沮丧和绝望。蒙古高原上的悍匪，成群结帮在北部草原劫掠来往驼队的货物，这条在漠原上流动了几个世纪的富国殷民的万里茶道就这样寿终正寝。

驼户们早已被这帮草原悍匪吓得魂飞魄散，只得带着半条命逃回老家，他们的货物尽失，同时失去的还有未来，多灾多难的大青山人几乎被这股寒流击倒。

现在的驼镇驼影稀疏，山前山后的驼户们在绝望中开始甩卖他们昔日的养家宝贝，一头骆驼卖个牛价钱，后来成了驴价。众多商家身价大跌，掌柜子一夜成了平民，剥离掉虚假繁荣的外表，露出来的是穷阎屋漏、雨井烟垣的破败景象。

失去这条万里商道，旱灾、鼠疫、匪患、狼祸、战乱……殄绝生命的恶浪一波又一波袭向这块苦难的土地，大青山变得不再慷慨，沙尘漫天，衰草荒烟，鸟绝兽散，连野菜也销声匿迹，饿死的人像深秋坠地的树叶，叠殍于野。黑漆漆的稠夜下野狼的哀嚎此起彼伏。饥饿的人们碰到一起，都用绝望的有气无力的口气互问："往后的日子咋活呀？"

眼下，就连距省城很近的蜈蚣坝，这个曾经车辚辚马萧萧、驼铃清脆的阴山咽喉也已是人迹罕至。没有了旅蒙商和保商团的护佑，路断桥毁，十里路走得人战战兢兢。

人困马乏间，突然窜出几个凶神恶煞的持枪匪徒，手里的财物倏然被洗劫一空，人们只能在坝顶呛着西北风无济于事地号哭一场，以排解心中的烦忧和无奈，也有人跃下石崖永别这苦海无边的人世。更多的恐怖故事迅速山南山北地疯传，谁还敢在这个鬼门关一试生死？

1926年春的一天，一小队骑兵从省城归化一路狂飙，在蜈蚣坝古刹独松下勒马，那匹高大的雪青马上一位身材魁梧的年轻军官举目四望。眼下一庙一松一僧，显得那般伶仃，远方群岭莽莽，天低风劲，来自蒙古高原的朔风掠过时訇訇作响，为这片紫色高原平添了一股戾气。嶙峋的岩石冷峻悲怆，雄浑的山体苍苍茫茫，山巅上一道断壁残垣曾是夯筑的秦汉长城，夯层里充满秦血汉骨，仿佛听得见戍边将士厮杀时的呐喊。

年轻的军官名叫吉鸿昌，此时身为绥远省督统署直辖骑兵团团长兼警务处处长，肩负绥远地方治安大任，行将赴任第三十六旅旅长。他想为这块凝聚着几千年来戍边壮士鲜血的土地上灾难深重的人民做些什么。

这座关帝庙建于关隘险处，古刹前歪歪扭扭立着的几通石碑，多是修葺庙宇的功德碑，其中一幅碑文字体隽秀、功力深厚，引起吉鸿昌的兴趣，即《重修关圣帝君乐楼碑记》。碑文中可见："兹因古有青山，地居乾坎。此山层峦叠嶂，蔚然深秀，前临水涯，断崖千尺，后依峻岭，木秀繁荫，真所谓神景之地也。谷底白道，阴山故道，坂长且陡峻，逶迤难行，往返行客时有车仰马翻，伤亡者益重。武圣关帝，侠肠仁胆，义绝古今。今关圣踞此雄地，恩威仪重，庇佑旅商，阜财三晋也……"

吉鸿昌回头对众人说："挟关老爷两千年余威尚可保一方平安，我等这些活人穿国家制服，持国家兵器，吃国家俸禄却不能保境安民，真是心存抱愧啊！"

几日前，吉鸿昌剿匪途经城南昭君墓，黄河岸边这座如山丘般的封土堆下埋藏着一位传奇的女子、一段沉痛的历史。吉鸿昌静静地站立了一个时辰，他仿佛和这位两千年前的人物进行了心灵对话，顿知明妃舍身报国的苦衷，她以区区之身，休千年兵戈，为守边百万将士之不能，一介弱女子竟造出“胡汉往来长城下”的盛景。内心的激动令他不能自已，当下要来纸墨，奋笔写下“男儿愧色”（此石刻已成昭君博物院馆藏文物）四个大字激励后生，知耻方能后勇，也告诫为官之人，生而不作不为，死后有何颜面见此奇女子。

吉鸿昌暗下决心，要为绥远人民干点儿实事。

一行十余人下马簇拥着吉鸿昌徒步转向右侧峡谷，顺坂而下，一路上溪水如鼙鼓轰响，白色花岗岩自然天成的道路上两行车辙蜿蜒而下。这正是那条烽燧不绝、骑歌箭雨的千年“白道”。或许，悲歌易水和豁然开朗都寄托在这道峡谷中。这条曾经繁华了几百年的商道仿佛正在昏昏沉睡。

几天前，吉鸿昌呈请都统李鸣钟，认为蜈蚣坝系通衢要隘，兵乱匪祸频发，加之道路逼仄难行，路面凸凹，导致行者渐稀，商贸断绝。因此，修归武公路至蜈蚣坝段已是刻不容缓。

吉鸿昌的每一项解困纾民之策都令绥远民众拍手叫好。李鸣钟也觉得这个年轻人爱民爱国，忠于职守，不畏牺牲，做了不少利民利国大事，于是放手让他去施展拳脚。重修蜈蚣坝之举，必能起到一路通百路通的功效，想到可以启动这项利民工程，吉鸿昌的内心十分激动。

他走到峡谷的底部，峰回路转，咆哮而下的溪水迅速汇入北来的河流，水势骤增，向右转弯呜然而去。一个小山村进入眼帘，村口早已站着几位乡亲挥手致意，他们衣裳破烂、形貌敦厚，远远便露出真情实意的笑容。此时一位身材消瘦，身着灰色旧长衫的年轻人快步走出人群：“在下温财旺，正是本村人，我等恭候长官到来。”

共产党武川工委书记温才旺的手紧紧握着吉鸿昌将军的手。

吉鸿昌直奔主题："我计划在白道故道旁另辟一条道路，以改观阴山行路之难，修路工人多为我部官兵，其间必少不了叨扰贵村，还望得到众乡亲相助！"从将军浓浓的河南口音中，温财旺感受到一种厚重亲切的力量。

"救国于危难，救民于水火，扶助农工，这该是我辈追求的崇高事业。吉长官为地方鞠躬尽瘁，碧血丹心，家国情怀只令我等自愧，将军是在造福我等乡亲。财旺本事不大，楚囊之情尚在，当相助于鞍前马后。"

"温先生所言句句在理，让人振奋。"

"不瞒吉长官，财旺数月前在张家口出席了李大钊先生所倡导的内蒙古农工兵大同盟成立大会，在那里听到了许多新鲜理论。尤其是李大钊先生的《布尔什维克主义的胜利》一文，介绍了苏维埃十月革命的巨大成果，让人受益匪浅啊！"

温财旺感受到一双厚实的大手袭来，满是力量："我今晚住在这儿，也想听听先生讲来自共产党领袖的教诲！"

"财旺正想与将军探讨扶助农工之道！此地为阴山咽喉，近年来豺狼当道，匪患猖狂，农工商牧深陷泥沼，苦不堪言。将军出任绥远警务处处长后便殷民阜财，兴利除害，啸聚大青山几十年大大小小的匪帮，竟然连根拔了，为非作歹的人听了吉鸿昌三个字皆胆裂魂飞，不敢嚣张。长官新措连连，禁烟禁毒禁裹足，兴农兴商兴新学，救民于水火，武川百姓都感激长官的恩德，直把您称作'吉星高照'哩！"。

"温先生言重，吉某既负绥远警务之重责，岂敢辜负一方百姓之殷殷期盼？只是难济一方之困，深感愧汗。"

温财旺邀吉鸿昌一行走入车马店里，粗瓷大碗，砖茶浓酽，吉鸿昌却如饮甘饴，一连喝了三大碗。两个身份年龄阅历不尽相同的人却一见如故，意气相投，谈话也渐渐少了客套。

温财旺将坝顶村、马家店、牌楼馆几家车马店做了临时军营，村民和吉鸿昌的随从们忙着拾掇房屋，修锅头，通炕箱，抹墙泥……

村里几个妇女主动来做晚饭。莜面是大青山地区的特色，也是车马店里的寻常食物。女人们在宽大的土炕上置放案板，她们彼此说笑着，轻松团弄着柔软的莜面团，各显神通，像变戏法一样制作成各种形状的莜面美食。一个姑娘像玉女弄织，交错揉搓间几根面线均匀光滑、绵绵不绝地流淌出来，直让人瞠目，这叫搓鱼。另一个姑娘在一块光滑的石板上，将面团以手掌挤压成片，又麻利地剥起卷成筒状置于笼屉，一气呵成，真是巧夺天工。这样做成的莜面看上去纵横有致，断面如刀切，形若蜂窝，难怪被唤作窝窝。开春时节也没甚蔬菜，土豆丝、酸盐汤兑醋，胡麻油呛扎蒙花的味道在车马店弥漫着，蒸笼里的热气伴着浓郁的莜面香，吉鸿昌感觉自己饿了……

夜已经深了，那豆粒般大小的灯光努力投向灰暗空旷的车马店，三十一岁的吉鸿昌和二十四岁的温财旺目光如炬，两颗相见恨晚的心是那般互相吸引。从国势及民情，从历史到未来，两个人一吐心中块垒。

千里的雷声万里地鸣，在黑暗中痛苦挣扎的温财旺迎来了生命中一束灿烂的光芒。吉鸿昌饶有兴致地听温财旺兴奋地讲着自己加入共产党的经历，这位高大威严的军官此刻宛如一个恭温好学的孩子……

1925年，温财旺在其同学吉雅泰的介绍下加入了共产党，并成为武川工委书记。年末，他和他发展的党员杨万才一同出席了西北农工兵代表大会。会上，温财旺见到了将撼动中国命运的伟大人物——李大钊、赵世炎、陈乔年、罗章龙、刘伯庄、韩麟符、谭平山、王仲一、韩麟符、吉雅泰、张治平、陈印潭、李若愚、多松年……这些日后的火种播种者，即将引燎原之势，席卷天下。在这次大会上，温财旺当选为大会候补委员。

李大钊会后和绥远党组织达成共识，决定和冯玉祥合作，将派大批中共

党员进入冯部，温财旺名列其中。在温财旺辞掉小学教员挂鞭而去之际，他接到绥远工委指示，配合绥远都统署完成蜈蚣坝修路工程。

“世五（吉鸿昌字）甚羡先生参加如此盛会，何日我也有这样的机会？！”

温财旺曾受聘于武川第一完全小学，是这所小学的教员。温财旺成了这里最受学生们欢迎的老师，学生们十分崇拜这位年轻消瘦的老师，他目光炯炯，声音低沉有力，一口大青山方言如涓涓细流，淌入每一个年轻学子渴望新思想滋润的心里：

“我们武川人可以用烂皮袄当学袍，可以靠山药蛋充饥果腹，但决不可懵懂度着猪狗一般的光景。人一辈子眼睛只盯着锅里碗里，心里只想着今儿个明儿个，留得三寸气在，受人使唤受人宰割，和牲口有什么两样？只有念一肚子好书，放大我们的胸怀，放宽我们的眼界，选对我们的前途……担百姓之苦难，拯我乡亲于泥涂，让他们拥有十亩旱地一犋牛，老婆娃娃热炕头的生活不再是难以实现的美梦。让所有受苦人从这旱泥窝窝里挪出我们半死不活的身体，敞敞亮亮地走在人前头，这一切只能靠我们自己！我们要做自己的主人！

“我亲爱的同学们！看看我们大青山的父老乡亲，他们要承受着这世上所有的灾难，蝗灾，旱灾，鼠疫，匪祸，兵连祸结，豺狼横行，军阀割据一方，国家积贫积弱，全民一盘散沙，这就是我们受欺负的根源所在。这个国家、这个民族需要我们年轻人站出来，为建立一个强大的、统一的、团结的伟大国家去战斗，去流血！我们一定能创造一个没有盘剥、没有欺凌、没有饿冻，自己可以主宰自己命运的未来世界！”

温财旺说过的许多话一直在流传，直到许多年后他的学生两鬓斑白才彻悟，老师的话就是《国际歌》里的内容。

温财旺望着窗外房东的女儿蹦蹦跳跳地回到家里，不久，哭泣声和求饶声从低矮的土房中那狭窄的窗洞冲出，撕裂了这间穷阎漏屋的宁静。窗户纸上印着一个手持鸡毛掸子女人的凶狠剪影：“不裹脚将来怎么能寻上个好婆家？！”

小女孩儿疼痛的叫声如此撕心裂肺，温财旺的灵魂受到重创，他不再恭温和气，只把嗔怒集于脚上，只一踹那门便疲软无力地闪了开去，温财旺的怒喝声夺门而入：“吃着猪狗食，负着骆驼的担子，光景这般的艰难，还要自加绊绳？大清国亡了多少年了你们还要守那些丑俗旧礼，贻害自家子女，害她一辈子歪歪扭扭？真正的可悲可恨啊！”面对这个气势汹汹的教书先生，那家人吓得住了手，也住了口。

怒火在胸中熊熊燃烧，温财旺决定向腐朽可耻的陋习宣战：“无论在归化还是武川县城街头，女娃娃们扭动着身子努力保持平衡的行姿仍然随处可见，即使女人的脚获得解放，但思想还被羁縻。从心灵到肉体都被压迫扭曲到摇摇摆摆、举步维艰的地步。被迫害、被轻贱、被凌辱、被遗弃的命运如影随形。我们不去战斗，会有多少女娃还未涉世就惨遭荼毒？我们还谈什么妇女解放，谈什么思想自由？试问：如果这女孩儿是你的妹妹，是你的侄女，是你的女儿，你会把她自然生长的脚板扭曲成一个麻花，让她终身残疾吗？”

“会吗？”他又一次大声质问。

“不会！”少年们异口同声，声中含怒。

大青山人敢于以一种与生俱来的顽强力量对抗所有强加给他们头上的天灾，但却无人站出来去挑战被强加在自己头上的人祸。温老师的话犹如拨云见日，学生们开始思考他们的未来，反思他们羔羊一样任人宰割的人生，一连串的问题直击自己年轻的心：我们为什么落后？为什么挨打？我们为什么

忍饥挨饿？为什么做牛做马？

温财旺迅速燃起了一场大火，他组织学校教师和学生到县府请愿，以废“吸烟土，卖妻女，缠裹足”这三种毒害最深的万恶陋习。这一运动得到中共绥远工委书记吉雅泰的支持，势如燎原之火……

多少年后，那些逃脱“三寸金莲”命运的妇女们庆幸地唱道：“马驹子跑在草地上，没裹脚全凭温财旺。”

温财旺每次讲话都会在年轻的学生中掀起波澜，有一次他发现一位少年随他激情澎湃的话语挥动自己的拳头，便记住了这个名字——李福。

这一年，驼户李三的十六岁的儿子李福决然地跟着温财旺走进河套，成为冯玉祥部队中的一名士兵。他给父亲留了一封信，信中表露出他要改变自己命运的强烈决心：“……贫穷的日子要苟且多长多久？被人小看和轻贱的日子儿不想过下去。谁也不是天生的奴才，我不想像您那样拉着骆驼在瞭不到头的荒漠中行走一生。我要去寻一条改变命运的活路，探路必是凶险的，但总是要有第一个人先行……”

十年后，自认为前程锦绣的李福回到家乡，走时纤瘦稚嫩的少年变得英俊挺拔，粗布破衣烂衫化作西装革履，曾经透着憨厚灵秀的双目里此刻尽是志得意满；曾经追随共产党人去为穷人打天下，却在上海奢靡的十里洋场失去了人生坐标。他身上的泥土本质已被灯红酒绿洗涤得一干二净。

当时李福已改名为李铁山，离开冯玉祥部并转入贺龙部，作为贺龙将军的警卫员参加了南昌起义。李铁山后来的命运十分迷离，他背离革命道路并孤身混社会的这段历史，已无从知晓。他扭曲的世界观让厚道的武川人无法认同，人们常常将其作为反面教材教育后代要诚实、本分，不要贪图享乐而失了人格。

在两千年的古白道上另辟新途，许多人不敢相信，于是十里八乡的人站在白道梁上要亲眼看看这奇迹怎样产生。

乡亲们第一次见识了炸药在战火焚遍无数次的白道谷炸响，爆炸声和滚滚巨浪震颤着脚下的山岩，白道谷的阴坡上白桦林纷纷倒下，暗灰色的崖壁像豆腐一样碎裂开来，石块呼啸着滚下山谷，村里人看惯了的白道梁上旋乾转坤般拓开一条新路……时经月余，军民同心，危路尽垝，一条新路被开辟出来。

路通之日，绥远省新官旧僚都驱车乘马赶往白道体验天堑变通途的盛况。为了纪念这一利民工程，几日前温财旺代表众乡亲请求吉鸿昌于悬崖石壁处留字，吉鸿昌推脱再三，但盛情难却。一代名将舞刀却亦弄墨，他的楷书落笔千钧，力透崖石，如今留存于白道崖壁处的四个遒劲有力的大字“化险为夷”（现为内蒙古自治区级文物保护单位）仍清晰可见。让百姓化险为夷，绝处逢生，这不正是共产党人追求的奋斗目标之一？

1938年10月，八路军一支两千多人的虎贲之师北渡黄河，挺进大青山。由唐金龙指挥的这支骁勇善战的军队伏击并重创了日本侵略者，这源于大青山的共产党人为八路军提供了一个情报，他们诱敌车队进入白道谷。吉鸿昌将军修筑的路段成了日军的坟场。

八路军在白道谷两侧的白桦林中守株待兔，当日军的卡车哼哼唧唧地进入这条十多年前吉鸿昌修筑的公路时，刻于山岩的“化险为夷”四个如斗大字嘲讽般见证了日军飞蛾赴焰、自投罗网的历史场景：八路军居高临下，他们射击、投弹、冲锋、肉搏时的英姿投射在这座山谷的岩石上，树丛间和花岗岩的古道上，两支军队的呐喊声震天撼地，双方的搏杀如此悲壮，被武士道充足了气的日本士兵们本想踢出雄赳赳的一脚，却仿佛踢在了大青山坚硬的岩石上，他们的恐惧伴着战斗直到结束。

归化城的增援部队赶到这里时，在白色的花岗岩峡谷里，八十具日军

尸体散落在岩道上，他们的鲜血在这条雄关古隘白色的岩道上如同凋零的樱花，落英满地，成群结队的苍蝇嗡嗡嗡围着他们且唱且舞……八路军百余名战士的青春热血洒在了这条古道上。

八路军在蜈蚣古坝一战打出威名，一些对抗日持消极态度的人士重新振奋起来，态度摇摆的蒙旗保安队重新站队，稳住脚跟，枪口确立了方向。八路军楔子一样钉在了这片漠朔藩屏之地。

在一个残阳如血的秋日，日伪军在温财旺和吉鸿昌秉烛夜话的土炕上逮捕了正在养病的他。他们认为给八路军提供蜈蚣坝伏击日军的情报可能来自这个弱不禁风的共产党人。

温财旺在冯玉祥部参加了著名的五原兵誓，由于国共分裂，蒋介石举起屠刀时，冯玉祥犹豫再三，他用“礼送”之仪赶走所部一百六十八名共产党人。为革命耗尽心力、体弱多病的温财旺听从组织指示，回到大青山发展革命力量。

日本人猜得很准，这个情报的确是温财旺通过他发展的共产党人曹文玉、马建功送到八路军手中的。虽然身在病榻，心却在战场，他从来没有停止过战斗。

日伪军对这只病虎不敢轻信，施以索绑镣铐。在去往可可以力更镇的路上，这个孱弱的汉子被马鞭和枪托一路凌虐，口吐白沫，但没人听到他一声求饶声和惨叫声。组织营救温财旺时，他已是气若游丝，铁嘴钢牙紧咬，愣是没有蹦出一个出卖组织的字。温财旺三十八岁的生命定格在抗日岁月的一个黄昏，由他鼓动起来的战士们继续着他未完成的事业。

一个叫马建功的游击队长横空出世，他的威名令山前山后的日军汉奸一夜数惊，惶惶不安。

马建功和温财旺同村，温财旺是他的启蒙老师，马建功也是他的革命领路人。这位家喻户晓的英雄，在蜈蚣坝一次又一次拦截日伪运输队，迫使敌人修路改道，专走山脊。他将作恶多端的汉奸一个又一个逮捕，使其不敢在此造次。日军对马建功恨之入骨，杀害了他六个家庭成员以泄愤。

复仇的怒火驱使马建功出生入死，浴血杀敌，他成为可可以力更镇人引以为豪的英雄，成为捍卫家园的精神长城。

敌人的残酷激发了大青山人潜在的尚武豪迈，许多年轻矫健的身姿出现在大青山上。夕照下，大马长枪，长歌箭雨，他们正将复仇的怒火燃向敌人。

一个叫张二银虎的蒙古族年轻民间歌手成了八路军的宣传队员，他用家乡的爬山调做武器，召唤大青山人民同敌人进行战斗：

烂梁马子备鞍子，
大青山上拿弯子。

有心领你去打游击，
少吃没喝真受罪。

牛粪火烧了两颗山药蛋，
吃饱了再和日本鬼子干。

老外父捎将来一句钢骨话，
俺闺女只选个英雄汉子嫁。

大青山最艳就数那山丹丹花，

打不跑鬼子哥哥俺不回家。

…………

大青山的烽火和赤旗相伴，怒放的山丹花红透千岭；喊杀声、马蹄声、枪炮声令侵略者感到末日悬顶。共产党人的呐喊声召唤着这块土地的血性回归，大青山像中华民族的脊梁挺立于北方的朔风漠尘中。

1945年一个秋雨绵绵的深夜，日本兵听到自己的天皇用充满沮丧的垂死之声宣读投降诏书，曾在中国土地上耀武扬威的他们彻底崩溃，借着急雨和夜幕逃离了这块死亡之地。当他们途经白道谷时，山洪咆哮，松涛怒吼，雷霆万钧。

很多日本兵喜读中国古诗，知道“胡天朔漠杀气高，烟云万里埋弓刀”描述的是他们脚下的土地。他们庆幸自己的身体能走出这条峻谷，但他们的魂魄早已散落在白道谷十里血路上。

三、水磨之崩

抢盘河是小黑河的支流，小黑河又是黄河的支流，抢盘河发源于希拉穆仁草原，过石人湾，再经井尔沟，一路南下贯穿阴山南北的沟谷。而它的山谷北口却在石人沟村。

本来抢盘河的水算是涓涓细流，到这里拐了个弯，突然平地起水，水流骤然涨了十几倍，流水的声音也轰鸣起来，进入峡谷时，它的回声像雷响一样。

当初，孙、李、刘三家结伴从滹沱河走西口到此便停止了脚步，他们觉得此地像极了故乡的地势，决定在此扎根立村，建一处栖身之地。他们发现眼前乃百泉之地、风门水口，河西一湾地算得上宽大，却立有许多石人，是胡人的墓葬，有人说这里阴气太重不宜建阳宅，便在河东半山腰就地取石碹了几孔石窑洞住下。所居之地竟也宜农宜牧，可以垦出几十亩地，养几十只羊，三户人家也不必受冻馁之苦。

只因抢盘河在此水势汹涌，他们只觉可惜了这股好水，就想起了口里老家的水磨，省力干净出面多，于是从老家请来了木匠、石匠，学着老家的样子傍河打起了水磨轮子，立起了磨盘，建成了水打磨坊。

老祖宗的法子真是灵，把流水和炮山石当作动力，为了使水流变得湍急，他们刻意用大石头在水磨的上游扰一道水坝，留一道口子，把水集中呛灌到轮厢，水力推动着轮厢抛向半空，水流推动木轮叶子，每轮回一周“哐当”一声，轮上轮下水磨的力道很是强劲，显得易如反掌。

就这样，木轮叶子成天不知疲倦地旋转，转出春夏秋冬，不知不觉乱世中过了三代，到刘四时已是第四代了。光景像流水一样，势无常态，灾难却像抢盘河里的水，一波接一波地不断光顾这个水磨坊。土匪打家劫宿、抢粮抢钱让刘家肝胆俱裂，后来鼠疫又来，三家十几口人，不管老少都被掳走了性命，只剩下刘家老四一个。他想活命，只有守着两孔窑，还有哐哐作响的水打磨，原先人们叫他刘四，斗转星移，不知何时又改叫刘四磨了。

水磨坊的营生一个人断断做不成，刘四磨常年雇了光棍二娃和哑巴，这俩人也是无依无靠的苦命人，都是讨吃要饭路过被他收留下的，傍个磨坊总不至于饿死，两个人也是舍得苦发得力，刘四磨这磨坊像泛在水中的破船，

载着他们的命，只有共同协力撑着。后来刘四磨娶了个女人，这帮手也不软，磨坊竟也维持下来。

刘四磨住在半山的窑里，离水磨不足半里，方圆二十里再无人迹。他二十大几时才娶了老婆，女人是躲过饥荒年活下来的口里人，一家七八口人就她从阎王爷手中逃脱，到口外投奔亲戚。当被人领到磨坊时，年仅十七岁的姑娘面黄肌瘦，全身看不出一丝女性特征，满脸只一双大眼睛活泛地转动着，要不是一双小脚，都能被认作是个小男娃。但她有个再女人不过的名字——俏女。

刘四磨把俏女当女娃养，俏女却做了一个好女人应会的所有营生，搭里照外，成了他的帮手，每天按时三顿把热饭递在刘四磨的手里。刘四磨见她做的馍馍都黑圪蛋，俏女说这是她从麸皮里费气把力地箩出来的，刘四磨便觉得饭更有了滋味。

或许是黑面后劲大，俏女突然像发起的面团，曾经只一双大眼的小脸成了盛开的桃花。一些来换面的男人在驴背上压了面口袋，就是不肯走，扯东扯西，女人自顾箩面头也不抬，没完没了的驴叫声才催得他们挪开了身子。

在水磨坊哗啦啦的流水声和轰隆隆的磨绞声中，小麦成了面粉。水磨引得山前山后的农人用骡马驮来黄澄澄的麦粒，再驭走雪一般的白面，抢盘河的水哗哗流，却冲不淡沟里浓郁的面香。

日本人的皮靴没踏入这块土地时，水磨坊过着好光景，骡马、骆驼络绎不绝，几十里外的人都知道水磨坊换面面白、量足、公道、利索。所谓换面，就是把麦粒交到磨坊，按纯度折了分量，折合后按面的成色驮面走人，也许是张麦李吃，李麦王吃，那时候大家的东西都是从一样的土地出产的，品种也一样，麦粒饱满度也没什么差别。农事忙，加上驴拉人推的小磨费工误事不出面，有见识的都愿来石人沟换面。来的趟数多了，就想拉个话，结果话题常常被轰隆隆的水浪击木、石磨相啃的声音湮没。

月亮还挂在天上，山里晨风习习，不知名的鸟儿欢欢地叫着。刘四磨提着马灯照路，俏女在前头走着，小脚颤颤巍巍，身姿扭动着，像极了踩高跷的舞者，手中的小扫帚摇摇摆摆。到了磨坊，两个小磨倌早把麦子倒入粮斗，这些麦粒就源源不断如涓涓细流般灌入磨腔。上下磨盘咬合着麦粒，波状的石牙子发出痛快的响声，面粉欢快地顺着磨的沟槽落下来。俏女的笤帚飞快地把带着面尘的粗粉扫进簸箕又倒入箩柜，拉动箩子箩面。这磨面得磨三遍，头烂面是好面，量大，叫细面；二烂面稍黑些；三烂面粗黑，夹些麦麸碎屑，且量少，成了磨坊人的专供。真是织布的无好衣，磨面的无好食。

俏女说刘四磨这名儿太对他的人了，总像磨一样朝一个方向走，从来不拐弯儿，就是性格也像木轮一样倔强，秉性和磨一样硬气，日子像磨一样一圈圈被消磨……

那天保长小郭三来到磨坊时，身后拉拉溜溜一队日本骑兵和几十辆胶车顺着上游水浅的河道也进来了，此起彼伏的鞭响声、吆喝骡马声都湮没在磨响中。

小郭三一张好嘴，谝惑得鬼也跌跤，日本人、伪蒙古军、自卫军、八路军，他支应起来八面玲珑，到头一副抵死谩生、财殚力竭的样子。山民们知道他不算灰人，也自维护他，没将他打在汉奸数里。小郭三也觉得自个儿老叫驴跳舞——费力不讨好，刀刃下混光景，哪天人头被谁割了也说不准。

小郭三告诉刘四磨这都是日军从土默川征来的军粮，都是刚打下的新麦，要在八月十五前磨成面。

“甚？征来的？刁抢来的哇！”

“刘四磨，磨你的面，磨甚嘴皮子？嫌脑袋长得牢？”

“八月十五要面，做成猪打干（粗饲料）也赶不迭！”

“日本人的刀不是吃素的，努彻腰也得磨出面来！”小郭三扔下这句又冷又硬的话，骑着他的大叫驴走了。

日本人留下四万斤麦子，还有两个伪蒙古军和两个日本兵。负责的日本人是个伍长，光着膀子像说书里的郑关西，另一个日本兵他喊作鬼二，这家伙看上去真的是很鬼，一双眼阴森森的，像羊圈外游荡的狼。伪蒙古军一个叫苏和，一个叫巴根，都是大块头，却被日本兵呼来喝去，收起凶相点头哈腰的。

刘四磨知道，伪蒙古军和日本人穿的是一条裤子，给他们磨面，那就是干亏良心的营生，等于让这帮狗家伙吃饱肚皮，骑上他们的高头大马，举着他们的马刀，砍杀中国人！

日本兵住在了刘四磨的窑里，磨坊里的人却被赶进窄小的磨坊木屋。他们坐在家里都能看到磨坊，偶尔派个人去转一趟，却不误为自己的嘴巴找吃的。苏和杀羊利索，他骑马从远山上一个羊倌手里抢了两只羊，他们要保证在这个山沟里的这几日有充足的手把肉。

日本人却喜欢吃鸡，宰鸡拔毛也是好手，血淋溅糊，俏女看了，箩面时泪蛋蛋掉进面里。一家酒坊来买麸皮，给刘四磨带了两坛好酒，他没舍得喝，也被这几个家伙翻出来，喝得东倒西歪，发酒疯把家里砸了个底朝天，坛坛罐罐破碎的声音传到了磨坊。

俏女本来怒火攻心，背着刘四磨上去阻拦，她的怒气却引得日本兵欲火烧心。伍长那长满毛的手突然袭来，一把抱住她一通乱摸，又把酒气熏人的脸贴了上来，女人性子烈，常年做男人苦力，拼起命来彪悍异常，但终用些又挠又咬的手段，伍长脸上几道子皮肉生生剥离，糊了满脸血污疼得狂叫，回头又摸出了切菜刀，一旁的鬼二斜侧一枪托砸在俏女美丽的前额上，一只眼珠子崩了出来……

伍长恨难消，把俏女的衣裳剥光了，将尸体扔到窑洞外。俏女的裸体呈现出个孕妇的隆腹，两条命横陈在风雨交加的抢盘河畔。刘四磨知道消息时已经迟了，他只看见自己心爱的女人伶仃在雨中，雷电交加下长发在雨水中微微飘动，抱在怀里时，女人的身体不再热扑扑，冰冷得像这个恶毒无情的世界……刘四磨仰天嘶吼了一声，眼睛里溢出了血，生生咬脱了一粒牙便昏死过去。

刘四磨醒来时，抬头看见鬼二正用黑洞洞的枪口对着他，他对着日本人喷出了好多难听得像骂牲口一样的话。日本人脸上堆着笑，他们一方面觉得这个中国人很可笑，另一方面，他们不能让这个中国人死。

哑磨倌死死抱住刘四磨的胳膊，把他牵离了这个悲惨之地。两个伪蒙古军挖好了墓坑。土坑里积满了水，二娃和哑巴给俏女裹了一张被外加一张芦苇席放入墓坑。土一锹一锹埋着刘四磨心爱的女人，他的头撞在磨坊的木柱上，突然发出狼嚎一般的哭声，两个日本兵手中的枪扬了扬。哑磨倌也哭了，同样凄厉刺耳，日本兵烦了，用皮鞋踢他的屁股。

天亮了，日本人这才发现磨在空转，他们知道惹祸了：死了人，少了劳力，四万斤粮食加工成面粉要是泡汤了，他们就得面临严苛的军法，因此只能用刺刀逼那两个伪蒙古军去磨坊干活。

雨水泼在脸上，火辣辣地疼，两个伪蒙古军回头看了一眼鬼二，那家伙脸上的肉很僵硬，毫无表情，没有人知道他在想什么。就在刚刚，他们就像杀了一只鸡一样杀了一个中国女人，而她的丈夫正在他们面前为他们加工军粮。

刘四磨看了一眼天，雨看起来一时半会儿停不下来，他又瞭了一眼窑洞，仿佛看到透过某个窗眼正在窥视的一双鬼眼。他盼望雨下得再大些，天早些黑。

天刚黑，突然又电闪雷鸣，无数闪电聚集着愤怒，鞭挞着这块罪恶之地，电光仿佛正在搜寻罪孽。

日本兵和伪蒙古军惊恐地窜出窑洞，复又窜回，他们担心苫布下的粮垛进水，将手电光不停地扫来扫去。

风把急雨撩进了磨坊，箩柜里进了水，面上渐渐积了水，面粉在水下不动声色——那些面还是俏女箩下的。

眼见雨不停歇，沉闷了许久的刘四磨终于站起来，喊了一声："水泡了麦子，日本人吃球哇？"

苏和跑出来，高声问："你炸乎个毛？"

"麦子见水生了芽，磨个毛面，喂牲口也不吃，你们几个不长尾巴的牲口活不成了！日本人还不剥了你们的皮？"

苏和一听，被雨浇过的脸煞白，折回去冲他的主子哇哇叫喊，随后四个人一并从窑洞下来，不时在泥泞的路上摔马爬，来到磨坊时像极了在泥里拱过的猪。

"粮食的保护，哪里的安全？"伍长问刘四磨时，掩起了凶相，笑容从泥脸上挤出来。

刘四磨指了一下磨坊的木架，示意那里不会灌水。伍长稍一思索，竟哈了腰，一摆手让同伴搬粮，二娃和哑磨倌也被他驱赶着搬运。

日本兵和伪蒙古军都壮硕得像牤牛，生怕毁了粮食丢了吃饭的家什，他们搬起二百斤的麻袋很麻溜，还不误呵斥二娃和哑巴。刘四磨站在粮垛上指挥，他故意让他们在靠近河的角架上多放了十几袋。

粮食搬光的小台地立刻成了一片水泽，伍长看后嘘一口凉气，直夸刘四良民，他似乎忘了白天他们杀害的中国女人正是这个良民的妻子。

搬完粮后，几个人匆匆赶回窑洞烤火，又拿出酒驱寒。他们根本没在意哑磨倌的消失。

有一回，八路军的一个军需主任来磨过面。八路军里能人多，来的尽是匠人，铁匠帮刘四磨加固了磨轮，石匠帮他砍了磨牙，木匠帮他修整了轮叶，小兵更是叫做甚做甚，淘麦、看磨、箩面，半个月做了一个月的营生，临走还给了双倍工钱。刘四磨心里一天也没忘记河下游四十里外井尔沟这支缺衣少食却斗志昂扬的部队，他觉得这批粮食应该属于他们，他相信这是老天爷安排的。

日本兵折腾了半夜，天快亮时又听得二娃大叫，迷迷糊糊跑出窑门，外边的雨依旧没有要停的意思。刘四磨说："太君，磨坊的架子要塌啊！粮食和磨坊统统要完球了！"

四个家伙惊得睡意全无，鬼二操着枪警戒，其余三个人都上了磨坊的梁架上，只见粮垛正在向着河边的一角下沉，伍长召唤人要搬空那里的麻袋。伍长警惕地搜寻二娃和哑磨倌，不防刘四磨手中的桦木棒狠狠砸在他脑袋上，眼见两条粗壮的腿仰天翘起，下边的鬼二还没来得及端起那支砸死俏女的三八步枪，却一头栽倒在河畔，鲜血瞬间被抢盘河吞噬。原来是二娃打过牲，使得好枪，他偷着从窑里拿到伪蒙古军的一支马枪，拉开枪膛放上黄澄澄的子弹，一发子弹就要了鬼二的命——鬼二真的成了鬼。

苏和、巴根像两根柱子，在大雨中对视，静等第二棒袭来，他们真真切切听到木棒挟带着风的呼啸，他们强悍的身体无法承受这种愤怒的力量，像草包一样双双被砸入翻滚的洪流。

"俏女！给你报仇了！"刘四磨大喊道。

刘四磨回头对呆呆立着的二娃说："二娃，愣怔啥？顺沟下去投八路去，把四杆枪都带上做投名状，弄个小官当，领着弟兄们替哥多杀日本人。"

背上四支枪的二娃给刘四磨重重磕了三个头，他听到水磨在吱吱嘎嘎地响。二娃的影子消失在黑暗中，刘四磨手操起烟袋，习惯性地含着烟嘴，才发现烟口袋里的烟叶早已被雨水浸湿。他起身把鬼二的尸体拖向河边，用力把这具令他生厌的尸肉抛入河中——他不能让他玷污这块干净的土地，不能让俏女看到他的鬼影。

那台水磨坊的叶轮在空中空转了一宿。天刚放亮，水磨坊如山崩地裂，木头和木头、木头和石头碰撞，木头折断的声音和石磨落入河中的巨响，让这条不大不小的河流震颤了许久。河面上漂着木头碎片，大量装满粮食的麻袋包被咆哮的河水吞没了。

保长小郭三来时，山水退了，沿着路径寻到磨坊，眼见一扇石磨的角探出浑浊的水面。这小郭三比鬼都要精，他心里明白，这里发生了一些不同寻常的事。他深知刘四磨身上的正气和硬气，他看到了消失的磨坊处的一堆新土，知道刘四磨和日本人同归于尽的壮烈，心里涌动着一丝感动，嘴里喃喃地说："没了粮，饿狗日的！"

小郭三向日本人报告："一场百年不遇的大山水，冲垮了磨坊，看磨人和看守士兵以及四万斤小麦被洪水冲走。"日本人不是愣子，猜想这和山里的八路军一定有关系，狠狠抽了小郭三十几马鞭，惩罚他糊弄皇军，他号了一气，总算是躲过了被砍之祸。

哑磨倌是被八路军潜伏哨发现的，有的战士曾去石人沟磨过面，认出了他，从他的比画中了解了情况：磨坊主刘四磨要在凌晨把鬼子的四万斤粮食投入洪水漂向下游。八路军马上组织了两百多人的打捞队，在河滩水浅处设了几批人马等待。

晨曦中，抢盘河汹涌的波涛闪闪发光，在沿河宽广处水流放缓，麻袋像蠕动的蝌蚪要赖般不愿前行，八路军战士捞起了一百八十几口袋小麦，口袋是用细麻扎的——牛毛织的口袋密实坚耐，不易进水，麦子漂在水面不沉，也不易被河石刮破。

他们还捞到了五具男尸，哑磨倌一把抱住一具就哭，原来是刘四磨的。

第二天雨停了，抢盘河复又平静地流着，一支有二娃、哑磨倌参加的八路军部队轮流背着刘四磨的尸体逆河而上，秘密潜回石人沟。同时，小郭三组织人将两副棺材从上游运来，那是两位老乡绅捐出的寿棺。

刘四磨和他的俏女静卧在石人沟了，夫妻合葬墓选在紧挨着水磨坊的台地上。

两年后，骑兵第三团组建，在石人湾整训。刘四磨的石窑成了团部，团长姜文华指着河岸对身边的人说："这是当年水磨坊的遗址，磨坊主人毁家纾国难，利用洪水把日本人的四万斤小麦送到了根据地，而他却把财产和生命都献给了抗日斗争，这是多么伟大的人啊！"

第三章　牲灵篇

一、红骒马

一个村庄和一匹红骒马的故事渐被半个世纪的尘埃湮灭，人吼马啸的喧嚣在苍烟中已然散尽。红墙碧瓦的新村炊烟稀疏，更绝了呼啸而过的马影，曾经生气勃勃的“马痴村”变得如此的宁静。

这个曾经拥有两百个痴迷于马的村民的村庄，因接纳了一匹来自遥远的北部草原的桀骜不驯的红骒马，让世人见识了他们的有胆有识；村民们的真情感化了一匹“害群之马”，使其甘愿收住狂放不羁的马蹄和志在天穹的心思，让世人知道了他们的有情有义。

那匹叫“火驹”的红骒马有一身烈焰般的毛色，曾经是三河马场牧马人地狱烈火般的梦魇。额尔古纳河、海拉尔河与哈拉哈河流域的广袤草原曾经被这匹赤色骒马搅得永无宁日。

马场发誓要驯服它，之后便是一场接一场的征服与反征服的战斗。它收放莫测、劲柔难料的身躯闪躲腾挪之间，一个又一个彪悍矫捷的驯马师一败如水，每一个回合下来，它总是用狡黠的目光回以挑衅者。在两个呼伦贝尔草原驯马的顶尖高手接连筋伤骨折后，人们征服它的意志从此折戟沉沙。

它仿佛是一团炽烫的烈焰。马场对它施以草原上最原始也最为残酷的刑罚——它的颈部被强加了两根二尺长的打腿棒，是用榆木或桦木做的，被绳索吊在膝关节的位置，每走一步，两根木棒便扭摆着身子恶狠狠地旋向它的痛感之处，但这仍无法撼动它的领袖地位和我行我素的做派。马场最后做出无奈的选择，他们把这个危险品夹带于农区采买马匹的队伍之中，一竿子把这个祸端拨到了数千里之外。

马痴村比邻希拉穆仁草原，这里是半农半牧区，乡民大多是走西口来的三晋移民，胡风汉俗互为影响。千百年来此地百姓轻文尚武，无论农牧工商兵匪，即便腹中无食、囊中无银，也要跨一匹好马，当地的县委书记下乡都是骑马。买一匹好马差不多要五百块，而一匹马价可抵二三十头草原犍牛，重马之风可见一斑。自古好马配英雄，即便是卑俗匹夫，拥一匹好马只觉得腰硬了，胸腹中也沉下些许豪气。

马痴村地界，两百多年前有一户蒙古族人家在此养马，鼎盛时期有马两千多匹，渐成爱马、懂马、驯马、惜马、迷马之风。碰到村中的汉子，你若夸他妻贤子孝，竟不以为意；如果捧他的马儿赛赤兔，他会领你回家吃一顿丰盛的莜面大餐，由此村子便被外人冠以“马痴村”。

村子里每个人都知晓马语，那是千百年来草原牧民最原始的人马交流的语言，两种不同的生命借此相应：“得勒勒！（停）”“驾！驾！（走）”

驾！”“号！号！（快冲）”“哨！哨！（向后）”“啾！啾！（加快步伐）”“啧！啧！啧！（安静）”这些音符汇成了一曲远古的乐章，让那些来自草原上的马儿得到了母亲般的安抚。

马痴村人闲时喜欢群聚神谝，内容自是离不了马，能把书里戏里的各色名驹——霸王的乌骓、关羽的赤兔、秦琼的黄骠马、岳飞的白龙驹……描述得活灵活现。村里人平时竟将相马的经学烂熟于心，雅俗相济：“远看一张皮，近看四爪蹄。前看前膛阔，后看屁股齐。当腰拍一把，鼻子捋和挤。眼前晃三晃，开口看口齿……”对于精深的相马经典，这些白丁也念得朗朗上口：“……寿旋顶门高过眼，鬃毛茸细万丝分。面如剥兔腮无肉，鼻如金盏食槽横。耳如杨叶根一握，项长如凤似鸡鸣。口叉须深牙齿远，舌如垂剑色莲形……”

就这样，马痴村的人活在马的世界里。马是这个村子的生命驱动力，是薪火延续的图腾。

马痴村人均耕地几十亩，多是沙板地，只凭广种薄收。喇叭里成天喊着农业现代化，全村却没有一台拖拉机，拉运和农活儿都靠大量的牲口来完成，马匹是村里最大的劳动力，也是村里最大的财富，拥有一匹好马能令整个村子闪耀荣光。马痴村自是骏马辈出，常常引得邻村羡慕。

我爹从小就目睹小地主的父辈们平日骑一匹走马四处浪荡，从他们脸上读出无尽的心满意足。他们疯狂迷恋马绝非贪图财富和享乐，可能是想从马身上获得类似宠物一样的情感依托。生产队队长范贵是个超级马痴，其迷马之情、爱马之切无人可及，他的先祖是兽医出身，常常借故在饲养院的马厩里转悠，拍下这马的背，看下那马的牙口，从而忘了回家吃饭，常引得他老婆吃马的醋。

我爹那时还是一名完小的老师。每当县里从草原统购的马匹回到食品

公司几百亩大的圐圙时，他总会像今天的职业球探通过窥觑发现未来之星一般，长久地站在围墙边不舍离开。那些来自遥远的北部草原的精灵们令他心旌摇曳，它们吃草、踢咬、奔跑的场景成为最令他赏心悦目的画卷。他的癫狂也吸引了那些年轻马倌们的目光，马的话题和劣质白酒让他们成了一生的朋友。

马痴村的马群每一年都会补充进五六匹草马，采买新马是全村每年最大的一笔财政支出，而这么大的事，生产队长“大马痴”竟然让我爹去运作，我爹也不负众望，给村子里带来一份又一份惊喜。我爹有一招，就是选马倌们的坐骑，这些都是千挑万选的有耐力、善奔跑、外形骏的良驹，一路上早被马倌们肥厚的屁股和呼啸的马鞭降服，马群到站，它们与马群共命运，成为农人的工具。它们早已失去草马野性，服服帖帖，随到即用。

天驹烈马降临在马痴村岂非天作之合？千余匹草原骄子掠过，我爹在尘啸中一眼便看到它，那火苗正炽的毛色和气宇轩昂的神采让人心动。很快，它便被一鞭莫名的悲壮湮灭，如同一个披枷戴镣的重犯被押赴刑场，两根打腿棒张狂跋扈，咣当咣当的声响直戳我爹的心肺，那是木头和木头或木头和它的前腿相碰撞时的作响……马的前腿经受过无数次击打后如同沧桑的老榆树，但这丝毫没能遮去它的骏迈。我爹说他当时流出了泪水，好像那马也有感于他的情意，径直靠近他伸出的手臂。这时一个马倌喝住我爹，仿佛那不是一匹马，而是一头老虎或狮子。

马群洪流尖端的红色箭头时刻让我爹的马倌朋友们感到紧张和恐怖，这匹“害群之马”对于两根打腿棒似乎变得满不在乎，依然平步如飞走在队伍前头，一路挺进几千里之外的大青山。

我爹当然不知道，这匹产自东北三河马场的赤骠马是杂交烈马。我爹更不知道，在他有生之年这种马的价格要达到百万元一匹。但他已确信站在他面前这匹烈焰吞天的高头大马是他和马痴村人梦寐以求的好马。

马倌们用哥们儿的忠言劝告我爹不要打这匹马的主意。然而生产队队长“大马痴”对我爹的目光却大为赞赏，他们对这匹人人敬而远之的烈马表现出的一见钟情是那样的决绝。他们几乎没有更多的语言，坚定地把这匹马塞进采购清单中。

这是我爹给村里买马的第五个年头。在他们赶着新买的六匹马回村的路上，天边的彩霞正在燃烧，等不及的老少马痴们早早就在村前的山梁上恭候，像是一支庞大的迎亲队伍。饲养员老潘竟用条状笸箩把前一天泡好的豌豆糁头端来迎接新客人，毕竟，购买新马是村里每年最大的盛事。

由远及近，众马痴的目光始终跟随着那匹赤色骒马，它的身段在其他几匹马的衬托之下是那样的鹤立鸡群——皮毛在夕照下闪着绸缎一般的光芒，鬃毛在晚风的吹拂下跳跃着猎猎火苗，修长俊逸的身段优雅庄重，尾毛像舞动的长袖上下翻飞，眼眸明亮而又不乏灵动……这团燃烧的火焰映照得村里人热烈的脸颊红通通的，马痴们的内心蒸腾着久违的热情，人群中不断传来惊呼，这是他们梦境中才有的风景。一个唱过山西梆子的马痴竟然用戏里的道白脱口喊了一嗓子：“好一匹‘火驹’啊！”“火驹！火驹！火驹！”人们狂热地复制着这个词。从那时起，这马便有了自己的名字。

几只闲狗也被感染，在马匹周围欢快地窜来跳去，草马们惊恐地躁动着，唯独“火驹”气定神闲，一双暴突的大眼凝视着远方，鼻孔喷出的气流强劲可感，前膛宽阔，肉腱隐隐成结，颚凹而阔，骨骼经络目扫可见，双目有神，深瞳含斑斓之色，长颈浑健有如车辕仰立，背腰平阔，尻肌光滑整齐，关节突显，腿骨坚直似竹——一切都如《相马经》中千里马的形象。

马痴们围着“火驹”如同围定一个大明星般兴致盎然，开始了他们的吹捧：“两只耳朵像剔骨刀一样锐利！”“蹄子像锤子一样有力！”“分明是个马中巾帼。怕是穆桂英转世哩！”“大将风度！”“美得如火烧云一般！”这些是粗莽农夫们费尽心思找到的赞美之词 。

大小马痴们的狂热冷却之后，面对眼前这匹狂野彪悍的大马，每个人的心里都产生了一种难以排解的忧虑，因为想要真正拥有这匹马必须先得到它的心。我父亲和“大马痴”为那两根该死的大棒子的去留而纠结，它们绝不是一串能为这匹美丽的马增色的项链，两根木棒发出的咣当声响成为马痴村最不和谐的声音。

“大马痴”决定冒着风险解除对“火驹”的羁绊，他认为打腿棒迟早是要去掉的，晚去不如早去。“火驹”是马痴村的心肝，两根棒子敲打着的是大家的心头肉，解了绊就算它跑回后草地，那也是回到它该去的地方，不能让它再受一天的委屈了。

有人提议，马是大家的，要大家共同担责任，全村举手表决才对。“火驹”目睹了二百只手臂同时伸向天空，它莫名地看着那些仿佛与它有关的手臂如草原摇曳的枳芨草。

我爹是被这两百只手臂推向“火驹”的。那时候，除了他没有人敢靠近这匹野兽般的烈马。出人意料的是，“火驹”并未因他靠近而有半分的不安和抗拒，仿佛完全明白了人们的所言所行，它静静地站着，而后和我父亲迈着同样频率的步伐走向彼此，然后停下，人与马面面相觑了很久，最后，马儿低下头，像一位顺从的女子任由母亲为她梳洗。我爹为它摘取打腿棒时，两根木棒所系的麻绳缠搅在一块儿，拉拽时木棒几次撞击着它的前膛发出“嘭！嘭！”的声响，它竟然没有丝毫的震颤。我爹把那两根可恶的打腿棒掼在地上的同时，不由自主地弯下腰去搓摸它的两条前腿上的累累疤痕，赤骒马则低下它高贵的头颅舐着我父亲纷乱的头发，眼里闪烁着泪光。人们用迷惑不解的眼光看着这匹马和我爹亲近的过程，猜想着接下来将要发生的事情。

果然，“火驹”突然前蹄腾空，长啸一声，那声嘶鸣悠长而壮烈，割破了这个小山村傍晚的宁静。它的身材骤然间变长，挣脱我爹手中的缰绳，一溜烟跑了，粗壮的马尾像挥动的扫帚，搅动起一阵狂飙。“擒虎容易纵虎难，它会一口气奔回草地老家的。”有人说。“大马痴”事后承认，他的心当时是那样的冰凉，连他的脊背都是凉的。

赤骒马并没有离开人们的视野，它在村西北的一个小山头上停下了飞奔的四蹄，透过夕照把它俊逸的身姿展示给人们。不久，它又以最快的速度从那个小山丘上冲下来，飞驰到我爹面前，继而用头轻撞他的胸膛，低沉地一声声凄叫着。这叫声听得在场人心碎，人们认为它是在和新主人打招呼，而我爹却从中听出了它龙搁浅滩的不甘和悲戚，一种共鸣在我爹的灵魂深处生成，他像个娃娃一样哭了。许多人不明白我爹为什么哭。一个意气风发的青年教师和一匹天之骄子灵魂深处产生的共鸣是常人无法理解的。

“火驹”并非完美无缺，它的蹄子本应形如覆盅，闪着青铜般的光泽，但此时蹄面龟裂，色泽灰暗。“大马痴”认为没有河流的滋润，千里万里地在干燥的草原上奔驰，马蹄力踏千钧的力量没有得到马掌保护，蹄子龟裂是人之过，便要王铁匠为它整理蹄块，打一副合体的马掌。打了几十年马掌，王铁匠自知他的老胳膊老腿给一匹狂野烈驹挂掌会是什么场面，早已心生却意，村里几十个年轻汉子赶忙为他壮胆。但凡来挂掌的草马先要关入一个用桦木制成的囚笼，笼宽二尺余，长五尺，里面纵横布满绳索，再烈的马被笼拘着也只能任由人摆布。

“火驹”看到木笼时突然表现出警惕和不安，它对一切限制它行动的人和物都会表现出强烈的反抗意志。它的左后蹄踢在木笼栅木上，木头发出惨烈的响叫，王铁匠惊窜到了一丈开外。我爹用力拉着缰绳，仰着头不停地喊着："得勒勒勒！得勒勒勒！""火驹"才慢慢平静下来，鼻孔翕合的鼻气喷在他的脸上。我爹摩挲的手掌索着马的鬐额和宽厚的背游走。直到"火驹"看完另一匹雪青骑马的四个蹄子的环形铁掌更新了一遍，似乎感到人类并无敌意。

吓破胆的王铁匠不敢靠近"火驹"半步，我爹接过王铁匠的铲刀试着给"火驹"挂掌，王铁匠那点儿套路他早已烂熟于心。他弯下腰把它的左前蹄拿起，然后弯曲，将蹄子置于一个木凳上。马的掌面破败不堪，铲刃在蹄掌面三分处切过，一个崭新的半透明的断面呈现，蹄子两端的狭长的夹角处一些非骨非肉的部分被我爹剔除，之后他一鼓作气把剩余的三个蹄子的掌面剖平，杂质清除，蹄表锉平。自始至终，"火驹"表现得百依百顺，安静得像个听故事的娃娃。我爹又等着为"火驹"的蹄形选了厚实的掌铁，看着安全，王铁匠才出手，虽然锤子落下心抖胆跳，生怕"火驹"火起，扁钉穿蹄而出，当当几锤，穿出蹄表部分的钉头被打成"O"形，马掌才固定在蹄上。挂完掌后，"火驹"在乡野的土道上狂奔了十几里，像一个穿上合脚的鞋子的孩子欢蹦乱跳。

高贵自由的"火驹"似乎已经无法避开拉车驾辕的命运，但没有一个赶车人敢把它套入车辕试驾。那天黄昏，我爹赶着"火驹"拉一车炭块从乡道悠悠地回村，村里人满脸惊愕，他们不解这个后生是如何把虎狼之躯拘到辕木绳索间的。之前他们一直想象的辕折轮飞、马伤人亡的惨烈场景并未发生。人们尚在睡梦中时，我爹像使唤家生老马一样给"火驹"饮水喂料，然后牵到车辆前，"火驹"很听话，在我父亲的吆喝下毫不反抗地套上车辕，而后顺着被无数车轮碾压的土辙向前走去……

挂马掌时我爹已经吃通了"火驹"的秉性——吃软不吃硬。马鞭、羁縻、腿棒、囚笼只会引来它的暴怒和抗拒，让它屈从的只有温情。

从那天起，“火驹”摘掉了“害群之马”的帽子，它仿佛认命一样，像一头忠实憨厚的老牛任劳任怨。三套马车本来是用三匹马来拉的，“火驹”却一马担当，装上重车也轻车熟路一般，这叫生产队队长“大马痴”羡慕不已，破口大骂那些不懂得珍惜牲口的车倌儿。

那天轮到老潘家拉炭，排队晚了，装满炭时漫天扬着雪片，从煤窑出来时道路已是无从分辨。老潘有些慌不择路，老腿一滑倒在车前，他干瘦的身体行将被下坡的车轮吞噬，这时“火驹”的大牙叼住他的皮袄，长颈奋力扬起，老潘转瞬挣离了死神的怀抱。这事感动得村里人直落泪，老潘一定要给恩马下跪。村里从此竟不给它配农活了。

马痴村自会遵循“马不吃野草不肥”之古训，每到夏秋时节，村里的马群便在夜色中大快朵颐，它们无法拒绝来自农田莜麦苗的美味，蹄印招来邻村上门大骂，“大马痴”唯有一张笑脸赔不是。“火驹”统领马群后竟做到秋毫无犯，从不让自己的麾下染蹄庄稼。

一天夜里，牧马人听到了激烈的打斗声，他们借着微弱的月光看到马群正在围剿有五头狼的狼群。当时战斗已接近尾声，狼群的战斗力早已丧尽，它们夹紧尾巴俯下身体，一副奴颜媚骨，发出呜呜的求饶声……时常惊扰村民和牲畜的狼群从那天之后便销声匿迹。村里人由此觉着“火驹”有一副人的灵魂，有一种无言自威的神气，有一股超越生命的力量，谁也不敢把它当作牲畜对待。

深秋，一支马队浩浩荡荡来到了马痴村。骑士们清一色的皮夹克黑光油亮，胯下高头大马，自我介绍他们是二百里外的乌兰马场的，是慕一匹三河马而来。他们看过后才知说的是“火驹”，说要用三匹两岁儿马来换它。有眼皮薄的人，觉得这是一票千载难逢的便宜买卖。然而“大马痴”队长当下告诉来人，就算是一群马他也不换！有人试图劝“大马痴”改弦更张，谁知道他扯开嗓子骂起人来。马场的人看着这情景倒是无话可说了，他们说这是匹拥有十几种优良马种基因又值最佳生殖年龄的优良马种，不配种太可惜了，最后说欢迎到他们的马场去配种，他们会提供种公马。毕竟是大马场来的人，姿态很高，态度却很诚恳，没跟这些山野村夫计较；也有人认为马场的人自然是重马轻人，一切都是看了“火驹”的面子。不过，“大马痴”没有张罗去马场配种，怕给马场做了送亲大戚。

村里人便找些体格健壮的儿马“拉郎配”，每一匹公马兴冲冲而来，很快就心灰意冷而去。“火驹”以凌厉的后蹄迎接那些兴致勃勃的身体，它鄙视的目光像利刃一样将公马们澎湃的情欲铲削殆尽，看着它们一个个垂头丧气地离去。“大马痴”说这马心气高，普通的马在它眼里不过是凡夫俗子，很难入眼，而它却像人里头的贞洁烈妇神圣不可侵犯。

有人想到了用布蒙它的头，果然这法子很奏效。我爹从马的眼神里读出了它的愧耻、不甘和无奈，全无一丝成为母亲的欢愉。而我爹也为自己把一匹充满灵性的马儿生生从桀骜化为平庸的行径深深自责。

马痴们似期盼儿子或者孙子降生一般，在心中勾勒起小马的图像。第二年秋天，“火驹”下了一个小马驹儿，小家伙毛色像火苗一样鲜艳，腿像麻秆儿一样又细又长，走起路来踉踉跄跄。之后“火驹”展示了它非凡的生殖能力，又接连生了三四小马驹，为村里人奉献了一个又一个惊喜。这些马驹儿清一色的火红，清一色的骒马，清一色的腰深腿长，人们不得不惊叹“火驹”基因的强大。它的女儿们渐渐长成，马痴们发现它们身上缺少了它们亲娘的神韵和高贵，因此便缺少了母亲那样的待遇，早早就被戴上了笼头，开始了辛苦劳作和生育的一生。

那年初春，县里兽医站给村里的牲口做防疫检验，却给了村里大小马痴一个晴天霹雳，“火驹”被检查出患有鼻疽病，得了这种病唯一的结局就是火烧掩埋，人们满脸疑惑，认为这是一次误诊。只有生产队队长“大马痴”保持沉默，满脸惆怅的表情否定了人们的猜测。其实他早就发现这匹赤马不大对劲，整天都无精打采，身体日渐消瘦，鼻涕黏稠带黄，皮毛乱糟糟，早没了往日的光泽。他用尽祖传手段按症候下药，病情却愈发严重，情知这马得了不治之症。

老乡们齐心协力，说服兽医没有对它进行火烧，而是任它自生自灭。谁知“火驹”竟奇迹般躲过了生死的大劫，一年后以生产一匹小马驹宣告重生。

包产到户那年，生产队的牲口也作价分户。几十匹骡马被村民一抢而空，马厩里只有“火驹”无人问津，它的毛皮已不再红亮如火，走路也不再风行带尘。那时的“大马痴”已经不是生产队队长了，老潘也不干饲养员了，“火驹”早到了被淘汰的年龄，因为没有被算作牲畜，逃过了被剥皮吃肉的命运。村民十天一轮轮流喂养，包产到户后农人的小气悄然流露，那些对父母都不善尽孝的人家便不能善待它，呵斥鞭笞，有人看到“火驹”的泪水从它长长的脸颊滑落。人们愤愤，开始骂那家人的娘！

一个初秋的午后，“火驹”独自站立在大青山一个荒寂的山巅上，远处的牧人听到它凄厉的嘶鸣，鸣叫声悠远而悲戚，感染着大山上的每一棵树、每一块岩石。它的声音不断地被峡谷崖壁复制，顿时化为万马齐鸣。牧人以为它正在遭受野蜂或山狼的袭击，却看它身姿抖擞、矫若惊龙，蹄声像擂动的战鼓，身体像启动的马达，随之火色的身体流星般弹出，冲向一处绝壁。轰然一声，大山复归寂静，那是生命力量凝聚后的一声绝响……当人们从沟谷找到“火驹”时，它的头骨已被岩石撞得面目全非，一排牙齿脱落在碎石间，一条前腿折断后白骨穿出皮外……

看在眼里的人们都哭了。

一首用马骨和马尾制作的马头琴拉出的古老歌谣凄美而悠扬，广袤草原上百花沁人心脾的芳香漫无边际，额尔古纳河清澈的河水在马蹄下绽放出晶莹的水珠。一个孤傲狂野的勇士不再经受羁縻，一双搏击苍穹的翅膀不再受伤……之后很久，我父亲总是梦到它，一半火焰一半鲜血的骏马永不疲倦地驰骋在回家的征途上。

二、又见狐媚

2019年腊月二十八，我和家人驱车到老家给母亲上坟。

大青山上接连下了几场雪，比邻草原的后山农村，雪里的大地无缝连接着天穹，虽在车里，眼幕却广阔无边。我们的车像天空中的一只飞鸟，孤寂地飞翔在浩瀚的天地之间。

坟地位于一座三个土丘相连着的土山脚下，此地被村里人叫作“三颗印”，早年村里尽是村野鄙夫，不知如何取了个这么古雅的地名。我童年的野趣大都发生在这里。

因为有了来时的车辙，返程轻松了许多。突然，在我们的前方出现了一只像狗一样的影子的动物颠颠在路中央奔跑，我们生怕撞了它，便放慢速度跟在后面。动物的头转向车子时，人们看到了尖嘴、大耳和一抹妩媚的眸光，几乎所有人都惊呼道：“狐狸！狐狸！”车里的人慌乱地掏出手机，寻找照相键一顿狂拍。那时，我感知它有意不让我们超越它，而为了近距离观察这罕见的精灵，我们更愿意在它身后慢慢行驶。

狐狸引领着我们，它的身体贴着路的左侧，脑袋一直向右，不时回头抛着媚眼。那是我儿时见过的。我的心里一直在发问："这是那只浴火求生的母狐吗？这是那只被放归的幼狐吗？这是被我们烟熏的狐族成员吗？"

它的目光全无对人类的敌意，这直叫我感愧无地。

那年我八九岁，跟着人去捉狐狸，领头的家伙是个小羊倌，十五六岁，叫二和子，他妈是个盲人，爹是个"半吊子"，他却机灵得像猞猁。由于从小缺少管教约束，二和子没念一天书，早早做了小羊倌，他的野性便一发不可收，成天捕杀野外的动物，天上飞的、水中游的、洞里藏的，都是他潜在的猎物。

我们一群初生牛犊同他拼凑成一支"杀伐之师"，每个人兴奋得如同要参加一场伟大的战斗，场面在我记忆里就像一部电影。

狐狸的狡黠总是被人类低估。狐妈已从我们一群娃娃眼中读出不怀好意，它发出尖厉的叫声，打断了儿女们嬉戏的兴致，小家伙们歪着脑袋呆呆地看了一会儿，不情愿地钻到洞里，有一只甚至重新探出头来不甘地瞄了一眼。

狐穴呈"品"字形，今天想想狡兔三窟这个成语令人费解，因为我看到的是"狡狐三窟"。

二和子调动娃娃们拾了一堆牛粪柴草，都集中在西北向洞穴口处，燃火取烟，东向一穴口用石块堵死，只留南向一窟，张一只口袋以待。西北风从洞口把浓稠的烟雾强力推进洞穴深处，二和子不停地用棉袄扇着风。显然，无情的烟带如蛇一样游动在黑暗的狐的洞府里，触摸着有生命和无生命的物体。终于，有人惊喜地喊道："进来了！进来了！"我看到口袋里跳动的波点，听到了一阵陌生且惊恐的哀鸣。

正要站起身的二和子感到一团火扑面而来，原来母狐知道要是顺烟而逃，等待它的将是一个深不可测的陷阱；逆火而出反而可能会有一丝生的希望。于是母狐冒死一搏，把烈火撞向纵火者，也把自己的皮毛投向烈火，刚刚披着火焰般美丽皮毛的母狐，此刻形若槁骸，心若死灰。它不停地悲戚哀鸣，前肢像人一样不停地连连作揖。谁都知道它是在乞求我们放过它的儿女。

二和子被迎面而来的火烧得焦头烂额，但这全然没有影响到他大获全胜的心情。他扛着三只活着的小狐凯旋，另外俩稍大的娃提着他们的收获——一只幼狐的尸体，尸体晃晃悠悠，像一件破烂的衣裳。二和子说他要把三只狐狸喂大，三张狐皮可以换一台收音机。口袋里依稀看得见几个挣扎不停的生命，丑陋的狐妈一路在几十米外相随，不停地乞求作揖，引得心满意足的二和子不时回头呵斥和投掷石块，它依然追随着，最后停在村口，嚎泣声却渗进村里。

多少年后这个场景如噩梦一样缠绕着我，每次醒来，我的灵魂总会良久震颤，我们不仅灭绝了一族有情有义的动物，还蹂躏了一腔母爱以及需要母亲呵护的无邪眼睛。

灰头土脸地走进门，当头是母亲暴风骤雨般的责骂和父亲无情的棍棒，仿佛我是入了抢人的伙，又干了一件恶事。我被母亲扯着耳朵号啕着来到村中，一群人义愤填膺地围了上来。一个叫温魁的老汉逼问："这窝仁义的狐子怎惹了你，要挖苗断根？"二和子显然知道闯祸了，像一只被群殴的狗，偶尔回一声，却显得理亏，话音很低。

有一年，温魁放羊时看见一只老鹰的爪子抓一物吃力地飞行，便用羊铲抛了一块石子，石子差点儿击中老鹰，鹰一惊爪一松，猎物飘飘忽忽落地，看似是只幼狐，一双眼睛无助可怜，抬头再看，有一只母狐正对着他哀鸣。温魁心一软，便放了这只小狐狸。要知道，那时候，一张狐狸皮是很值钱的。

这年入冬，温魁的老婆重病，他大雪天去县城抓药，返回时突然迷失了方向，在雪夜里转了半个晚上。就在他绝望的时候，母狐出现了，领他回了家。

一位老者说："自打立村就有了这窝狐子，人行人路，兽走兽道，各吃各的，各活各的，互不相欺，相安无事，它又没害你，你杀它干啥？"又提高嗓门说，"打牲绝后，杀牲折寿，你娃记着这话，看看害命有甚下场？"二和子刚才的得意一扫而空，竟有些瑟瑟发抖。

又有人说，狐穴西方五六里是芃芨滩煤矿，供着周围的人过冬取暖。这个煤矿的发现要归功于狐狸，一个羊倌发现了洞口的煤块竟然可以燃烧，人们便顺着狐窟挖出了煤。也有人说，早先走西口的人刚来此地，是从狐狸的粪便中观察到一些可食又可口的植物果实，饥荒年锅里才多了些救命的食儿。

从那时起，村里的人对这窝狐狸充满了敬畏，他们从心里想去护佑它们。那时候的女人结婚都喜欢要一顶狐狸皮帽子，那些像火苗一样美丽的皮毛充满了诱惑力，但从没有人动过这窝狐狸的心思。

那只充满灵性的母狐狸大概是这个家族的首领，乡人都叫它狐大仙。二和子敢冒村里人之大不韪，真是找抽。

众怒难消，二和子很是悔恨，当夜把幼狐送还。打那以后，狐狸对村里人失去了信任，便保持了和人的距离，很少有人看到它们美丽的影子。久了，人们甚至以为绝了种。

我们的车到了一处凹地，狐狸的奔跑几乎停下了。眼前竟又出现两只狐影，近前看得出是幼狐，肥壮圆润，绒毛流光，眼光极萌，它们对人全无怕意。我们停下车，两个小家伙好奇地歪着脑袋，打量着车和正对着它们拍照

的车里的人。这时我才恍然大悟，原来母狐阻车，是担心我们飞驰的车轮伤及它的儿女。它的不慌不忙已然给了人类几分友善与信任。

母狐开始催促它的孩子离开。于是几只魅影悠然地离开了，像从容分别的朋友，夕照中，它们的皮毛在微风的吹拂下宛若跳动的火苗，每一次回眸都含满柔情。我想，这一定是人和动物构成的一幅最美的风景。

此刻，我的内心温暖极了，一行热泪从心中涌出，这是我经历过的最动容的时刻。

路过村口碰到表兄，他热情地邀我回家喝杯热茶。聊起狐，表兄说："狐是村里的圣物，它们不怕人，还敢从村民手中取食。前阵子闹鼠疫，咱村的人心不慌，有这狐，耗子绝了迹，野地里偷粮入窖的野黄鼠也难见。常有一些城里人跑来拍照，这狐狸成了咱村的风水啦！"

提到杀狐的二和子，表哥说已死了好几年。这家伙放了一辈子羊，到头来被一只公羊一头撞死了，活了五十几岁，打了通头光棍。谁料老辈人半谶半警"打牲绝后，杀牲折寿"一语竟应验得如此彻底。

三、访狐

我无数次描述过故乡村北东西横列着的大小匀称的三个土山丘，当地人叫它"三颗印"。山丘看似平缓，登顶极目四望却发现身处方圆几十里的制高点，整个县城尽在眼底。

山丘下有一道深达丈余的沟壑，沟内泉水常流，由于水量不济难以成溪，却积成一个清池，吸引着人和动物到此饮水，每到夏季，这里便成了生命喧嚣之地。这里是我童年野趣之地，也是我母亲长眠之地。母亲一生善良，爱惜生命，她把自己的归葬地选在三个山丘中央的向阳处。

沟的左侧一个向阳窝风的小土坡住着一窝狐狸，村里人和狐狸共存两百多年了。这族狐狸一次又一次逃脱猎人和狼族的剿灭而生存繁衍，昭示着大自然中生命的顽强不息。

就在这座山丘下，孩童时的我曾追随一个“不良少年”参加了一场捕猎行动，对狐族背负着一笔难偿的血债，这种愧疚像一把锯长久地切割着我的良心。村里的表兄知道我关注这窝狐狸的生存状况，打电话告诉了我一个好消息：他放羊时看到狐窝附近有几只小狐狸出没。我不禁为这个狐族添丁续口而兴奋不已。

几个没事寻事的拍友听说这事，顿时就像猫科动物的耳朵支棱起来，他们的电话便像嗷嗷待哺的娃号个不停，央求我带他们去拍摄野狐。是啊！拍照器材愈来愈昂贵先进，大自然的动植物却愈发稀少珍奇。正好那几日天晴无雨，几个拍客便一拍即合，整装待发。

晨光熹微，四野寂静，不时有不知名的鸟的啁啾声传来，羊儿咬断青草的“噌！噌！”声格外响亮，我们匍匐前进，跟着晨牧的羊群逐渐靠近狐狸的巢穴。露水毫无保留地把冰冷和潮湿扑向我们的身体，习习晨风吹向后背，我不禁打了几个冷战……终于，我们在一个可以观察狐狸洞穴入口的位置停下来，大概有一百多米。透过长焦镜头，我们看到一孔幽深神秘、被荒草半遮的狐狸洞穴，顿时感到一丝怪异的气息在晨雾中徘徊不散。

我们的目光盯着镜头须臾不敢离开，焦急地等待狐影的出现。许久没动静，我的脑际不禁浮出《聊斋志异》中那些可爱的狐精：“弱态生娇，秋波流慧”“荷粉露垂，杏花烟润，嫣然含笑，媚丽欲绝”“振袖倾鬟，亭亭拈

带”“禅袖垂髫，风流香曼”……

“嘘——看！”有人小声提示，我看到一只睡眼惺忪的小狐狸晃悠着小脑袋走出洞口，东张西望了一番，判断周围没有危险，便爬出了洞口，在草地上长长地伸了一个懒腰。此时东方那一束晨光投来，小家伙的身上像绸缎一般熠熠闪光。

第一只出洞的小狐狸突然叫唤起来，仿佛在招呼它的兄弟姐妹们。果然，躲在洞内的另外两只小狐狸探出头来，三个小家伙在夏日的早晨开始了他们的游戏。显然，狐爸狐妈外出猎食去了。正是这些涉世未深的小家伙们迟钝的警觉性，才给了我们靠近狐穴的“可乘之机”。

三只小狐狸在这个夏天的凉爽早晨，恣肆嬉戏，一会儿躲进洞内，一会儿探出头来看看专心吃草的羊，一只小羊羔好奇地走近小狐狸——它们都渴望玩伴，但小狐狸逃开了，并发出小狗一样的吠声，羊羔吓了一跳，一脸茫然。

镜头拍下了第一张照片：那只小狐狸在初升的太阳下闪动着华丽的光泽。它身段优雅，四肢匀称，两只灵动的耳朵神奇地竖立着，小脑袋歪着，像刻意摆着造型，眼神呆萌，甚至还有几分妩媚。

阳光渐渐灿烂起来，草上的露珠悄然逃走，一簇簇狼毒花在微风中摇曳身姿，空中的百灵鸟婉转啼鸣，野草的芬芳直入鼻息。一幅绚烂的画卷正在小狐狸的家园四周徐徐展开。

三只小狐狸似乎忘却了那些忧患，在离洞口一两丈远的范围内戏耍着。它们时而跳跃，时而奔跑，时而扑打，但展现出的都是捕猎动作。稍强壮的小狐狸骑在小一点儿的小狐狸的背上翻滚着，和家里的小猫小狗一般，另一只也不甘旁观，加入其中，摸爬滚打乐在其中。

几只狐崽那乌黑溜圆的眼睛弯了又弯，毛茸茸的尾巴高高地翘起，身姿柔软，憨态可掬，直入镜头。

接近午时，我的防晒衣无法阻挡渐毒的阳光炙烤，那些小家伙同样不堪炎炎夏日，突然齐齐钻到地宫避暑，但饥饿驱使它们轮流出洞瞭哨，等待带着食品归来的爹妈。后来三个小家伙一溜儿排开，在洞门前张望远方，眼神中满是期盼和可怜……这时，空中的一只隼掠过，投在地上的影子把它们吓得够呛，机敏警惕的小狐狸又仓皇地窜回去洞内。

好奇心战胜了饥饿，正好被洞外几只草原黄鼠吱吱叫的声音所吸引，胆大的小家伙又探出小脑袋来，警觉地向周围观望。

大地复归寂静，远处牧羊人唱着的情歌悠扬绵长，情真意切，竟引得几只鸟纵情歌唱，生命的激情开始沸腾。三只不甘寂寞的小家伙悉数出了洞门，各自蹲在洞口的草地上，眼神中依然是深深的期待。此刻抓拍镜头下的情境是那样的灵动和鲜活。

时至午时，仍不见狐爸狐妈捕食回来，三只小家伙已变得火急火燎，不时离开洞口走向稍远的地方，但又克制地转身跑回，蹲在洞口，发出呜咽。

它们呆萌的眼神叫人心疼，我们决定投喂它们火腿肠和香蕉。几个庞然大物的影子把它们惊得跳了起来，争先恐后地逃窜回洞中。好奇心抑或一种食物的味道诱惑它们再一次小心翼翼地走出洞穴，它们看到了草地上形状新奇的食物——剥掉外皮的火腿肠和香蕉段，灵敏的嗅觉探测到的美味正在抗衡它们坚守的防线。迟疑了一会儿，它们决定接受这份“嗟来之食”，那个大块头率先叼了一节火腿肠跑进洞穴，一会儿出来时把留在外边的食品飞快地叼入洞中，曾经的彷徨纠结换作坚定不移。

再出洞时，它们舐着嘴，一副意犹未尽的样子，六只媚眼搜寻着给他们饕餮大餐的人类，此刻它们还思念正在奋力狩猎的父母吗？

太阳从当空射下，烘烤和饥渴袭来，这才知道已近午时，我们早已过了

拍摄的最佳时段。食物都给了狐崽，我们只有饿着。

相机吞入了三只小狐狸警觉、惊喜、欢快、烦躁、无奈、焦虑的瞬间，一起来的朋友都感觉收获满满，心里又为小狐狸未来要经历忍饥挨饿的日子而担忧。我们收拾好摄影器材悄然离开，还给它们习以为常的宁静……回头时发现，六只呆萌的眼睛凝视着我们，好像百思不得其解，不经意发现在山丘的草丛里还有两双眼睛，充满了疑惑、感动、谢意……他们似乎读懂了那些拍摄器材虽是“长枪短炮”，但不再会有致命铁砂喷向它们，而人类的目光变得柔善，没有了曾经的恶毒和贪婪。

路上，我突然记起一位主持人在《动物世界》里的台词：“野生狐狸一出生便会遭遇难以计数的天敌或灾难，它们能够长到成年的概率只有百分之二十……”我们清楚，这些小狐狸面临的天敌和灾害更多的是来自人类，它们顺利成长繁衍、壮大族群离不开人类的悲悯和善念。

四、狼爱如磐

望城台林场的守门人高长腿在经历了一场和狼的战争之后，虽然大获全胜，却像吃了败仗一样神情沮丧。在见证了一场忠贞不渝的狼的爱情后，他满是创伤的孤独的灵魂被深深震撼。与狼的势不两立转为对狼的肃然起敬。是狼教会了他如何去培情植爱，如何才至死靡它，如何能患难与共。

望城台是大青山里一个偏僻林场的护林站，里外只有高长腿一个人。高长腿是个参加过抗美援朝的军人，一只手因为在朝鲜冰原上潜伏时冻伤锯了，身上还有大小深浅的十余处枪伤，作为伤残军人，他被分配到林场做护林员，陪伴他的是一幢土坯房、一匹白马、一支步枪和一筒望远镜，都是快要老掉牙的。

林场周围二十里杳无人烟，生活用品靠林业局定期不定期或地补充，油盐酱醋常常断供，报纸送来时就成了旧纸。

平日里，高长腿一个人面对周围相连的大山，隔三岔五巡逻，那时候主要是防盗伐林木和防山火，而猎手们杀害野生动物却算不得犯罪，反而杀个豺狼虎豹还要享受国家奖励，大青山的狼伤人害畜，人神共愤，地方政府更是决心灭狼到底，杀掉一只狼的悬赏金高达七十元，是高长腿两个月的工资。

山风掀起树浪昼夜啸鸣，无风时鸟鸣兽叫，这是属于高长腿的音乐。那时候他也会扯开嗓子唱，走调把调，唱荤唱素，反正没人听，他把胸中的忧烦宣泄出去，人痛快了许多。

一个大雪天，高长腿见证了一对狼夫妻的爱情。这让这个被爱情抛弃的男人感动得一塌糊涂，一连哭了好几天，多年来积攒在心中的不忿和怨气终于彻底消散了。

高长腿命苦，打小没娘，赤脚板放羊，十几年没穿过新鞋，十五岁就给人当了长工。到了十六岁那年，他像被两头牛从两头拽着，半年就长成个高个，两条腿又细又长，远远瞭着像踩了高跷，旧时的破烂裤子像个大裤衩。与他年龄相仿的少年个头只有他一半，人们戏他："个大腿长，正好喂狼。"

地主杜老有家的二姑娘玛瑙人长得俊俏，性子绵善，也吃得苦，一人给十几个长工做饭。这女子偏偏爱见高长腿，觉得他腿长义也长。她爹却是个认钱不认人的主，看高长腿的影子也是黑的，仿佛这大个子后生是妖魔变幻成人的，会让他的女儿万劫不复。要不是高长腿做营生舍得下苦，一个顶一个半，工钱却只拿别人的七成，早就打发了他。杜老有当下发了重誓，就是把女儿填了枯井也不会嫁他这个费衣费饭费鞋底、睡觉上费盖被下费炕板的讨吃货！

但两个年轻娃娃干柴烈火，大青山天宽地大，不缺个握雨携云之地，两个人年少情浓，早已生米熬成熟粥。有一天，玛瑙要吃酸毛杏，接着又干呕，这个十七岁大眼睛姑娘说："长腿哥！俺肚里有了娃，是你的种！腿一定老来长……"他爱听她唱大青山的爬山调：

炕头起点灯后炕炕明，
要死要活都是哥哥的人。

就算扔将来颗手榴弹，
死也和哥哥一起搭搭站。

哥哥你腿长站得高，
老天爷也拦不住咱俩个好。
…………

高长腿的长腿一蹦丈二高，夜里都是老婆娃娃热炕头的美梦。不过很快乐极生悲，两个如胶似漆的年轻人遭受了灭顶之灾。

杜老有眼见两个人一有空就往一处凑，胶粘了一般，就想法棒打鸳鸯。这天有人开玩笑说："老有子以后抹房子不用找人帮工，女婿一人顶一群。"杜老有随即就扬出一长串灰话，要多难听有多难听。那人吓了一跳：

“要笑一句话，引出你牲口叫？”

那时候临近解放，国民党到处抓壮丁充军。高长腿正在地里锄草，抓丁人一眼瞭去，电杆子一样，高长腿刚想跑，无奈腿再长也跑不过骑兵，被一根担山大绳绑了去。玛瑙当着抓壮丁的兵们的面高喊：“长腿哥，俺给你生下小长腿养着，等你回来娶俺！”

高长腿当下仰着脖子发誓：“妹子！只要老子不死，回来给你当牛当马当男人！”

于是高长腿被推上了战场，当了兵。给抓丁的提供线索可以获得赏银三块，这都是灰人才做得出的灰事，但杜老有为了除却心头大患，做了这没天良的事，还倒贴了三块。

高长腿就这样跟着部队东奔西突打了两年仗，有一天突然宣布加入共产党，说是和平起义，后来又成了志愿军，随部队奔赴朝鲜参加抗美援朝战争。

当兵期间，高长腿央求识字的战友写了无数信给玛瑙，直到有一天他收到回信，是乡政府回复的：“此女早已嫁作人妇，远居他乡，杳无消息，生死不明……”

伤残军人高长腿几经辗转，回到地方已老大不小，他心中须臾不曾忘记的女人早已为他人妇，远嫁在百里之外的城里，丈夫是一个年龄比杜老有还老的买卖人。高长腿到了适婚年龄，又少了一只手，身上疤痕累累，脸上打紧处被美国弹片耕了一道大疤，显得丑陋凶狠，性格也孤僻，这一切注定他打定了光棍。

一次，高长腿在供销社迎头撞上杜老有，老家伙的酒糟红鼻头像烧红的烙铁一样对着他，轻蔑的眼神似乎在告诉他：老子当初没有把女儿嫁给你是多么正确的选择，瞧瞧你那副残缺不全的熊样。高长腿心里有种冲动，直想

揍他的红鼻头。

高长腿怅然若失，觉得整个世界失了颜色。他放弃了政府对伤残复转军人照顾的政策，没有留在城里，而是选择到望城台那儿的一个林场，当了管理员。

高长腿满脑子都是玛瑙的影子，心里憋着一腔的怨气。他一生最恨叛徒，他觉得玛瑙背叛了当初的誓约，刻在心灵深处的恩爱竟一丝丝转化成怨恨。他管不住两条长腿，一口气跑到望城台；他也管不住一双眼睛，非要瞭望烟雾朦胧的青城。

望城台在胡茬沟上方的一处岩石上，站在上面可以看得见省城来往的人人马马，沟掌面两侧长满白蜡杆。高长腿两条长腿很利索，三下两下登到望城台，朝南瞭去，省城被一片烟雾罩着，他用望远镜瞭，还是没看见什么。他的玛瑙就被这堆烟笼罩着，他知道他的姑娘已经在这片苍茫的烟尘当中，永远不会回来了……他听人说玛瑙的男人死了，玛瑙做了寡妇，一个人拉扯三个娃，他可怜她，但很快又觉得她活该：叛徒没有好下场。但又转念一想：就算她跟了俺，俺这废人又能给她什么？一盘小磨盘没明没夜在高长腿的脑子里转动，搅磨中尽是他和玛瑙的卿卿我我。

光棍的日子还是要过的，寂寞难耐的高长腿在深山老林里想到要喂头猪。山里不缺猪菜猪草，一年下来杀个百十斤肉，没有家口要养，一个人养活一个人，不能亏了自己的胃。

小猪娃捉回才喂了几日，一天夜里风大，没点儿动静就被狼叼走了。这里活动的是一对狼夫妻，公狼是个秃尾巴，没了尾巴遮挡，两枚狼蛋夸张地摇摇摆摆；母狼脖子上有一圈白毛，像美人的项圈。它们通常侵门踏户，一人高的石头墙一蹦就进来了，掳起院里的家畜家禽转眼就消失得无影无踪。高长腿饲养的活物屡入狼口。他开始警惕这对狼夫妻，留意起狼的一些习性，结合来往的打牲人传授给他的一些经验，总结出狼入户侵门的规律：跳墙入户一根道，不从新路往出绕，畜圈有门它不走，墙顶再高往进跳。

他本来在狼跳墙处栽了些碎玻璃，刀尖一样，谁知这家伙就像装了雷达一般，一反常态堂而皇之从大门进来，作案后从容地沿原路而去。

高长腿有一种被愚弄的感觉，一股杀气骤然在心中腾起。

他想过许多战术，本来枪击是最简单的方式，但狼从不白天出现，夜间光线差，加上他的独臂使得射击精度大大下降，直到他发现了原来屋主藏粮食的竖井。大青山盛产莜麦，却因兵连祸结缺粮断供，兵荒马乱年月里辛苦耕种的口粮经不起兵匪吃马喂料，不出两日造个盆干瓮尽，山民们被逼急了，想了绝招：就地掘井丈八（当然不能有水），四周铺以莜麦秸秆，又以原土封顶夯实，院里的地面看似坚硬如初，莜麦粒在地下安睡，即便十年不会变质发芽。这口窑废弃多年，经岁月填埋已不过一丈，正好做狼的坟场。他精心实施着自己的计划。

高长腿又一次下山购买了一头小猪娃，一路闹出些动静，这个小家伙哼哼唧唧，高长腿觉得有一双眼睛一刻也没有离开过他。

整个白天，为了布置陷阱，高长腿像在战场上布雷一样一丝不苟，把他的炕席苫在窖口，上面覆满柴草，为了和院子保持一致，还撒了柴草、树叶。

月黑风高，浓稠的夜色中一只狼从院墙上跳入，这个院落有无数的美味令它神往，虽然院落的主人有一支令狼族心生畏惧的枪，但从他一只空荡荡的袖管里，狼窥见了他的软弱，这让它们的胆量膨胀到无所顾忌。

狼坠入陷阱的一瞬明白了这个男人的可怕之处，尽管自己小心翼翼，但还是被小猪的叫唤声所吸引，当它感觉到自己的身体不由自主地下坠时已经为时已晚，它面对眼前这个窄小黑暗的空间如困囚笼一样无能为力。它面前的这只小猪成为它的噩梦，它也明白为了泄愤它可以撕裂这只幼猪，但那只会徒增人类对它的仇恨。此刻只有装可怜，当手电筒的光柱投入陷阱时，它努力地将身躯贴在地上，包括它的头，只是用可怜巴巴的眼神偶尔向着光照来的方向瞥一眼，完全没有了往日的凶焰。

高长腿知道狼的狡猾，完全没有半点儿怜悯生出。他见多了血腥，这时手中多了一把黄叉，这种农具的两股钢叉锋利无比，可以轻易地贯穿狼体，终因自己一只手，没个准头，当他伸下黄叉上下拉动寻找投射目标时，哼哼唧唧叫着的小猪影响了他的注意力，狼乘机绝地反击，冲着叉头一跃而上，一只前爪带着响拨向叉头发出金属碰撞的响声。高长腿被吓了一跳，黄叉脱了手。黄叉落入井底他没听到狼嚎，也没听到猪叫，显然小猪没有被伤及。

咬在口中的手电筒也落入井底，高长腿看到狼迅速刨土掩埋了这束亮光，井底复归一片漆黑了，更没了目标。他可以用枪射击，用柴火点燃烧死狼，即便滚一块石头下去都会让狼在劫难逃。但井底还有一只叫着求食的猪娃让他投鼠忌器，它成了狼的护身盾牌。高长腿开始佩服狼的深谋远虑。

此时，高长腿没有把握战胜这只深陷井底的狼，要知道，生死攸关时的狼勇过老虎，高长腿心里开始怨恨冻掉他左臂的该死的天气，他的那只臂膀如果还长在他的身体上，他就不缺少武二郎打虎的臂力和勇气了。这时，一长串急促的电话铃声让他放弃了结果狼命的念头。

原来明天林业局要来检查，问他需要什么。通常他的油盐酱醋茶是由巡查队带来，同时带来的还有一叠报纸。他知道自己的援军行将到来，他决定来一个以拖待变，倒要看看狼会使出什么新花招来。

抬头望了一眼满天的繁星，高长腿摸黑找了两块门板盖好窨口，上边放了重物压住，然后回到了屋内。为了这次诱猎，他太累了，又折腾了半夜，高长腿倒头就睡着了，全然不知屋外的大风夹着雪呼啸而来。虽然隐约听到了两只狼倾诉般的哭嚎。高长腿认为狼就应该如此。

清早，高长腿被冻醒，他立马意识到了什么。他依旧保持着军人般的动作，麻利地下地出门。高长腿迫不及待地要看到屋外的世界，他被眼前的景象惊呆了：老天爷就在他睡一觉的空当扬了一场雪，世界一目皆白，大青山的颜色已被雪掩盖住了。他覆盖的窖口堆起了雪包，只有满院子的狼蹄印证明，这个世界还未被封冻——过路狼蹄一线窜，进村狼蹄团团转；公狼蹄印圆片片，母狼圆中带点尖。

雪地像刚刚泼过石膏灰一样，公狼圆片片般的足迹真显显地留在地上，在窗户下方，有一只狍子的尸体，摸了摸余温尚在，顺着蹄印他看到了那只公狼。高长腿迅速地用一只手装弹入膛，枪口对准了狼，它那蒸腾着热气的身体蜷伏在雪地里，两耳并拢，目光充满乞求，如果那条尾巴还在，一定会左右摇个不停……面对枪口，它一副认罪服罪的样子，不断地呜咽。高长腿读懂了它的身体语言，指向它的枪口垂了下来。

它是陷阱里母狼的狼丈夫。这头公狼显然更具大智慧，它知道狼妻被捉凶多吉少，因为收到了母狼传来的绝望的信息。它告诉母狼，不要去激怒那个男人，不能放弃，一定要相信自己会救它。

公狼竭尽全力在风雪中捕捉一只狍子，目的是换取母狼，它没有妄动去掀开窖口的覆盖物，只为采取哀兵策略，人类没有落井下石，取母狼的性命，这让它看到了“外交休兵”的希望。当然，和人类动武是自取灭亡，虽然对手是个残缺不全的男人，但他的意志和智慧完全弥补了那只空洞的袖筒，何况那个空洞里藏着充满死亡气息的枪口。它知道靠一只猎物很难打动这个人的心，毕竟母狼不听劝阻屡屡冒犯这个人，招致的仇恨岂可一朝化解？它哀嚎了一声，一长串蹄印伸向山林。

高长腿掀去窖盖审视母狼：它仰头看着圆圆天空中的人影，眼神却闪闪

烁烁，像一个真心悔过的戴罪之身。一旁的小猪正依偎着它，津津有味地吃着高长腿昨天投放的猪食，仿佛身边是它的生母一样，吃饱后甚至还会对着母狼的獠牙凶目撒娇。

下午，公狼又叼来一只公鹿，进院时它踉跄着身体，放下猎物后趴在地上喘息着。正在剔剥那只狍子的刘长腿心中感动了一下，他把狍子的脏器下水远远投给公狼，他想它一直在猎捕，一定没有进食。

公狼俯着身子，把高长腿赏赐的食物嗅了嗅，小心翼翼地叼起，径直走向陷阱口，把食物投向窑底，随后呜呜地叫着，似乎在说："吃点儿东西吧，坚持，你会获得自由。"高长腿惊讶于这对凶残畜生的情深意长，不由得又割取了些肉给公狼。

公狼离开了，高长腿发现它的身姿不再矫健，像一个情系亲人安危的人颠颠地离去，心里便一紧。

不知为什么，第二天一大早高长腿就期待着公狼的出现，不是因为贪财，其实他自己也说不清楚为什么，他只是隐约有一种忧心，这只公狼的安危关乎一场夫妻爱情，他不想毁灭一对伴侣忠贞不渝的爱情。临近中午，公狼斜楞着身子跑到院子中央，它的一条后腿没有了，血像一条线被牵进院子，它松口吐出紧叼的一只野兔，倏然倒下。高长腿知道它中了猎人的铁夹子，为了生存只有"断臂"，通常它们会用自己锋利的牙齿咬断自己的腿骨逃脱。

公狼没了以前的悍勇之气，更像是一只坐以待毙的瘟鸡。高长腿不由自主地走近这只奄奄一息的生灵，他对这只畜生充满了敬意。他不想让它死去，虽然两天前他对天发誓一定要取两只狼的性命。

公狼对走近它的高长腿毫无戒备，略微地挣扎着扬了扬头，然后又平躺下，它的两只眼里没有了凶残，却流出了像人类一样的泪水。高长腿发现自己的眼睛也无法控制地流出了热泪。

公狼流了太多的血，热的狼血还在浸润着冰冷的雪地，它躺过的地方扑出花瓣般的点点殷红。高长腿觉得他就是那只狼，失去腿的狼就是曾经失去右臂的自己。他相信，他们绝对一样痛彻心扉。他决定为它疗伤，一个历经战火的老兵对此早已司空见惯，他用烧红的火钳烫它的创口，这是止血和防止感染最直接且有效的方法。

一股难闻的烧炙肉体和毛发的气味充斥着小院，公狼突然回头紧紧咬住高长腿唯一的左臂，他惊恐地大叫起来，马厩里的那匹白马也长嘶起来。公狼意识到自己正在伤害救命恩人，马上松了口。他知道这是它疼痛难忍之下本能的反应。

高长腿放下一只大柳编筐，绳子系着白马，他的一只手不足以把母狼拉上来，而且最终会和母狼面对面，他不得不防止它报复攻击自己。然而，母狼像个懂事的媳妇，用嘴把正在拱土的小猪叼进柳编筐内，第二回自己才钻进筐中，跳出坑的第一时间它没有选择逃窜，而是温驯得像一条摇尾乞怜的狗，远远围着高长腿打圈。

当母狼发现公狼伤残的腿时，它不顾一切扑了上去，嗅遍了那只经过治疗的断腿，不断用舌头舔舐，发出低落又尖细的呜咽，尾巴飞舞着，像为爱人摇着一把蒲扇。高长腿看得出它的心疼和焦虑。爱人若为它而死，它也决不会苟活，母狼不停地呼唤，鼓励公狼站起来。一只狼一生只有一个伴侣，它决不能失去丈夫，那是它生命的组成部分……人类“夫妻本是同林鸟，大难临头各自飞”的本性在这对狼夫妻面前显得如此可笑。公狼在母狼的千呼万唤之下站了起来，它抖动鬃毛，瘸着腿离开了那个充满情仇爱恨的“战场”，它们几次回头望着那个右袖管空荡荡的大个子男人，大声地嚎了一通，然后消失在白茫茫的世界里。

之后不久，高长腿请了几天假，一人一马独自下山了。三天后，他的马驮着一些家当，带着一个女人、三个娃行走在望城台的山路上，女人满脸憔悴，却认得出是当年玛瑙的样子，三个娃当中的大个子超了他娘大半头，十二岁的脸，却有两条二十岁的腿。

路上他们碰到了狼群，玛瑙和娃娃们吓得面无人色，高长腿却神色平淡地将他们掩在身后。打头的狼高大强壮，却只有三条腿，没有尾巴，身后有三只小狼，一只母狼殿后。人和狼对视着，秃尾巴拐狼突然仰起脖子对天长啸，啸声凄厉悠长。玛瑙看着高长腿，他的眼中尽是和善和敬重。狼转身带着队伍进入沟壑中，人和狼各自走向各自的世界。

五、驴侠

这是十几年前的事了。那时的门卫老侯七十岁了，因为当时我常值夜班，就听他扯些陈年烂谷子的旧事，虽然年轻人觉得他絮叨无趣，我却对他讲的故事情有独钟。听众寥寥，他便数着日子盼我值班，虽精心准备，但有时一个故事可能讲很多遍。

山里长大的他一生的故事大多和动物有关。他痛恨一切杀害动物的行为，他真的爱动物，尤其是毛驴，从他那里我听到了一个不平凡的有关他和毛驴的故事：

儿子媳妇带我下馆子，馆子人很多，端上来的竟然是驴肉，这家驴肉馆还挺火，世上什么肉不能卖非要杀驴？我气不打一处来，嚷嚷着要把这家饭馆砸了！从那一回起儿子再不领我下饭馆了。

人们可真下得去口？毛驴是人的长工，一生伺候人，临老了，一刀下去把驴命要了，吃了肉还不算，把驴的内脏吃掉，驴头也啃个干净，驴皮做成阿胶。有人说驴肉尽腱子肉，没什么油脂。油脂？它们的油脂活着就叫人榨干了，拉车拉磨拉碾子，地里当牛使唤，一天不消停，存得下油脂吗？这人呀，过了河拆桥，嘴里喊讲良心、讲义气，但有的人心真比不过驴肝肺！你不信？毛驴的侠肝义胆比得过义薄云天的关云长，它的侠义本色绝非一些人可以想象得到。

我有没有发言权？当然有！我的命就是它救的！

那次我见识了毛驴的脾气，也见识了毛驴的豪气，它不比咱说书唱戏中救人于危难的侠客差上分毫。

那年我只是一个十三岁的娃娃，穷人家，早过了吃闲饭的年龄，就在离家不远的村子找了一个“打半子”的营生，说得通俗一点儿就是羊倌的助理。所谓“半子”，就是挣羊倌一半的工钱，受羊倌的指拨。羊倌大多数五六十岁，腿脚不好使，“半子”专门跑腿去赶羊，虽然挣得少，费的体力却很大。

这年冬天，刚刚下过雪，老羊倌本应该和我一同把羊群赶到有泉眼的沟口，凿开覆盖在泉流上方的冰层，用泉水饮羊。但老羊倌叫该死的洋烟（鸦片）弄得懒了，他像所有的洋烟鬼一样，把瘦得干巴巴的身体蜷缩在炕上，一杆烟枪成了他不肯松手的命根子。

我一个人赶着羊群出了村口，羊们也知道它们去饮水，像兵一样在冰河边排开等待。我手中持一柄木把儿铁头的“冰穿”，这是由村里的铁匠打制的，形似铁叉，叉股粗壮，叉头又尖又利，既可破冰，也能捞取冰块。

冬日阳光灿烂的午时，羊群喝足了泉水后自觉地走到一个背风的土崖下面，身体挨着身体晒太阳。我也寻找了一个向阳的沟岔，那里堆了一大堆风刮来的沙蓬或者什么干草，我用马牙石一次又一次地撞击火镰，终于把这些草点着了，火苗迅速地蹿升起来，很快我就感觉到了火的炽热，腾起的火焰让人无法靠近，只能躲得远一些享受火烤，那是一种无法形容的温暖。

那时候我还是个活蹦乱跳的少年，终日里却伴着一个老头和一群不会说话的羊，日子虽然过得死气沉沉，但每天回家还是有饭吃，尽管都是些粗糠野菜类的食物，心里却没有半点儿怨言，周围的许多人都说咱生来就是受苦的，有时候憋得难受就放开嗓子唱几句山曲儿。

干柴中的火苗借着风势一下蹿得老高，但很快没了后劲，我不带要续柴，我要去追羊群了。熄火的火堆中仍然有淡淡的蓝色的烟苗不肯散去，我把这些余火用鞋子踩灭了。刚要走，隐隐约约地听到了一种不同于羊走路发出的声音，我好奇地想看看究竟是什么东西。

只见两只狼踩着刚刚下过的雪，尾随羊群刚刚走过的足迹而去，我吓了一大跳。沟里的风捋起它们长长的鬃毛，尾巴粗壮而蓬松，像打扫院子的扫帚一样。

担心羊群的安危，我大声喊道："嗨——！吼——！"两只狼同时回过头看我，停顿了一下，它们好像是懒得理我，又转过身子继续向羊的方向跑去！我又一次大声地喊叫，这回这两头狼彻底转过身子，直视着我，随后不约而同地径直向我奔来。我看到它们恶狠狠的眼光刀子一样对着我，呲着白生生的牙齿，耸着脖子，步子不紧不慢，一路杀气腾腾。

这时候我才感到了害怕，吓得心要从嗓子里蹦出来，本能地一边大声呼喊救命，一边又迅速地退守到一处很高的黄土崖的下方。少年郎就像初生牛犊，我已经拥有了一些自卫能力，知道靠在黄土崖上可以防止两只狼前后夹击。

两只狼把我逼到黄土崖下，轮番地攻击我，在他们看来，人和羊一样可以满足他们饿坏了的胃。我手中的“冰穿”让我逞了一次英雄，我喜欢听村里来的说书人讲的故事中的英雄，他们扬威沙场就是因为手里有一件趁手的兵器。一只狼可能碰到了我手里的“冰穿”，领教了这件冰冷锐利的武器致命的威力，于是它们的进攻不得不变得小心翼翼，一轮又一轮的进攻几乎是在恐吓和武力交织下进行着的，也可能它们是要消耗我的体力和意志。我总结出了狼的信号：如果耳朵缩向脑后，那是它们准备进攻的前奏；如果它们的耳朵突然向前伸出，身体也会向前扑出去。因为害怕死亡，我变得无法形容的勇敢，手里的“冰穿”像赵子龙的银枪，在我的手中变换着招式，每一次一定是枪进狼退，每当那只进攻的狼接近我的时候，铁叉锐利的尖儿便会让它们发出惊叫。我感到有几次叉尖儿已经触及它们的骨肉。这时我发现自己已经发不出声音了，只有手中的铁叉始终威风凛凛地和狼头针锋相对，我也不知道自己哪儿来的勇气，像是大戏里挑滑车的高宠。这时，两只狼停止了它们的进攻，相互看了一眼，它们像人一样通过眼神来交流，我看到那只公狼离开了。

我的铁叉始终不敢懈怠，一直紧张地对着母狼。突然我觉得头顶上边的黄土像泉水一样往下浇，才知道是那只公狼在往下刨土。趁着我分神之际，母狼几乎要扑到我的身上，还是那把铁家伙把它逼了回去。之后我快要崩溃了，我也不知道自己还能坚持多久。

这时候，我的救命恩人出现了，但说起来谁也不会相信，我的救命恩人是一头叫驴。

村里放大牲口的郭五放着一群由马、驴、骡组成的大牲口，距离我最少也有三四里，突然那头叫“黑炭”的叫驴大叫起来，然后冲着我所在的方向

狂奔而来。“黑炭”周身上下漆黑的毛，唯独鼻梁有一点儿白色，它的毛色永远黑亮，像是披了一块黑色的缎子。

“黑炭”是一头爱吃醋的犟驴，它不让主人亲近院子里的家畜，这会引得它使出各种手段欺负它们，尽管村里人都建议主人把它卖了或杀掉，但由于它平时干活很卖力，完全抵得过一头大骡子，主人一直把它当作宝贝养着。

也不知为什么，我非常喜欢它，经常拔些好草喂它，给它梳理皮毛，拉它到村口的石槽饮水，它总会顺从地让我骑在它的背上，这让村里的老汉们大惊失色，他们认为我是“太岁头上动土”——从没人敢骑到它背上，甚至没有谁敢靠近它。人们都不解我和这头驴是如何建立起磕头兄弟一样的情义。

就是这头犟驴不停蹄地冲到我面前，我当时看到那只母狼在面对这头多管闲事的驴的时候，眼里尽是轻蔑，好像在说：“你一个吃草的家伙想找死啊？”但就是这个吃草的没一丝畏惧地冲向了那只母狼，张开它吃草的大口叉在了狼腰上，母狼为它的轻敌付出了代价，它的皮毛被驴嘴拉出了一尺半长，像松弛的口袋一样。狼发出了惨烈的叫声，嚎叫里头有求饶的意思，驴继续甩着它的脖子，嚣张凶狠的母狼也停止了挣扎，像挂在树枝上的一块破羊皮一样任由驴摇晃。

母狼死了，整个身体软塌塌地下垂着，毛驴渐渐对没有生命迹象的尸体失去兴趣，松开了它的“铁嘴钢牙”，那具尸体坠地后瘪塌得像一个倒空了物品的口袋，突然趁着毛驴不注意，狼像皮球一样反弹起来，一下逃得没了踪影。我和“黑炭”这才知道上了狼的当——狼是一种很会演戏的动物。

此时的我瘫软得已经无法动弹，虽然看过了毛驴拯救我的精彩场面，但我却没有提起一点儿豪气和力气。说实在的，我已经吓破胆了。

郭五爷这时也赶来了，他看我瘫软在地上，把我扶到驴身上拖回了家里。一路上，“黑炭”走得很平稳，生怕把我颠了下来，甚至撞开门把我驮到炕沿边。

这件事让我放弃了羊倌这个营生，我在野地里总感觉沟沟岔岔里尽是狼，随时都会向我扑来。晚上甚至不敢闭眼，“黑炭”这时候就会哇呜哇呜地大叫一通，有了它的壮胆我才能睡得着。

“黑炭”的勇敢和侠义心肠竟然影响了我一生的行为，后来我在朝鲜战场上救助战友的时候，时常告诫自己我一个男儿绝对不能比一头驴差。我的连长说我像一头驴一样犟，像一头驴一样勇。我听了以后心里美滋滋的，因为这是最合我胃口的表扬。

大半辈子下来，我也总结出一条规律：牲口有时比人更懂得感恩，更讲义气。

十七岁那年我当兵走了，十年后才回到家里。打听“黑炭”的下落，人们说它干活太卖力，累死了，死时它的皮毛已经没有原先那么鲜亮，叫声也没原先那么洪亮了。主人把它的肉和皮变卖了钱，买了头小牛犊养，牛干活不行，他们更怀念那头驴——它知恩图报，拼上命干活，像自己的儿子那样让人怜惜。

我想骂他：你会让你儿子干活儿累死？你会把你儿子的尸体剥皮剔骨变卖成一头牛？

人心有时候真比不过驴肝肺！

六、狼嚎渐远

我的床头有一本贾平凹先生早年的小说《怀念狼》，这是他这么多小说里不大出名的一部，我却非常喜欢这部容量并不大的作品。我想，大概没有哪一个读者能像我一样对这部作品产生如此强烈的共鸣，因为我的故乡在同一个年代发生过他小说中的关于人和狼的故事，我和他一样对狼怀有一种难以名状的复杂情感，同时有一种想写与狼有关的故事的强烈冲动。

“但狼的野蛮、凶残，对血肉的追逐却不断地像钉子一样在人们的意识里一寸一寸往深处钻。它们的恶名就这样昭著着。”如他所言，狼留在我灵魂中的恐怖意象始终无法抹去。

狼留给商州人的伤痕，在大青山人身上都能找到。或许，这些伤口在几十年的舔舐中正在愈合，但人和狼能尽释前嫌，和谐共生吗？

就在那年冬天，早就没了狼迹的大青山地区，一个叫刘卫国的汉子在牛棚里徒手杀死一只主动袭击他的草原灰狼。狼爪搭在他后背时，祖传的经验让他觉察到自己即将遭受狼的袭击，于是他躲过了狼口，仅仅失去了一只耳垂。当他用双手奋力掰开咬合的狼口时，他的整个生命挣脱了狼的獠牙，他的老丈人不失时机把一把尖刀送进狼腹。事发后，没有听到一句为狼辩解和惋惜的话，人类的善良早已被狼的无情和残忍消磨殆尽了。

天下的狼，其奸诈残忍的本质是一致的。一丘之貉，一百个丘的狼都是狼，就算是它们皮毛的颜色不一样。世上本没有恶狼和善狼、好狼和坏狼之分。我想，阴山的狼一定比商州的狼凶狠狡诈。朔风撩起的鬃毛张扬而气场跋扈，无论是在深险的沟壑还是辽阔的草原，它们的影子都会投下恐怖和杀戮，它们的嚎叫切割着安宁的黑夜。狼要适应多种气候，跨越多种地理环境，猎取多种家畜野兽。它们的野性更为原始，始终站在食物链的顶端。商州的狼的生存空间相对狭小，和人类的冲突更加频繁，人是晃在它们头顶上的一把套索，狼不得不运用多端诡计才能险中求活。

狼的生存法则暗射出人的信仰在狼的气质中获益匪浅。正是在与野狼的敌视和博弈中，人类练就斗志，累积智慧，铸狼魂为人魄，行狼道为人道，呈狼气为人气，激励出人的倔强生存的狼道。

世居阴山脚下的武川人曾经在狼的蓝幽幽的目光和惨烈的嚎声中活着，狼戾如影随形。失去了狼，人一下子失去了战斗的意志，围着圈里牲畜的藩篱不用关死，晚上走夜路也不再备打狼棒。虽然日子安稳了，人却迷失了斗志，迷失了自己的精气神，大青山也迷失了山魂。

狼性、人性，在我们的体内黏吝缴绕，让我们看不清自身的本质。狼的狡猾和诡异使当时的人们对它们本能地产生了一种敬畏感，于是狼也被涂上了种种神话色彩。在人与狼的对抗当中人类常常未战先输，就是因为狼看出了人类的懦弱而得寸进尺。

在晋陕蒙冀广为流传着一个“秃尾巴狼叫来臣”的故事：传说一个叫来臣的后生突然半人半狼地变幻着，化为狼时凶残无度、吃人吞畜，化为人时为夫为子、不见异样。于是他的父亲在他变身为狼时断其长尾，他成了一只秃尾狼。每当秃尾狼张口吃人时，只要大叫“来臣”，他的人性瞬间被唤回，也便停止了攻击。于是，“没尾巴来臣”这个子虚乌有的怪物成了吓唬啼闹小孩子的恐怖语言。

人退狼进，人进狼退，人类的妥协可能招致更大的灾祸。清光绪年间，山西沁水狼势凶猛，伤人害畜不止，县令听信巫婆之言，认为狼是山神放出的天狗，非但不予猎杀，反而组织山民向山神祷告，以求狼发善心免祸，结果狼竟窜到社火人群攫人而食，可笑至极的是巫婆也成了狼食，县衙成为狼窜之地，沁水境内成了野狼的天下。

经历过血与泪、惊与痛、杀与反杀的狼祸，商州人和大青山人更多了几分从容和豪气。看清狼的本性才能使我们走出狼的阴影。

这些年渐渐又有了狼的消息，这种消息总是伴着它们的杀戮与农牧人的愤怒和眼泪，“一片狼藉”让我们重温正在淡去的噩梦。如何才能解决人与狼之间复杂的关系？

刘卫国因为打小父辈被狼所祸，听了很多关于狼袭击人的故事和防狼经验，留在他潜意识里的常识救了他一命。他那时在达茂旗老丈人的牧场养牛，一天晚上他听到了异乎寻常的动静，但他从来没有想过是野狼来袭，于是出屋查看，没发现什么的他正打算回屋，突然感觉后背被人拍了一下。虽然喝了酒，但他还是对来自身后的“问候”保持着足够的警惕：“后背勾搭莫回头，当心狼口叉咽喉。”他记住了老辈人血的训语，那一刻已经被人遗忘的一句话救了他的性命。他把自己的咽喉部位避开了身后的死神问候，但那张血盆大口让他深夜惊魂，本能地用自己的右手握紧了狼的喉部。他惊恐的叫声撕破了长夜，几个和他一起喝酒的朋友见证了这个恐怖之夜，他们投入了这场人狼大战，壮汉和屠刀的加入，使得这只狼把它胆大妄为的身体留在了阴山草原。

血的事实证明，人不能一厢情愿地和狼缔结永久和平条约。狼是不会轻易演化成狗，摇尾乞怜，与人类共存共荣的；人类更不会相信，狼会和他们共享一片乐土，甚至与狼共舞的童话。但他们和它们就是生活在同一个空间，享受着同一种资源，呼吸着同一种空气。为了生存而战斗是人和狼无可回避的选择，最后他们敬仰对方，惧怕对方，学习对方的长处，以求在战斗中生存。

狼在长夜里围着人的陋屋彻夜嚎叫，惨兮兮的声音中包含了多少恐吓、多少咒骂、多少怒气。它们磷火一般闪烁的幽光每时每刻都想吞噬人类的一切……

人狼互不侵犯的假象脆弱得像雪墙，这种平衡谁都可以打破，人和狼永远是不可调和的宿敌。我一直在想，人类在学会冶造并拥有青铜器锋刃之前，他们在狼面前一定是像食草类猎物一样闻风逃遁的。

人类拥有动物中最尖端的语音功能，我故乡的农人会把世间的坏事和狼勾扯起来，人的品行不端都被冠以狼性——狼游子、狼篦梳、狼绊汤、狼干粮……显然，这些话中能够体现出狼被惩罚是一件大快人心的事。狼成了一切阴谋和杀戮的代言者。

狼来了！这可能是中国最悠久的威吓之词，用“狼来了”去吓唬今天的娃娃一定会适得其反，他们恨不得和这个长得像狗一样的家伙来个拥抱。

但我小时候怕狼，狼曾经成为我的故乡的黑暗和恐怖制造者，几乎每个家族都有一部血泪史。我父亲的姥爷在骑马途中，遇狼袭击砍柴小孩，为了拯救孩子免遭狼口，他试图用马棒击退狼，狼一眼看穿他缺少英雄胆气，没完没了地和他缠斗，直到村里人赶到，那个从狼嘴救出的孩子的屁股蛋失了几斤，他大约只活了七天，而老汉也只多活了七天，他是被惊吓而死的。我父亲的堂兄十四岁时在自家农田里被狼咬死，不知为何尸体未遭恶狼饕餮，好似安静入睡，周围的小麦有一亩多倒卧在地，见证了人狼是经过了一场持久激烈的搏斗的。

狼破窗而入叼走婴儿的事发生过太多，它们杀死多少人已无法计数，仅

挣脱狼口的致残人数也是一个极为醒目的数字。由于狼对百姓造成的深重危害，在清末民国初被列入绥远三大害——灰狼、“传头子”（瘟疫）、忽拉盖（蒙古语，意为土匪）。

20世纪30年代末期，狼这种臭名昭著的动物一改以往偷偷摸摸的方式，公然进入村庄进攻人畜，连驻有军队的县城也任狼自由进出，居民们不得不高垒院墙，紧闭大门，整夜聆听城墙下悲泣的哭嚎。人们对狼听之任之的态度助长了狼的嚣张气焰。

我一个在锡林郭勒草原当过汽车兵的朋友遭遇过一只独狼，那个场景至今仍让他心有余悸。他们的卡车在夜间行驶当中，灯光搜索到一只狂奔的狼影，三个年轻士兵轰足了油门对其穷追不舍，无处可躲的狼体力渐渐不支，面对这个要命的铁家伙，被撵急的狼做出了一个令士兵们惊心动魄的举动——突然折返飞扑到挡风玻璃上，玻璃绽放出恐怖的花纹，狼在身体跌落时一口咬掉了汽车的小灯。他们本能地刹了车，惊魂甫定地目送那只叼着车灯的狼从容远去，心里却种下终生挥之不去的狼影。狼赢得了人类的敬畏。

狼往往出没于人们觉得不可思议的地区。我曾在当时的大青山支队司令部所在地德胜沟听到过一个有关狼的故事。一次，部队搞到几只羊，杀羊的战士刚刚剥掉皮，开膛取出内脏，就在回屋取水的空隙，热腾腾的羊被狼叼去了；两只狼还配合吃掉了一只拉磨的军驴。狼深知哨兵不准开枪这一铁的纪律，于是公然骚扰哨兵，害怕极了的哨兵站到了歪脖榆树杈上，另一只狼对准厩里的拉磨驴的尻部一口下去了，当哨兵听到驴惊恐的叫声后，打退纠缠他的狼来到驴厩，驴子屁股上的肉已被噬去大半，那驴无法站立，任狼撕咬全无抵抗。两只狼分别以车轮战对付哨兵和驴子，有如轮流吃饭和把门一般。第二天战士们将狼吃剩的驴肉炖着吃时，发现那肉酥松如鱼肉。

对于狼，并不是所有的人都畏之如虎——老区井尔沟一老农曾先后打死过七只狼；某林场一守林人徒手活捉一只孤狼；糖坊村一妇女夜行遇狼，边与狼搏斗边行山路三十里。这些人战胜狼，首先是从意志上战胜了狼。其中那位妇女遇到的那只狼不是照面便扑上来的，而是先进行了磕牙、怪嚎、抽风般打转等一系列怪异的表演，企图不战屈人之兵，从精神上折磨并压垮对手，尽管妇女之后由于惊吓大病一场，但她当时还是镇定应对，用自行车一次又一次回击，直到回到村里狼才被狗群驱离，但狼悻悻而去时留下的目光几乎切碎了农妇的心。

狼有三怕：一怕火光巨声；二怕人弯腰摸索等怪异动作；三怕打击腿部（素有用“铜头铁背麻秆腿”形容狼的身体）。农村、牧区的羊圈外墙上画有许多圆圈，据说防狼十分有效，狼从不走圈门，总是逾墙而入，显然他们十分警惕人类设置的圈套。这种多疑的动物总是让人难以捉摸。

对于狼的种种行为，究其原因，有许多是为了报复人类。每当夏季产崽后，母狼外出总喜欢将崽子掩于沙中，这种当今人类十分喜爱的“沙浴”可能对防止狼崽子感染寄生虫有作用。有几个年轻的农人发现了沙中的狼崽，不知深浅地用仇恨的镰刀割去它们小狗一样可爱的头颅，结果招致狼无休的复仇。狼凭着它们灵敏的嗅觉找到仇人，白天公然咬死成群的家畜，夜晚在村庄里悲泣哀嚎，蓝莹莹的目光给村里人带来无穷无尽的恐怖，连村里最厉害的狗此时也为这种气势震慑，不敢吠出声。

人类一旦拥有和平环境，便在对狼犯下的滔天罪行洗雪逋负中显示出巨大的力量。20世纪五六十年代，农村牧区民兵组织拥有足够的时间和利器来对付狼，一时间人人争做打狼英雄，狼的猖狂气焰顿消，隐入深山不见其踪了。人们不依不饶地搜寻，火烧、毒攻、索套、铁夹，无所不用其极。杀死一只狼，奖励二十元，那时相当于一个人俩月的工资。由此，狼成了无处遁形的猎物，惶惶不可终日。猎狼者们享受着赏金，又胸戴红花招摇过市，一

时风光无限。

受狼祸害最深的草原牧民表现出空前的协作精神，他们骑马追逐独狼，套马杆晃悠着死神般的冷戾，当他们驰过一个浩特时，这户的主人便自觉地接替人困马乏的追击骑手。疲累的狼只得打起精神来应对另一个生力军，直到它们的体能和意志耗尽，口吐白沫力竭而死。

狼势一衰再衰，虽然也有残余的侥幸活下来，但它们为了隐匿自己的踪迹，再不敢轻易对家畜下手。它们的生存空间越来越恶劣。20世纪末，虽然政府将狼列为保护动物，但狼几乎濒临灭绝。

作恶多端的狼隐匿了凶相，收起了长嚎，停止了劫掠，如风卷的枯草一般在人迹罕至的地方等待重出江湖。如果继续和人类作对，它们依旧会走向穷途末路。最近我看到一段视频，一个美国人在直升机上用自动武器射击地上狂奔的狼，狼一定在哀嚎：我们的生存空间在哪儿?

“灭绝”这个词，无论用在哪个物种上，都是一种罪过，而人类吞下一个更大的苦果——生态失衡。当我们听到狼又出没在牧场和农舍，我们应该是喜还是忧呢?

当年有人提出要给大青山引进狼，以维持生态平衡。山中百姓闻之大惧，大呼不可，他们刚刚过上平安的日子，没有谁欢迎这些恐怖制造者卷土重来。

“人见了狼是不能不打的，这就是人。但人又不能没有了狼，这就又是人。往后的日子里，要活着，活着下去，我们只有心里有狼了。”能真正听懂贾平凹的话的人还有谁?

第四章　王气篇

一、王气在北

公元524年，北方六镇如厝火积薪，危机一触即发，戾气在北境游来荡去，魏都洛阳鼎鱼幕燕般承受着来自北方烽火的炙烤。

北魏孝明帝决定派员对在北镇剑拔弩张的反叛兵民进行安抚，把圣意传达至诸镇：六镇将被升级为州，以示朝廷对北镇军民的重视。朝廷的共识是：对于北镇桀骜不驯的鲜卑世袭军人唯有怀柔以待，动用武力绞杀只能引火烧身。

黄门侍郎郦道元、大都督李崇担当灭火重任，他们组成的救火队在护卫队的簇拥下进入阴山怀抱下的白道城。十多天的鞍马劳顿让他们跋涉的脚步愈加沉重，心情也因为接近目的地而变得焦虑不安。

郦道元对这里的山川地理了然于胸，城北白道岭就有他年轻时随孝文帝元宏巡视边镇留宿过的离宫广德殿。“塞水出怀朔镇东北芒中，南流广德殿西山下……”他把这里的山川写入《水经注》。而右侧山谷下的另一条河白道中溪源于武川镇。这两座重镇正是他们即将要面对的。他们此行肩负事关国家存亡之抚边重任，他们将要去触碰六镇这几个马蜂窝。

郦氏精于文学地理，亦深谙玄学之道，这种思想在他的《水经注》中尽显其玄妙精微。

当晚，郦道元夜坐白道岭，北望牛斗之墟，杳溟中隐隐有龙纹五彩，王气蒸蔚，泱泱漭漭，一种强大的力量行将吞噬这个庞大的王朝。他魂悸心战，知大势去矣，一切郡不可违逆，自己一行人可能委肉虎蹊，成为北镇兵士的“出气筒”。

第二天，救火队逃离白道城，把烽燧正燃、王气弥盈的北镇甩在身后。逃离的路上，依然车声辚辚，马蹄嘚嘚，数十人却众口尽缄，郁闷的郦道元心中重复着一个词：王气！

1. 武川——王气之地！

呼和浩特北出十余里登阴山之巅，为白道岭，系阴山南北通衡之锁钥，距此南十里有北魏白道城故城，北数十里有北魏六镇之武川镇遗址，西去又十里为魏帝行宫广德殿旧址。

“区区一弹丸之地，出三代帝王，周幅员尚小，隋、唐则大一统者，共三百余年，岂非王气所聚，硕大繁滋也哉？”清代史学大家赵翼对阴山北麓武川这个僻隅之地的历史现象大惑不解，大概只能归咎为王气，因为只有王气产生的历史动力才能数百年经久不息，只有王气再鼓才缔造出磅礴万象的隋唐王朝。

北魏六镇地位最重当属武川，白道城为阴山孔道，北行十余里阴山之巅为白道梁，一千五百年名称至今未变，岭巅有内蒙古考古所正在发掘之祭祀台。因白道在白道谷中，峻坂十里路面尽为鳞次栉比的白色大理岩面，远眺白道，宛如雪后曲径迤逦，石板径上辙痕历历。其右有广德殿，为魏帝离宫，武川镇于六镇排列居中位置，距指挥中心白道城一山之隔，朝发暮至，又承拱卫魏室离宫广德殿之责，这一因素让这个小镇担起了改变中国历史的重任。

武川镇杂乱的镇军呼喊着杂乱的号令；在历史的苍烟王气中若隐若现的王侯将相骑歌箭雨，逐鹿天下。

终于，一个凝聚着杀伐气息的黄昏，狼烟在天空竖起一个惊悚的感叹号，蠢蠢欲动的北塞枭雄驭着呼啸飞驰的战马，控弦骑士们的甲胄流溢着戾冷的腥风。勒啸啸胡马于阴山之巅，勒不住逐鹿中原的豪迈，眺粼粼波光于黄河，望不绝表里河山的壮美，掀阵阵军尘于中原，挥不尽胡歌铁马的雄风。承冽冽漠风于毳帐，听阵阵冯鼓于柳营，吟啸啸乡歌于阵前。热血与烈酒融成勇悍强劲的武力，在胸中必是壮怀激烈、豪气干云，六镇战尘席卷成气吞万里山河的王气霸业……

武川故镇西邻的怀朔镇的另外一个王室大户高氏集团似乎被宇文家族的光环掩盖了，在武川军人权贵集团的皇权之路上，宇文家族几乎奉陪到底。他们在中国北方半个世纪的厮杀中一直旗鼓相当。

高欢和宇文泰的王权之争自始至终都是你死我活，割据中国北方分庭抗礼，把江南陈朝撕扯入局，上演了“新三国演义”，搅得天下天昏地暗，烽烟遍地。

城头变幻大王旗，他们高扬东魏和西魏、北齐和北周的旗号捉对厮杀，

一直延宕了半个世纪。

公元6世纪20年代，“六镇起义”击垮了北魏的朝局，武川军人集团开始主导历史的走向，燃起了中国北方动荡的烽烟。透过历史的帷幄，人们惊讶地发现，这两个殊死搏杀的家族，竟是近邻——高欢世居的怀朔镇和宇文泰世居的武川镇在今天的地理坐标上是邻县，即包头的固阳和呼和浩特的武川。而一千五百年前怀朔、武川两镇的距离放在今天也就一个多小时的车程。

北魏末期，这两个敌对的军事集团始终缠斗难休，不共戴天。高欢的敌人形容他如同一只狗獾凶狠灵动，而乳名为黑獭的宇文泰具有獭的韧性和狡诈，两个人的战争被称为“獾獭斗”。

宇文泰整合的武川镇兵马，纵横捭阖，东征西讨，白旄黄钺，九攻九距而豪取天下，这样的气势延续了之后的几代王朝，这个家族集团一时“浩然帝王气，塞乎天地间”。将星璀璨，群贤毕集，延绵不绝；皇风浩荡，奉天承运，睥睨天下，唯我独尊；周亡隋生，隋谢唐兴。这个集团的宇文家、杨家和李家轮流坐庄，他们都是从亲戚屁股下接过龙床，坐享天下的。

但人们不可能忘记那个如影随形的老对手，就是武川镇西边不足百里的邻居，由高欢召集的怀朔镇的豪强们同样拥有一个强大的政权——怀朔集团，他们一直和武川集团分庭抗礼，历史的天平此起彼伏，掀起的血雨腥风让整个国家几十年流血漂橹，山河失色。

东魏、西魏演变出的北齐、北周，同一段时光，同一个地域，同一个群体，你中有我，我中有你，他们所承王气自同出一脉。高齐六帝出自阴山北麓之六镇之一的怀朔镇，而北周五帝在经历了两次宫廷政变后衍生了两个伟大的王朝——隋朝和唐朝。隋三帝、唐二十一帝，他们一脉相承，寻根竟在阴山北麓的武川镇。悲风敕勒阴山下，王气黯然入烟尘。

武川镇偏远一隅，龙盘凤翥，岂非王气？

2.一个哨兵的逆袭人生

高欢的故宅“住居白道南，数有赤光紫气之异，邻人以为怪，劝徙居以避之”，充分说明高氏深泽帝王之气。高欢是六镇中最底层的一名边兵，每天在怀朔镇的城墙上瞭望，他当时是否就胸怀“澄清天下之志”尚未可知，但可以肯定的是他当时的境遇非常黯淡。

起点极低的高欢一路走来，经历了跌宕起伏、险象环生的称霸之路后，终于站在了他渴望登顶的人生巅峰。

史书说高欢祖籍渤海蓨县高氏，但更多的史学家认为他是鲜卑人或高丽人，不过是为了结盟河北豪族而“伪冒士籍”。按照正史说法，高欢的祖父高谧，官至北魏侍御史，是因犯法流放到怀朔镇的。

六镇武川军人集团的地位一度很高，自平城迁都至洛阳之后，六镇拱卫都城的职能大大降低。高欢出生时，其家族已在怀朔镇生活三代，语言习俗与鲜卑人无异。高欢非常乐意别人称呼他的鲜卑名“贺六浑”。

高欢是个小个子，从他儿子高洋的长相“大颊兑下”来印证遗传基因，他大概也英俊不到哪里。但怀朔镇富家女娄昭君偏偏被高欢站岗时的雄姿深深吸引，后来事实证明了她的慧眼识珠，高欢是一个抱负远大、才略超群的英雄，她同样是中国历史上一个非凡的女政治家。

这个靠妻子嫁妆脱贫的家伙“倾产以结客”，挥金如土，一时杵臼之交盈门。妻子丰厚的彩礼为高欢插上了一双腾飞的翅膀，他很快成为一名通信兵，扬鞭策马穿梭于六镇与都城洛阳之间。他看到了天下之大，眼界一下子被打开了，这也助长了他争霸天下的雄心。

高欢视金钱如粪土，在追逐权力的道路上奋不顾身。他仿佛预见了北魏的末路，便登高去梯要走一条凡夫俗子想都不敢想的路径。从此他身边出现一批拥有大本事和大志气的朋友，其中不少人成为影响中国历史的响当当的人物。

公元524年，北魏六镇暴乱，这种暴乱没有持续多久，六镇撤制。六镇军民二十余万人被强迁至河北诸州，一如将北方的狼群引入王朝腹地。

天下大乱，必肇英雄。高欢早已按捺不住自己的勃勃雄心。他的那些帮手此时都派上了用场，一介草民被引荐到权倾天下的尔朱荣门下。高欢只用征服一匹马的手段就征服了一代枭雄尔朱荣。他的言谈气度令尔朱荣意识到这正是他寻要找的高士，从那一刻起，高欢便成为尔朱荣的首席军师和心腹。

尔朱荣曾公开表示，能代替他统领全军者，唯贺六浑。他的话很快得到应验。公元530年，尔朱荣仅带着贴身随从入洛阳，遭北魏孝庄帝派人刺杀，一代枭雄落下帷幕。尔朱荣他的堂侄尔朱兆取而代之，而他却无力驾驭高欢这个管家。

高欢觊觎已久的六镇降兵成为他的目标，在经历一系列情真意切的煽惑挑动后，这支惯战之师认定高欢是他们合适的领袖，因为只有高欢，这支以北镇人为主的降军才能免受尔朱家族嫡系兵的欺侮。在极短的时间内，六镇降兵集结到高欢麾下。自此，高欢空手套白狼，拥有了一支属于自己的骁勇善战之师。

史载高欢为人深沉，擅长权谋。他韬光养晦，广结盟友，又整合了姻亲、旧友、乡党、联盟等多种力量，慢慢攒了一手好牌，组建起自己的政治军事集团。随后，高欢正式与尔朱氏决裂。

公元533年，尔朱兆兵败自杀，高欢取而代之，随即入主洛阳，另立新帝，即北魏孝武帝元修。孝武帝即位后，封高欢为大丞相、太师。北魏大权竟掌于高欢之手。这一年，高欢三十八岁，一名哨兵逆袭为一代枭雄只用了十年。

此时的高欢对于接下来的历史，只是自己掀起的惊涛骇浪的余波。

来自武川镇的一个军阀侯莫陈崇杀害了另一个武川军阀贺拔岳。一次军事叛乱改变了高欢的称王之路。他要为自己树立一个终身的大敌，既要江山也要命。他把一个平庸的敌人更换为一个强劲的敌人。这个人就是一直和他分庭抗礼，从他手中夺去半壁江山的宇文泰，他死后高齐王朝直落宇文周之手。

孝武帝不甘任高欢把玩于股掌间，他时刻感受到自己在一把高悬的剑刃下苟活，终日惶惶。历史是面镜子，此刻他像极了汉献帝，高欢俨然是曹操。汉献帝被曹操欺负的惨剧被复制，只有逃离高欢的毒手，才能修改他的悲剧命运。孝武帝觉得关中才有他的救星，于是仓促投奔关中宇文泰的怀抱，没想到却成了宇文泰对抗高欢的一张政治底牌。一年后，可怜的孝武帝的政治功能耗尽，他的身影被他信赖的人抹掉了。屠龙刀之下他才看清宇文泰其实是一个隐藏得更深的高欢、更阴险的曹操。

高欢和宇文泰不约而同祭出挟天子以令诸侯这张牌，各自找到了自己的政治傀儡，先后另立元氏皇族成员为帝，北魏分裂为东、西两魏。

高欢建霸关东的速度非常快：得到三州六镇兵马，收编葛荣余部，联合河北豪族，拥立元魏宗室，广阿、韩陵之战，入洛挟天子，剿灭尔朱兆。走完这套流程仅用了不到两年时间，杜洛周起义的一介乱兵走向权力巅峰只用了八年，天下只有高欢能做到，此时他已感觉到天下在手！

高欢无暇也无意打磨整合他的团队，他的威势令他目空一切，甚至包括关中的来自故乡武川镇的那帮小兄弟。他坚信他的大军一到，他们必然会成

为他砧板上的肉。

宇文泰的个人能力并不逊于高欢，他的军队虽然数量不及高欢一半，但由彪悍的关中子弟的士兵和武川镇身经百战的将领组成，这使得宇文泰能够在汾河下游、泾渭之间、洛河两岸如臂使指地从容作战，运用局地的兵力物资优势弥补整体的兵力物资劣势而不落下风。高欢率领的东军与宇文泰率领的西军，可以说是在魏末乱局中同步成长的两支武装力量。

3.宇文泰的王权之路

宇文泰的母亲在荒蛮的武川镇孕育了这颗龙种，在怀他五个月时就初现龙象："虽不至天，贵亦极矣。"果然，"帝生而有黑气如盖，下覆其身。及长，身长八尺，方颡广额，美须髯，发长委地，垂手过膝，背有黑子，宛转若龙盘之形，面有紫光，人望而敬畏之"。这一切似乎为他所承的王气进行了注释或渲染。

宇文泰的个人魅力和领袖气质至少有一点和高欢是一样的——"少有大度，不事家人生业。轻财好施，以交结贤士大夫为务"。

北魏六镇的兵变很快被压制下去，这些军事重镇被撤制，二十多万边民被驱赶到河北平原的各个州安身，迁徙的队伍越过阴山，夹杂着各种牲畜掀起飞扬的尘土延绵不绝，人群中咒怨、叹息、愤怒的声音此起彼伏，他们为他们遭遇的不公境遇大呼不平。

十七岁的宇文泰混杂在迁徙的洪流中一声不吭，没人知道此刻他在想什么，他如同一匹烈驹，渴望踏云追风，冲锋陷阵；更没人相信这个体形高大的少年会成为这个山河破碎的国家的搅局者、拯救者和统治者。

比起高欢，宇文泰的人生境遇要好很多，他比高欢小九岁，其祖辈都在武川镇做世袭小军官。在六镇之乱时他的父亲斩杀了叛军首领卫可孤，但他的长兄宇文颢战殁。当时他还是一个懵懂少年。

皇路如戏，当数演技。宇文泰一定是一个善于表演的高手，在尔朱荣接手葛荣十万降卒时，二十岁的宇文泰明显不同于众军士的沮丧落寞之态，在乱军之中吸引了尔朱荣的眼球。我们可以想到他的样子，双目明亮传神，脸庞俊朗，身材挺拔，神情淡然，荣辱不惊。和他相伴的三哥宇文洛生此时已人头落地，宇文泰觉得自己也将走入末路。然而，在关键时刻，宇文泰却在尔朱荣面前激动地慷慨陈词，诉说起家族的苦难以及哥哥的冤屈。宇文泰的哭诉太过煽情，他的表演极具感染力，一向杀人如麻的尔朱荣竟然也被感动，于是便放了宇文泰，还将他收入麾下擢为将官。少年宇文泰有如此过人的胆识，不管他这番慷慨陈词是有感而发，抑或是故意"作秀"，都令人刮目相看。一个被俘之人凭着他的气场把自己从泥坑里捞出来，在历史的尘嚣中脱颖而出，这绝不能只用运气来解释。

宇文泰的第二次表演面对的是高欢。在洛阳首会，高欢竟然一眼喜欢上这个年轻人，并决定把他留在自己身边重用。宇文泰信誓旦旦地答应了高欢，但他提出来要回趟关中处理一些公私事宜，并言凿凿、意切切地表示要报效高欢。高欢不顾别人一再提醒而纵虎归山，这一纵成为他一生噩梦的开始。

第三次表演则是对孝武帝。宇文泰用一通演技，表现出一个空前绝后的忠臣烈士必将披肝沥胆的决心，孝武帝对这个同龄人充满了期待，认为这是上天赐予他的股肱之臣。他甚至把他的江山社稷、身家性命都押在了宇文泰身上。我想，他死之前一定悔不当初，同时也不得不叹服宇文泰的演技。

宇文泰的表演在庄严的天子堂上、在刀箭横飞的战场上、在士卒黎民百姓面前，都那么游刃有余、情真意切，算得上一个妥妥的实力派演员。

侯莫陈悦杀死贺拔岳的动机毫无疑问是个历史之谜，后人似乎想找到一种合理的借口进行解释：一山不容二虎这条铁理变得肤浅而苍白，在宇文泰这头老虎面前，侯莫陈悦甚至都算不上一条好狗；受高欢的挑唆而行此冒险之举也无实据，实力和胆识都不足的侯莫陈悦显然没有具备这样的野心；从他的谋杀得手之后看，没有一个字的檄文，没有去收罗和安抚贺拔岳的部众，仿佛只是在等待复仇之剑的降临，显然未经深思熟虑，倚靠这样一个庸才去整合统领一支军队，高欢不会有如此低级的识人、用人水平。

只有一个事实是无可辩驳的——这场谋杀事件真正的受益人是宇文泰。这让他轻易统一了武川兵团的人马，雄踞关中。北魏半壁江山轻松在手，一切似乎是天意使然。

之前的贺拔岳意识到他在尔朱荣集团内的地位并不稳固，不但尔朱荣对他的信任有所松动，而且还受到高欢派系的威胁。经过一番深思熟虑之后，贺拔岳也开始物色支持者，来增强自己的实力，于是找上了怀才不遇的宇文泰、李虎等乡里故旧，并利用各种机会把他们拉入自己麾下，宇文泰成为贺拔岳最早的一批追随者。

此后贺拔岳更是大肆扩张，将寇洛、达奚武一众武川豪强招入部下，借机巩固武川军人集团的利益。这支善战之师一直为孝武帝元修和丞相高欢所觊觎。

一切都像是上苍之意，贺拔岳之前所做的一切都像是在为宇文泰积基树本，迎合历史早已编排好的程序。武川军人集团拥抱了他们的新领袖，本无建树的二十七岁的宇文泰毫无征兆又当仁不让地走上历史为他预留的舞台。

此刻高欢才明白，宇文泰是他崛起路上最大的障碍。

宇文泰拒绝孝武帝和高欢保全侯莫陈悦的旨意，坚定不移地借着为贺拔岳报仇的口号兴师侯莫陈悦。军事行动摧枯拉朽般进行着，在宇文泰这只老虎面前，侯莫陈悦像只望风而逃的猴子，逃无可逃，最终他选择在一棵歪脖树上结束了自己懦弱可笑的军阀生涯。

这一行为塑起了宇文泰的光辉形象，他的侠义之风和快意恩仇一扫贺拔岳部下心中的种种不安和不忿，重要的是他吞并了侯莫陈悦的部众，大大地增强了武川兵团的实力。

当孝武帝把宇文泰的才干与贺拔岳进行对比时，他的重臣张轨给出了答案："宇文公文足经国，武能定乱。诚国家柱石之臣！"孝武帝一边容忍宇文泰的我行我素，同时又任命他为大都督顶替贺拔岳之位。

孝武帝一再督促宇文泰东下洛阳帮他收拾高欢。宇文泰刚刚整合了贺拔、侯莫旧部，定不会贸然拿这区区数万军力去冒险，给高欢十余万鲜卑武士组成的虎狼之师添食。他一直用各种借口敷衍着焦虑的年轻皇帝，孝武帝光听着门闩响，就是不见开门。

直到有一天，孝武帝突然西渡黄河来投靠宇文泰，并加封他为"尚书仆射、关西大行台"，宇文泰手中不仅掌握了关陇地区的军事权，拥有行政权，还附带了一个旷世军事奇才——王时政。宇文泰成为名副其实的关陇之王，一筹莫展的他终于有了抓手，他一下子精神抖擞起来，借力打力，回以讨贼檄文，誓与高欢势不两立。这一招蒙蔽了孝武帝和所有人。

挟天子令诸侯的宇文泰以匡扶魏室的名义决心和高欢掰下手腕。本来宇文泰和高欢的对抗根本不是一个量级，他的兵力、疆域、人口、资源仅是高欢的三成。

宇文泰这只老虎开始獠牙狰狞，还长出了翅膀。背靠孝武帝这棵大树，宇文泰之所以能够在两魏五战中逐渐将实力对比的劣势转换为旗鼓相当的均势，与两支队伍内部的组织发育程度有着很大的关系。而且在高欢在世的两魏五战过程中，东、西魏军力近乎同步发展，西魏凭借地利优势坐守河东潼

关一线，半壁江山似乎固若金汤。

在古老的秦川大地，宇文泰的脚跟扎得深厚。尔朱天光、贺拔岳、宇文泰集团内部整合时间仅用了五年，以宇文泰为统帅的一支独立的武装力量成立时，关陇本地豪族组织的乡兵集团对武川镇军事集团给予全力支持。武川鲜卑势力与关陇本地汉族相融合，形成陈寅恪先生所说的关陇集团势力。

之后，宇文泰终于把碍手碍脚的孝武帝清扫出历史的舞台，北魏的皇旗易为西魏，成为走向北周的渡舟。从此宇文泰执掌天下二十一年，来自武川镇的宇文家族仅仅用了不到三十年时间，走到了武川军人集团皇权之巅。历史像一部神剧让人目不暇接。

宇文泰政治小圈子的形成与高欢截然不同，它完全是靠家族姻亲而形成的牢固的政治家族集团。西魏十二家族几乎都是儿女亲家，宇文家族一直是这个门阀贵族集团中的核心成员。宇文泰在掌握武川军团大权之后，他起家的班底并没有发生太大的变化，他只相信来自老家武川镇那帮有着七大姑八大姨姻亲们的世交兄弟。“融洽胡汉民族之有武力才智者”，创造了历史的奇迹。

令赵翼、陈寅恪等一些史学大家百思不得其解的是，这帮武人集团，冲锋陷阵、排兵布阵尚可，但依靠这些武夫治国，特别是把一个四分五裂、满目疮痍的国家治理成一个强大的国家，简直是不可想象的。

国外的学者对中国这段历史也充满好奇，崔瑞德在《剑桥中国史》中提到关陇贵族集团：“他们的成员不但是混血儿，其生活方式也深受游牧部落风俗的影响，甚至到了唐代以后很久，他们之中的很多人仍既讲汉语又讲突厥语，他们基本上是军人集团，而不是文人精英，他们当中的妇女远比传统中国社会的妇女独立和有权威。”

4.充满诡谲的两魏五战

高欢、宇文泰这对枭雄的势力把北魏一分为二，东、西两魏都坚持自己是正统，非常急切地想抹掉对方。当然，靠武力解决敌人是最为直接有效的方式。

高欢拥有富庶的东方，人口三倍于西魏，军队四倍于西魏，强大的武力冲昏了高欢的头脑，他迫不及待地抢先出拳。公元536年之后的十年间，双方接连爆发五次规模宏大的战争，这就是史称的“两魏五战”。然而，实力强大的高欢却葬送了天赐好局，几番争斗下来把羸弱的对手锻炼得体魄强健。

两魏五战中，千军厮杀血流成河，诡谲场景层出不穷，如同轻喜剧一样，其中不可思议的地方令人遐思无穷，仿佛冥冥之中都是天意。

第一战是潼关之战。潼关之战没有特别突出的地方，唯一的亮点就是高欢没想到宇文泰敢率领很少的人马轻易冒进。高欢的目空一切习染了部下，窦泰轻敌冒进，一脚踢在一块坚硬的岩石上，兵败如水，身陷重围的窦泰颜面扫地，羞愤自杀。听到噩耗，高欢心胆俱裂，哭得死去活来。这一战让高欢不得不重新审视自己的对手。

第二战是沙苑之战。沙苑之战中双方的战力比为十五比一，西魏完全被来势汹汹的东魏碾压。宇文泰采纳李弼的建言，把士兵埋伏在芦苇丛中，听到鼓声就伺机而动。高欢本来有了省事有效的对策——用火攻把宇文泰和他的西军付之一炬。可是臭名昭著的侯景突发奇想，竟然要生擒宇文泰给百姓们看看，他认为若把宇文泰烧得面目全非，百姓难以信服。一旁的大将彭乐更是推波助澜。令人难以置信的是，高欢竟把这种不靠谱的话贯彻到了这场

生死大战当中，把江山社稷和十余万军兵的性命当作儿戏玩了一把。

放弃使用火攻的高欢，把自己的十余万雄师摆拍在沙苑的河滩上，他要留给后世一幅波澜壮阔的历史画卷，却不知胜利的天平已悄然倾向西军一方。宇文泰骁勇的骑兵重锤一般的突击，当场打崩了东军，高欢七八万人马瞬间灰飞烟灭。人呼马啸、兵刃相击之声戛然而止，血腥弥漫的战场上陈尸枕藉，在血泊中泛着死亡的冷光。高欢惊呆在空旷的沙场上，他不相信自己的十万人马转瞬间败得如此彻底。大将斛律金只得用马鞭抽打呆若木鸡的高欢的战马，迫其逃离空旷的战场，高欢才免为被俘。

宇文泰赢得一场惨胜，他明白这场胜利还不能彻底动摇敌人的根本。他命令每个士兵都在战场上种下一棵柳树纪念这场胜利，史称沙苑植柳。多年后，伴着捐躯将士的鲜血，堤上的柳树枝繁叶茂，让人心生肃穆。

第三战是邙山之战。这是宇文泰几乎被打残的一战。宇文泰连胜两战，他和他的部下就不知道天高地厚了，他们认为高欢的部队外强中干，不堪一击。于是，不顾实力差距主动进攻，连续发动邙山之战，结果被东魏一顿老拳打回原形，折损了五六万精壮。宇文泰辛苦攒下的本钱几乎赔尽。西魏军像一只被打痛的老犬，惨叫着夹着尾巴逃回关中舔舐伤口。

但战场上曾出现另外一个插曲：落单的高欢毫无还手之力，他被勇将贺拔胜穷追，高欢素知贺拔胜之勇悍，听到身后怒喝如雷早已魂飞魄散，只顾打马逃命。贺拔胜欲一箭射穿这个死敌，发现箭囊空然，善射之将战场上竟然忘带箭，岂非天意？他想改用长矛把高欢刺死，又屡屡与高欢后心失之毫厘。高欢已感受到后背的凉意，自觉难逃一劫。这时一支飞来的流矢射中贺跋胜的战马，贺拔胜意外落马，高欢得以逃脱。等贺拔胜的副骑赶到，高欢已无踪影。贺拔胜懊恼之余不禁叹息："天意不让贺六浑死啊！"

宇文泰也落了单，追杀他的是更为勇悍的大将彭乐，彭乐已经和宇文泰并马，只欠手起刀落。宇文泰靠着自己的演技，用一段兔死狗烹的经典段子竟然让彭乐放了自己。侥幸捡回一条命的宇文泰自己也不明白这种奇迹是如何发生的，此时他一定得意于自己的表演天赋吧。彭乐的愚蠢把高欢气得暴跳如雷，他拿起刀想把彭乐杀了，奈何几回下不去手——他很爱将才，最后命人搬来三千匹丝绢压在彭乐身上，作为奖赏。

或许高欢此时也相信天意如此吧。

第四战是河桥之战。此战东、西魏两军均损失惨重，一场五五开的战事，宇文泰又差点儿搭上老命。宇文泰亲自率领的西魏中路军斩获颇丰，东魏大将高敖曹等人被斩，一万五千名军士被俘。而独孤信、赵贵、李虎率领的右路军、左路军和后路军尽告失利，一路溃回关中。

宇文泰在生死之间又因为他的绝佳表演而化险为夷，这一次他与都督李穆来了一段双簧表演。宇文泰因坐骑中箭落马，将士军心溃散，身边只有李穆一人相随。敌骑迫近，逃无可逃，李穆情急智生，举起马鞭狠狠地抽打宇文泰，逼问宇文泰的去向。宇文泰挨着鞭子，配合着李穆的表演，满地打滚口中求饶。宇文泰本人性俭，盔甲多像普通士兵所配，他们的表演加上逼真的道具，东魏的将士就被这个无足轻重的“小兵”给糊弄过去了。

第五战是玉壁之战。经过四次大战，高欢膨胀的自信渐渐泄尽，反而有点儿投鼠忌器，转而想以攻城战求得稳扎稳打。他先后劳师两攻玉壁城，这一愚蠢至极的战略思想直接让高齐伤筋动骨，口吐白沫。

在生命的最后几个月里，十余万大军久攻小小的玉壁城不克，雄心不再的高欢拖着病体，看着自己七万士卒累尸泥水里，忧愤难平。十几年来，他以数倍兵力和死对头宇文泰进行了五场大战，眼看着西魏慢慢强大，身心俱毁。史载，一颗流星坠落在东魏军营，所有的马驴开始长鸣，士卒惊惧。高欢的坐骑也受到惊吓，失蹄将他摔下马。

东魏撤退的大军迎着凛冽的北风，裹着病倒的高欢回到晋阳。东魏境内谣言四起：高欢为西魏军射杀！东魏民军一时人心大乱。

为了辟谣，高欢强拖病体公开露面。在与军政权贵的见面会上，大将斛律金用鲜卑语唱起故乡的歌谣《敕勒歌》。高欢和斛律金的出生地都在阴山脚下的白道城（今呼和浩特坝口子），受乡愁感染，他不禁和唱道：

敕勒川，阴山下。

天似穹庐，笼盖四野。

天苍苍，野茫茫，

风吹草低见牛羊。

唱着唱着，高欢老泪纵横……

历史的天平不会倾向一个高傲的家族。败笔是高欢亲手书写，他的半生努力葬送于那一撇。一个月后，高欢的生命走到了尽头，正值日食，这位主见刚硬的枭雄仰天大笑道："日蚀其为我耶？死亦何恨！"这一年是公元547年，他和宇文泰离开阴山北镇不过二十年，离中国北方统一仅三十年，离隋朝实现大一统四十二年。

武川门阀的凯歌是随着高欢家族建立的王朝的覆灭开始奏响的。

5.府兵制，开肇造王运动

高欢带着他的帝王梦不甘心地走下历史舞台，东魏失去灵魂，终于偃旗息鼓。但西魏军惊魂甫定，他们坚信强大的东魏一定会卷土重来，整个国家仍感危机重重。

宇文泰最能征战的鲜卑子弟兵损失殆尽后，国防线上的兵源捉襟见肘，支撑危局由各地豪强各自为政，进行自主防御。这对于一个国家来说相当尴尬，宇文泰的焦虑可想而知。

高欢的儿子高洋虽然是一个变态皇帝，但并不影响他治国的果断和英明，宇文泰不禁哀叹高欢虽死犹生。西魏仍然面临以小搏大的态势，几次战争加上关陇地区的饥荒，使西魏元气大伤。危机正在考验着以宇文泰为核心的武川政治军事贵族集团。

攸关存亡，关陇汉官苏绰被历史的浪潮推向宇文泰的身边。宇文泰立刻沦陷于他的儒雅和饱学，丰厚的治世法学思想透过他深邃的目光，传达出无穷的魅力。宇文泰深信这是上天赐给他的导师："绰指陈帝王之道，兼述申韩之要，太祖整衣危坐，不觉膝之前席。语遂达曙不厌……"苏绰的理论似乎正在引领着宇文泰称王天下的雄心……西魏政权如果想夺回汉文化正统的地位，最关键的是要绕过汉代的帝系传承，因为南梁的皇位最早是可以追溯到西汉时期的。而在西汉之前最令人憧憬的莫过于西周了，再加上儒家的创始人孔子本就极为推崇西周的礼法制度，因此西魏的政治建设基于周礼。这也是后来宇文家族建立自己的王朝——北周的依据。

双方的政治谋略、经国大政甚至家族情怀，令他们变得亲密无间。宇文泰终于明白汉文帝推崇中国帝王文化的精髓而不惜逆流推动融汉改革的原因。他汲取前人的教训，推出八柱国和府兵制度，并采取鲜卑族与汉族混合编组来保持军队平衡，让他们共同征战，鼓励他们相互联姻。为了避免姓氏差异导致的不和，宇文泰还给军中统兵赐鲜卑姓。他表面推行鲜卑化，杨忠的普六茹和李虎的大野氏的鲜卑族印记其实也是一种消弭民族差异、增进不同民族士兵感情的手段。这让同伴之间产生了一种全新的关系纽带，能够显著提高部队的战斗力。而且宇文泰还鼓励鲜卑族和汉族通婚，民族之间的隔

阂被进一步打破，西魏的民族融合达到了前所未有的高度。

北方马背民族的豪放和血脉融入了儒家文化，中国北方社会变得更加包容自由。北魏孝文帝的改革招致烽烟四起，江山动荡，跋前疐后中犹如一台没有动力的车轮陷于泥淖。而宇文泰抹平了民族间的历史鸿沟。

苏绰作为宇文泰坚如磐石的后方，使得西魏扭转劣势，开启影响中国未来格局的新力量。关陇集团控制下的西魏，把控着关中的战略要地，控制了富庶的蜀地，俯视天下，进退自如。

府兵的军制设置，主要是柱国大将军。看看八位柱国大将军名单便知武川人在这个政权中的作用——魏广陵王、元欣、赵贵、独孤信、李虎、李弼、于谨、侯莫陈崇，元欣仅仅以皇族身份比肩这些武川豪强。之后，韦孝宽、李远、田弘等一大批关陇汉族豪强接连进入西魏军界，并日渐成为支柱力量。

西魏是军政合一的政治体制，这八柱国、十二大将军都是出将入相，不光是军队的统帅，同时也是国家的领导核心，各方面都处于社会的顶端。

关中汉兵被这身经百战的武川将领统帅后变得愈加骁勇彪悍，丝毫不逊鲜卑狼师。府兵制的创立，丰富了我国古代建军理论宝库，在我国古代军事史上占有重要地位。它使西魏的武装力量大为增强，成为继西魏帝位而建立的北周灭掉继东魏而建立的北齐，统一中国北方的有力工具；它在隋唐时期得以发展和完善，成为隋唐时国家大统一繁荣的利器。

这个制度设计巧妙地适应了西魏北周的国情，使得府兵制迅速发挥出惊人的威力。

在八柱国中，也有许多汉族将领，比如杨坚的父亲杨忠、李渊的祖父李虎。这些血统混乱的十二个家族，形成了后来陈寅恪教授定义的“关陇集团”。几个世纪之后，集团的成员仍然享受着荣华富贵，其中有的人还拥有了皇权。杨氏的隋国公、李氏的唐国公成为中华盛世的国号，来自武川军人集团的王气延绵传承了数百年。

在唐代及以前，关中帝王信奉的是“霸道”“王道”，开疆扩土，完善帝制，极具民族使命感。武川贵族集团成员正是契合了中华“王道”，才缔造出一个伟大繁荣的王朝盛世。正当宇文泰雄霸天下的图谋得以施展时，苏绰却因积劳成疾于公元546年英年早逝，宇文泰备受重击。十年后，五十一岁的宇文泰在他的逐王之路上突然倒地不起。他执掌西魏江山的二十一年，人才济济的宇文家族和武川豪强如何在历史的苍烟中保留他们浩荡的王气？

6.改朝换代承一脉王气

《剑桥中国隋唐史589—906年》的作者崔瑞德如此描述这段更迭史：“北周、隋、唐三朝的政权更迭，显然是一次次的宫廷政变，是由一个家族取代了另一个家族。但整个集团的权力并未转移，他们奉行的一些国策大政几个世纪一直都在延续。”

这位外国学者对此略显轻描淡写。

宇文泰把皇权交到年少的儿子手中，他托孤于他的侄子宇文护。当年宇文泰的父亲宇文肱与叛军卫可孤战于武川南河，长兄宇文颢战殁，宇文护正是宇文颢之子。宇文泰不会想到他选择的这个顾命大臣却把尚方宝剑化作屠龙刀，首先干了宇文泰没敢干的事，他用西魏皇帝试刀，天下不再属于拓跋家。

宇文泰的长子宇文觉坐上了属于宇文家的北周皇位，龙座如烧红的锅口，令这位少年皇帝芒刺在背。堂兄毫不手软地杀死了努力要行使皇权的新帝。下一个小皇帝依然有主见且桀骜不驯，这不是他想要的皇帝，宇文护再次亮出屠龙刀。之后是周武帝宇文邕登基，他对手持屠龙刀的宇文护百依百顺，周武帝战战兢兢走在了王兄们短命的王路上，他的韬光养晦骗过了手握屠龙刀的宇文护的眈眈虎视。

北周皇室摇摇欲坠，王气似乎正黯然收起。装疯卖傻的十二年间，顾命大臣宇文护的屠龙刀从没闲着，除了皇帝，他也杀掉了像赵贵、独孤信、侯莫陈崇这样的国之重臣。他威势慑人，没有人知道为什么他自己没有坐到皇位上去。

虎父无犬子，宇文邕这个少年君王十二年成长的不仅是强健的身体，还有作为君王的睿智和豪气。宇文邕决定反击时便一击而杀之，宇文护这个屠龙者终于被龙吞噬。年轻的周武帝终于露出爪牙，将北周王权抓在自己手中。

尽管宇文王政此时已经变得衰败不堪，但宇文邕的雄心并未因此而受到重击，他励精图治，把宇文泰曾经苦心经营的一些大政方略重新整合，重用汉臣，使得国力蒸蒸日上。宇文家族吞灭北齐的梦想终于实现，中国的北方终于实现了大统一。

北周一统天下的态势已然形成，一切迹象都在彰示一个统一强盛的王朝正在路上。然而宇文邕在亲征突厥的途中病倒了，公元578年，一代雄主北周武帝宇文邕在洛阳病逝，时年三十六岁。

宇文邕的长子宇文赟上场了。这位旷古未有的无耻之徒做了一年皇帝后便禅位于长子宇文阐。

宇文泰和高欢几乎比拼了一生，各有千秋，就连后辈儿孙也是洋相出尽。高欢的儿子们执掌的政权被后世评价为禽兽王朝，而宇文泰的子孙中，宇文邕的儿子宇文赟一个人就把大周几代王气几乎耗尽。中国千年的皇礼像粪土一样任他践踏：守孝一个月他只守了一天，第二天就登基；十天后便将宇文邕下葬，脱掉孝服，为自己的登基大肆庆祝；登基后他同时立了五位皇后；仅当了一年皇帝，就禅让皇位于六岁的太子，自己二十岁就做了太上皇，由于嬉游无度，次年病逝……

短暂的皇权春秋让宇文赟为自己赚足了名号：周宣帝、宇文乾伯、天元皇帝。他所干的只是把武川贵族集团肢解，宇文家族最具才华的国之干臣宇文宪被诛，江南陈朝趁火打劫兵凶战危，江山摇摇欲坠……

宇文家的皇权正转移至宇文赟的岳父杨坚的手中，没有人预测到他拥有杨坚这个岳父到底是福还是祸。他幼小的儿子周静帝和他孱弱的宇文皇室凋零的日子进入倒计时。此刻，武川军人集团的新领袖杨坚骑在老虎背上，一代伟大的新帝王即将为腐朽丑陋的大周拉上历史的帷幕，开启一段新的历史篇章。

《剑桥中国隋唐史589—906年》如此轻描淡写这段重要的改朝换代史，认为这是“中国历史延续性的一个大断裂，但帝国的继承和创建在当时不过是一次宫廷政变，是西北的一个贵族家庭接替了另一个家族即位。后来的唐朝的继承也不过是把皇位移向了这一紧密结合的家族集团中的另一个家族而已……唐朝也继续沿着几乎同一条路线走下去”。

病树前头，又一枝干生机盎然。

隋文帝杨坚显现了他大气磅礴的帝王雄心，他和他身披骂名的儿子隋炀帝只用了二十八年便统一中国。农人投身农事，国仓积三十年蓄粮，多年战乱丧失的人口开始剧增，隋王朝远盛于文景盛治。

一个年轻的建筑奇才，来自武川宇文家族的宇文恺提出开凿京杭大运河，让这庞大的隋王朝活力四射。之后他又在汉长安城址上建造了当时最辉煌的皇城——大兴城。

当杨坚携着他的皇后独孤伽罗走入大兴城富丽堂皇的大明宫时，欢迎的

人群中一个长腰短腿的少年，带着羡慕的目光看着他们。他是唐国公李昞的儿子李渊，他的母亲是独孤伽罗的姐姐。隋文帝摸了摸他的脑袋，少年羞涩地低下了头。他们何曾想到二十七年后，就是这个少年把他们的后人赶出大明宫，赶出了历史的舞台，开启了一个横跨三个世纪的更加繁盛无比的大唐王朝。

几百年国兴国衰，代有人才出，王气浩然在。皇室几更迭，一代风华君临天下，问英雄出处？北镇武川！

二、契丹人的岔路口

保大四年（1123年），江山尽失的契丹王室们偏安于阴山中部的夹山（今大青山武川县境）不知进退，南下还是北上？亡国还是复国？天祚帝和重臣耶律大石站在历史的岔路口。

1985年，大青山深处的一家国有黄金矿正式启动开采，当人们用现代化的工具揭开这座藏有丰富金矿的山头时发现，古人和我们开了一个大大的玩笑，他们早已把矿脉到地表接近三百米处挖空，留给我们是地下水哗哗作响的巷道和无穷无尽的黑暗。

那时候我刚刚被分配到武川县文物管理所工作，从而走进了这座千年矿井。在契丹人开掘的平巷里，一只铁皮包刃的木板锹、一具残破的马鞍静卧在黑暗幽深的时光隧道里，顿时觉得千年前神秘的契丹人与我如此贴近，空空的巷洞依稀传来他们挖矿的声响、他们的咳嗽声和喘息声……

这个矿洞掀开了大辽历史沉寂了千年的一幕。脚下这个偏远的小山村竟然是辽代山金司所在，而放眼望去，莽莽苍苍的群山竟然是一千年前的辽代的所谓“夹山”所在。

1121年，夹山这个偏隅之地成为契丹人的流亡政治中心。山金司如一块磁铁吸引着沦陷区不甘心服从金人的契丹贵族和部众，因为末代皇帝耶律延禧苟安于此，他们不远千里前来投靠，各种势力集结在一起只为图存大计。国破家亡之际，天祚皇帝如一只没有头的苍蝇，他的种种表现像一个智商尚在发育的小儿，让他去整合一支成城断金，席卷八荒的复国大军无异于痴人说梦。但是，有人就怀有这样的大智和大志，他就是耶律大石！

夹山，契丹人的岔路口。流亡的辽国天祚皇帝正面临历史的抉择：或南下，或北上；或故园，或北域；或亡国，或兴邦。

契丹的命运风雨飘摇，两种势力在这台历史的天平上此起彼伏，在经历了一次次内讧、流血、猜忌、扎挣、生死后无可调和，最终耶律大石选择了离开。一个旧的王朝在这里埋葬，一个新的国家将从这里启程！

正是耶律延禧把他称雄中国北方两百多年的庞大王朝引入战火，当他从醉生梦死中醒来时，环顾四周，看到了遍地烽烟，眼睁睁地看着被他欺凌和奴役的靺鞨人长出獠牙，张着血口反噬自己，直到肉尽见骨。这个善于把弓箭射向飞禽走兽的天祚皇帝，遥望到金人旌毡的影子便浑身发抖，弩下逃箭的速度让金兵哭笑不得。

历史都羞于记载这位大辽国的国君，他像极了一只被猎狗追逐的兔子，一日数惊，风声鹤唳，他把前任们苦心经营的契丹五京像手纸一样抛弃，在逃离西京大同时把象征王权的国玺丢到桑干河的波流中。

慌不择路？更像是有意为之。他在残兵败将的簇拥下一头扎进千沟万壑的夹山。

已经改制的统军司的前身是山金司，但在后来的史籍中仍然延用它的故称。山金司的行政级别为正三品，其官署设于矿区北十余里的一座古城（今北土城古城），和所有的边塞城址一样，城垣不过百丈见方，夯筑的土墙高丈八，做四门，设瓮城，敌楼高耸，这个巴掌大的小城因为这个亡命皇帝的到来增加了几分威重。

署衙潮湿昏暗，城内有不少冶工正在提炼黄金，嘈杂之声不时传来，这正是这座小城应有的功能，当初它便是为了掘取阴山之金矿而设置。《辽史》中一度提到了它对于大辽国的重要性："圣宗太平年间，于潢河北阴山及辽河之源，各得金银矿，兴冶采炼，自此以迄天祚，国家皆赖其利。"

山金司的衣食住行比起五京华丽的皇城御寝简直判若云泥，但在一生喜爱奢华的天祚帝看来，山金司是普天之下最温暖安逸的巢穴了。他常常在梦中被金人的马蹄声、号角声惊扰，醒来时才知道那是狂烈的朔风的怒号和城头旗帜的猎猎作响。

惊魂甫定的耶律延禧出行时有了重装铁骑的前呼后拥，数百名俘虏组成的矿工在刀刃、皮鞭的威逼下拼死掘矿。想想黄金矿石正在被几百匹马驱动的碾轮碾为齑粉，辽人登峰造极的冶炼技术会把它们变成耀眼的黄金，他的腰板一下又硬挺了许多。很快，丧家之犬般的天祚皇帝恢复了一头狼的狰狞面目，失魂落魄的窘相顿时消失得无影无踪。

而此刻，在金宋夹击下的南京（今北京），耶律大石正在为大辽国的续命而殊死战斗。

纵酒作乐，漫山游猎，浑浑噩噩中的耶律延禧内心空荡荡得像山金司日益空竭的矿洞，故都的美酒、美女、奢华寝宫夜夜入梦，这种苟且偷生的日子还能维持多久？每一次从噩梦中惊醒，他深知夹山并不是一处安然的庇护所，金人一天不捉住他这个亡国之君他便不敢安枕，金将完颜宗翰像一只灵敏的猎犬，随时可能对他这个猎物一击而杀。焦虑和恐惧像一把锯时时切割着耶律延禧的心。

直到有一天，耶律延禧像一个男人一样将他的军队召集起来，他披挂上阵，宛若狩猎出行前的雄壮，一通鼙鼓擂响，他带着他的铁甲士兵冲出夹山。只是刚刚露头，黄河北岸的金兵便给予他迎头痛击，满地找牙的大辽皇帝才从狂躁症中安静下来，他重新掂了掂自己的斤两，这只惊弓之鸟惊恐地缩回他的夹山，从此便畏葸不前。

耶律延禧的反扑意志被他的懦弱抵消，在彪悍的金师面前一触即溃。《辽史》清晰地记述了他走向末日的杂乱脚步："闻金兵将近，计不知所出，乘轻骑出夹山……阿里轸败资，收亡卒数千人。……保大二年入夹山……金师围青冢在军中太保特母哥保护下，间道至阴山，闻天祚失利，趋云内。雅里驰赴，时从者千余，多于天祚。"

处处挨打，势单力薄，形同流寇，一挨打便溜进夹山，处境难堪的天祚再也不敢轻举妄动了。他像一只冬眠的野兽退缩到这座孤城里，期待着他自己也不相信的春暖花开。直到三年后，各种噩耗不断从大辽的腹地传到这里，各种各样的讯息都充满了不祥和灰色。沮丧无休地侵扰着失去了大好河山和骄奢淫逸的天祚帝，他变得多疑狂躁又懦弱，甚至不愿意回忆往日的时光，像一只懦弱无辜的小兽呜咽着舔舐自己的伤口，揪心、懊恼、愤怒蚕食了他仅存的一丝知耻而后勇的念头。他对身边的人通通加官晋爵，生怕被人出卖、加害或抛弃，像极了一个伶仃无助的老寡妇。

耶律大石一行踏上夹山的土地时正值深秋，凉爽的空气无法驱散他心中的燥热，脚下的清溪哗哗流淌不知去往何方，天空中一行归鸿不时哀鸣，让他想到遥远的乡关。

耶律大石和北辽宣宗耶律淳的王妃萧普贤女，以及与金人浴血奋战残存

的数千名契丹甲士来到了夹山。萧普贤女这个年迈的女政治家在天祚逃离后不停地与金人和宋人周旋、战斗，其刁悍深谋不逊男儿，群龙无首的南京辽人唯她马首是瞻，前仆后继。她成了契丹人的魂。

耶律大石和萧普贤女是耶律延禧最不愿意见到的两个人，他的悲怆、委屈、嗔怒、狂躁一下子被点燃，他仿佛找到了大辽支离破碎的根源，怒气冲冲地喝问被五花大绑的耶律大石："君王受困于夹山，不思救驾，汝带头擅立新君，另创北辽，敢把正统皇帝降封为湘阴王，是为不忠；屡与逆金议和，甘当附庸是为不义。不忠不义之败类，胆敢窜至夹山另具图谋吗？"

耶律大石毫无惧色，高声争辩，他认为先帝们留下的土地沦陷于金人，契丹八部沦为异族的奴隶，面对金人的皮鞭弓矢，他们要么投降，要么战斗。他没有被敌人的高官厚禄所诱，立帝只为聚合离散众人之力，复辟大辽。北抗暴金，南拒强宋，契丹人在金宋夹击中求生，一直在战斗。契丹人故土最后一面抵抗的旗帜倒下，他们挣脱牢笼把最后的力量聚合于此，都是为了大辽复国。

耶律延禧缄默了，眼睛湿润了，大辽复国是他的梦，是他不敢大声说出来的梦。显然面前这个睿智的男人点中了他的柔软之处。虽然他无计可出，但他需要更多人给他壮胆。他虽然对耶律大石仍心存芥蒂，不能释怀，但这个人的威望远播辽帮，杀了他等于阻断了追随他的辽朝部众的来路。于是他决定暂时放过耶律大石。

萧普贤女为她的判断失误而付出了生命代价，她低估了这个昏庸皇帝的昏庸限度。

在耶律延禧眼中，短命的北辽是个可恨的伪政权，一直在他身边的第五个儿子秦王耶律定被遥立为这个政权的新帝，而眼前这个女人是自己儿子的皇太后。在天祚看来，她的到来是引狼入室！他毫不迟疑地诛杀了萧普贤女。这个女人的鲜血仍然难以洗去他内心的恐惧和狂躁，他对早已死去的耶律淳也不放过，追废为庶人，并将他从宗室谱籍中除名，以解他的心头之恨。

切掉的是萧德妃的头颅，震慑的是耶律大石的心魂。

深秋的寒意入侵了夹山，耶律大石在兽皮制作的被窝里辗转反侧，久不能寐。他渴望战斗，渴望接受血雨腥风的洗涤，渴望开疆拓土的拼杀，渴望胜利旗帜的高高飘扬。他索性起身来到帐外，晨曦微显，登上垣头眺望远山，他隐隐听到他的战马在嘶啸，犹如听到来自远方先人的呼唤。耶律大石心中沉吟道：

马渡金河塞入秋，

夹山旗偃恨难休。

归鸿不惧征程远，

厩骥嘶风亢志道。

辽国的腹地尽落金人之手，南有南宋，西有西夏，唯有西北才可能是复兴的出路。在这个偏僻的夹山耗着宝贵的时光，耶律大石觉得流逝的是契丹人的血脉，耗干的是契丹人的眼泪，浪费的是契丹人残存的时机。时光像一条长河，正在把所有的希望一同卷带而去，包括契丹部众残存的血性和不甘屈服的呐喊。

正值盛年的耶律大石曾是第一个契丹人出身的进士，官至翰林，汉文、契丹文皆通，弓马娴熟，用兵如神，堪称文武大才，加之出自正统皇族，这一切使他在契丹诸部人气很高。耶律大石是一个坚定的爱国者，他在南京（今北京）的所作所为印证了他国家利益高于一切的信念，这正是天祚帝对

他的忌惮之处。

眼下，耶律大石觉得他必须和皇帝进行一次深切的长谈，他把自己所有的想法写成奏章，面呈天祚帝："金虎宋狼，眈眈而视，夏虽旧盟，未济援手。解夹山之困，唯用兵北方。漠北威武七州尚未沦陷，民气可用，北域诸藩部自不甘附暴金，据彼可收罗旧部，召唤八部族人，休养生息，巩固国基，一鼓作气而收复失地，复国并非……"

天祚帝几乎跳了起来，他不能让眼前这个人把他带到一个难以预测的未来世界，他更坚信这个人不会久居人下，无论他的提议失败或者成功，他都会取代自己。耶律延禧面显愠色，喝断他的奏章："北域异族人高马大，黄发赤面，强悍不驯，反复无常。我以之弱师入此险境与燕巢飞幕无异，汝已令伪北辽丧邦，损尽国力，今又妄言开拓新疆，岂非速亡大辽？此无异火中取栗！"

天祚帝怒斥着耶律大石，看似盛怒难平，继而拂袖而去。他觉得身边这个男人野心勃勃，像一匹烈马，会把他带向万丈深渊，一股杀气从胆边生出。耶律大石从皇帝的眼睛里看到了一丝冷戾，他知道自己和萧德妃一样身首异处的时刻即将到来。

辽国即将灰飞烟灭，它像一盏油灯即将熄灭，皇室内讧、敌人欺压、皇帝昏聩耗尽了前人积累的能量，并不强大的鞑鞨人竟然把他们打得落花流水。

五京尽失。这位注定要走到末路的耶律延禧虽然断了脊梁骨，依然刚愎自用、嫉贤妒能，使着小性子，憋着大杀气。

窝里横的天祚帝安于偏安小朝廷，这等于把自己放在一个正在加热的釜鼎中，浑然间国亡族灭。

耶律大石站在夹山之巅，南顾黄河，拐弯的河形如套马杆的环扣充满了危机。他知道辽国的命运就像这条大河一样不可逆转。他仿佛听到了金人马蹄的声响。山金司城内消愁释愦的耶律延禧和他左拥右抱的女子们的欢声笑语冲击着耶律大石的心尖，绝望几乎击溃他长久建立起的雄心大志。此刻，他觉得复辟大辽将是一个遥不可及的梦。

“秋日不屑照辽邦，从此天下无契丹。”耶律大石沉吟道。难道契丹就这样走向消亡？耶律大石决定不再坐以待毙，因为这关乎自己的生死，更关乎辽国的存亡。

1124年的一个夜晚，耶律大石和他的家属亲信二百余骑迎着刺骨的朔风，开始了他们的远征。

两天后，这支队伍来到艾不盖河草原，放眼远眺，皋陆衍迤，漠野连亘，一座城向他们敞开了怀抱。白达达部后来成为阴山主人的汪古部首领欢迎耶律大石的到来，他甚至没有怀疑兵微将寡、势单力薄的契丹王公会重整旗鼓，卷土重来。他慷慨地献出二十头骆驼、两百匹战马和他们所需要的物资，作为对这位草原新主的有力支持。这让耶律大石看到了开创新大辽的希望。

这支并不强大甚至有点儿落魄的队伍沿途受到不同部落的热烈欢迎。辽国的疆域广大纵深，为耶律大石提供了战略基础，漠北重镇诸州地处遥远而未受金兵侵扰。他便在漠北可敦城召集境内威武等七州以及大黄室韦、乌古里、敌烈、达密里、阻卜、密儿纪等十八部部众组成一支新军，竟横发逆起。

耶律大石离开夹山的第二年，也就是1125年，耶律延禧等来了金兵和为他特制的囚笼，夹山的悲风奏响辽国的挽歌。

耶律大石知道，大辽复国的这面大旗，历史选择由他来擎起。

他重启辽国的所有行政体制和经济体制，迅速建立新政，一个充满活力

的新辽朝正在兴起。耶律大石的势力发展到在叶密立河，许多突厥部族前来归顺，部众增至四万户。

仅仅过了十六年，耶律大石一手缔造的西辽，已经击败了强大的塞尔柱苏丹王朝，成为中亚当时最为强大的国家，其疆域东接西夏与蒙古的克烈、乃蛮两部，北面包括了叶密立与巴尔喀什湖。短短十五年，耶律大石以一己之力建立起新的辽国。他的文韬武略和不屈不挠的意志终于在这片新土地上铸就了一个崭新的、强大的西辽国，其势力不逊大辽。

让人感慨的是，百年后契丹人耶律楚材赞美这位契丹先驱时不吝赞美之词："克西域数十国，幅员数万里，传数主，凡百余年，颇尚文教，西域至今思之。"但他却为成吉思汗出谋划策灭掉了西辽。

契丹！在俄语、突厥语、希腊语、中古英语等文献中成为中国的代名词。耶律大石创立的西辽政权把这个来自东方的征服者的民族烙印深深镌刻在人类史册里。

三、独孤信的牛与悲

北周八柱国之一的独孤信及其他七人与太祖宇文泰"等夷"——并肩而立。他是宇文泰亲封的卫国公，他完全有机会像杨坚的大隋、李渊的大唐那样弄个大卫王朝，但他家门下七个女儿群芳争艳，惹得各大门阀联姻结亲，攀了高枝，使得他自愿不自愿成了国丈。其中自家女婿杨坚给他这个国丈示范了如何从国丈转为皇帝。

独孤信的国丈当得惊世骇俗，一人垄断三朝，而且他是在死后晋升为国丈的，可谓绝古贯今。独孤信绝对配得上“古今第一丈”这一称号。

创建北周的这一小部分贵族精英，他们通过婚姻的纽带和北周王室产生密切的关系。“帝国的继承和创建在当时不过是一次宫廷政变，是西北一个贵族家庭接替另一个贵族家庭即位。”这是《剑桥中国史》的作者崔瑞德以外国人的眼光看待这段历史。

许多人以为独孤信荣为国丈，一声喝三朝，其实国丈待遇他一天不曾享受过。他的“三朝国丈”的光环后却充满了屈辱，在年富力强、权高位重之时，他身经百战的不死之身却挂了，挂在自己挽就的套索中。他是被号称“皇帝屠夫”的权臣宇文护逼上绝路的，如此说来他也不亏，毕竟宇文护不杀泛泛之辈。宇文护还把独孤信的长女扶上皇后宝座，可怜的是不到三个月她便死于难产，追其父而去。小女威隋、四女兴唐，那是遥远的后来岁月。独孤信的荣耀多写在史中，而用喜剧去结尾的悲剧让人生出更多唏嘘，毕竟追赠和现挣大不相同。

独孤信的华丽人生定格在五十五岁，一介武夫的他创造了一段传奇人生，他的丰姿美仪已成千古绝唱。

独孤信长相俊美，是当时较为开放的南北朝妇女的大众情人，“独孤郎”这个昵称，一千五百年新鲜如初：夕照在他俊秀的脸庞上映出坚毅的棱角，眼眸深邃如一波湖雾，修长的身躯，一双猿臂摆动如舞姿般优美，一瞬间他背负长弓箭囊的背影飘逸远去。他像一根琴弦，总能拨动出令人陶醉的音乐。甚至歪戴帽子的样子也倾一城妇人芳心，难怪他能引领一城少年以歪戴帽子为潮流。

这便是独孤信的魅力，他是作为明星被人崇拜的。

人们曾在陕西发现一枚独孤信多功能印，印由煤精制成，呈球体状，八棱二十六面，其中正方形印面十八个，三角形印面八个。有十四个正方形印面镌刻印文，分别为“臣信上疏”“臣信上章”“臣信上表”“臣信启事”“大司马印”“大都督印”“刺史之印”“柱国之印”“独孤信白书”“信白笺”“信启事”“耶敕”“令”“密”等。十四面印文内容不同，各有其用途。可见这个牛人一生的显赫职位有多少。

首先，当时他的美男形象毋庸置疑，史籍中多有描述，我们今天用科学的思维判断这一个假设，那一定成立——一位长相俊美的父亲极有可能生下七位倾国倾城的女儿，但在改朝换代的漫长岁月里占据三朝皇后的可能性有多大？她们做到了。

长女是北周的明敬皇后，早年嫁给了宇文泰的长子宇文毓，宇文毓即位，此女仅仅当了三个月的皇后就因难产而逝。四女嫁给了唐国公李昞，生了唐高祖李渊，所以后来被封为元贞皇后。她体弱多病，生卒年限不详。两姐妹的美丽容颜沉寂于皇宫，她们的幽怨和伤悲被历史一同荡涤，甚至在史籍中难得寥寥数语。她们一并支撑了父亲的荣耀，自己却显得暗淡苍白。

七女独孤伽罗是隋朝文献皇后，她嫁给了开国皇帝隋文帝杨坚。独孤皇后对隋文帝的影响甚大，从开国之谋、治国之策到后宫生活，隋文帝唯她是从。独孤皇后在中国皇后史上可谓独树一帜，她强势维权，与丈夫平分秋色，出同乘一车，入同寝一床，人皆称“二圣”。二人共诞育十个儿女，誓无异生之子。这在中国历史上是绝无仅有的。

独孤信到底有多少种血统？没有人说得清，但他至少是个鲜卑化的匈奴人，他是北魏极有权势的匈奴别部成员。有人认为独孤信是云中人，也有人认为他是武川人，这似乎都对。他在的匈奴部落西汉归汉时驻牧地就在云中，那时尚无武川一地。北魏设武川镇，独孤信的祖父独孤俟尼以良家子的身份镇守武川镇，并安家于此，独孤信生于武川毋庸置疑。独孤信的父亲独孤库者为领民酋长，管理独孤部的非战斗人员，这是六镇世袭军人的特性。

提到杨广与李渊的关系，就绕不开被一些学者定义的“关陇集团”，即武川军人集团。这是由约二十大家族血统复杂的世袭军人集团组成的，每个家族之间错代樛绕，藕断丝连。在宇文、杨、李家几大皇族盘根错节的关系当中，独孤信是根系中极为关键的一根枝干。

独孤家成为权贵子弟们争相结姻攀亲的热门选择，不仅仅是因为独孤家族显赫的豪门地位，更因独孤信的女儿们艳压群芳。她们的父亲就是最好的广告，尽人皆知“独孤女，美绝天下，名播周齐”。

当独孤伽罗母仪天下时，她的威仪、她的华美、她的风韵令她的父亲也黯然失色。她对国家的贡献无人评说，她亲自培养了两代伟大的皇帝，自己的儿子杨广和姨侄李渊，对国家、对家族集团、对独孤血脉而言都是一项伟大的成就。

唐国公李昞早逝，母亲多病，作为姨母的独孤伽罗把李渊收至身边。那时她已贵为皇后，权势威天，少年李渊在宏伟的大明宫与杨广开始相处，李渊比杨广大三岁，算是未来这位毁誉参半的皇帝的姨兄，没少受这位调皮霸道的王弟的欺负。李渊寄人篱下，特别是在帝王之家，其父亲的荣耀显得暗淡苍白，由此他学会了忍让。

十六岁的时候，李渊得到一柄御制宝刀，被封为御前侍卫。尽管这个官职不大，但得到提拔的机会多，是一份好差事。在皇帝身边，李渊深谙为君之道、治国之道。

近水楼台先得月，之后李渊一路高升。等表弟杨广即位后，李渊已是位权高重的山西王。杨广家对李渊这位姨兄还是始终器重的。但李渊的体内澎湃着想当帝王的雄心壮志，当杨家天下烽火漫天、反帜如云时，李渊借力打力，顺势豪取了表弟的万里江山。

在皇权面前，亲情不值一提。李渊在给杨坚当保安时，就想当皇帝了。何况杨广的父亲杨坚已经示范过一回，硬生生从女婿手里抢了江山皇位。何况勒死杨广的正是告密独孤信谋反的宇文盛的孙子，冤冤相报何时了，如同狗血剧一般。

隋亡唐立，武川军人集团内部又重演了一幕自家亲戚夺取皇权的老戏码，一切都让人似曾相识。姻亲仍在继续，李渊的二儿子李世民纳了杨广的二女儿，不承想，让杨广这个亡国之君做了新朝代的国丈。杨广与李渊既是仇家也是亲家，真是亲套亲呀！

独孤信人长得帅气，却不嚣张跋扈，与人平和无争，每日潇洒自如。他在武川军人集团中算是一股温和的力量，他从不亮明自己的立场，而是选择走一条中庸之道，这条道路让他和这个家族集团渐行渐远，为自己埋下了杀身之祸。

六镇之乱，独孤信被卷入乱军中，他拥有自己的部落武装，没有人敢轻忽他，尔朱荣千方百计把他招入麾下重用，他很快成长为一员高阶将领。待到元修和高欢决裂前夕，独孤信已经成了荆州防城大都督，算得上是一方诸侯了。

北魏孝武帝元修被高欢把玩于股掌间，备受凌辱，已成孤家寡人。一个英俊飘逸的年轻战将前来觐见，并宣誓向他效忠。年轻的魏帝被这个叫独孤如愿的忠心之举感动得几乎落泪。他赐其名为信，希望他坚守信义，独孤信之名从那天起进入中国史册。独孤信助推这位年轻的皇帝远赴关中投向宇文泰，史称“孝武西迁”。孝武帝感叹：“武卫遂能辞父母，捐妻子从我，世乱识忠良，岂虚言哉！”

独孤信千里走单骑的英姿为他壮美的人生抹上了一笔重彩。

今天看来，独孤信投奔到元修身边的忠君意图值得怀疑。在荆州期间，他就已经和同为武川人的宇文泰暗中眉来眼去了。同为贺拔岳的下属，又是武川镇故交，很难不让人联想到独孤信是带着某种使命的。后来元修遭宇文泰毒手，他并未挺身而出展现他的忠君信义。

独孤信在跟元修逃跑的时候，把老婆孩子全扔在了关东。他的父亲独孤库者和母亲费连氏，外加妻子如罗氏和嫡长子独孤罗，都在高欢控制的地盘上，无论如何这都不能成为一个一生反叛者大忠大义的借口，因此这一行为一直令后人大惑不解：忠焉？孝焉？信焉？义焉？

想想高欢的肚量也是够大，对于坏了自己大事的独孤信的家人并没有行灭门之举，只是将其软禁起来。后来北齐灭了北周，独孤信的长子终于苦海上岸，还承继了其父的爵位，史称其“寓居中山，孤贫无以自给”，和他父亲的荣华富贵相比，真的是云壤之别。

独孤信的父亲独孤库者和母亲费连氏的死讯是东魏的使者传达给身在西魏的宇文泰的，他们死于何故今天我们仍不得其因。独孤郎痛哭流涕，悲天切地，上表请求为父母守孝。宇文泰拿不出更好的办法，只能以西魏皇室的名义，下诏追封独孤库者为司空公，费连氏为常山郡君，以凸显独孤家族在武川武装集团中的显赫地位。

来自武川镇的武川军人集团中二十个鲜卑化的家族，他们的忠君思想并不明显，这个集团不是在造反就是在造反的路上，甚至在造自家人的反。他们能够凝聚在一起，除了并不牢靠的亲戚关系，更多的是为了自己的利益。

而独孤信本人就更加传奇了，在逃到长安并成为西魏的开国功臣之后不久，其好大喜功的特点展露出来，他自告奋勇前去荆州招抚当地军民，结果自投了北齐叛将侯景布下的罗网，在这个臭名昭著的家伙的威胁逼迫下，独孤信别无选择，降了梁朝。

梁帝萧衍对这个从北方来投靠的名将礼遇有加，他对这位英姿美仪的将

领不忍加害。虽然独孤信始终心不在南朝，好吃好喝养了三年后，竟然带着兵马从容回了西魏，萧衍大度，对其一路放行。宇文泰那边也没有追究，晃晃悠悠好几年，独孤信的官反而比以前做得更大了。可见独孤信为人确有其坦荡无私的一面。

不得不承认，每一回面对东魏军，独孤信就变得畏首畏尾，军魂全无。他在西魏军参加的第一战就是河桥之战，他丢了洛阳；而后的邙山之战，他也只起到殿后的作用。尤其在面对侯景时更是马蹄大乱，以至于后来侯景作乱的时候，竟公开宣称独孤信是他在西魏的卧底。

外战外行，内战内行，独孤信在剿灭内乱时却非常高效。在对付关中后院的反叛势力，独孤信不负宇文泰厚望，用兵自如，逮谁灭谁，最后成为西魏在陇右的柱石，能够进入西魏八柱国之列皆赖此功。

究其一生，独孤信战功平平，比起杨忠、于谨、赵贵武川诸将，他的军功要逊色不少。宇文泰如此器重他，并非倚重他的军事才能，而是看中他的家族背景和他的明星效应。

宇文泰死后，宇文泰的侄子宇文护逼迫西魏恭帝拓跋廓禅让帝位于宇文泰之子宇文觉。宇文觉建立北周，是为孝闵帝，升任独孤信为太保、大宗伯，晋封卫国公，食邑一万户。

武川集团名将赵贵与独孤信一同在六镇武川长大，眼见宇文护专权，滥杀皇帝，觉得有负宇文泰圣恩，也对这个家族集团的命运深感忧虑。他决定诛杀宇文护，他觉得大权在握的独孤信是最可靠的同盟，然而他忽视了独孤信的优柔寡断，时机被一再延误，事泄于宇文盛，可笑的是宇文盛是乱臣贼子宇文化及的祖父。赵贵因谋反被处死，独孤信以同谋罪被逼迫自尽于家中。宇文护忌惮独孤信的威名，令其自尽，而非公开处死，也算是给独孤信留足了颜面，陪同他上路的不仅有赵贵，还有十六岁的少年皇帝——孝闵帝宇文觉。

最为可笑的是，在独孤信死后不久，他的第一个皇帝女婿——明帝宇文毓登基，女儿被立为明敬皇后。

独孤信一方面依附关陇集团保存家族势力，一方面借助魏室与宇文泰相争，一步步地走向以宇文泰为首的关陇集团的对立面，因此历史上的独孤信终亦以悲剧收场。古今第一丈人独孤信赶不上武川军人集团改朝换代的步伐，风光无限的外表难掩其立场的摇摆不定、政治态度的模棱两可，终为统治集团抛弃，成为关陇政治团体的牺牲品。

独孤信虽然死了，但他的家族血脉潜移默化延续着他的传奇。他的优秀基因又一次传递发芽，生长出外孙杨广和重外孙李世民，这两个人是中国历史上最具优雅气质的皇帝。他作为“中国最牛姥爷”也是当之无愧。

许多史学家发现一个非常有趣的现象，那就是唐太宗李世民与隋炀帝杨广的性格非常像，一方面他们好大喜功，气韵非凡，完全具有独孤信的气质；另一方面，他们文采斐然，雄才大略，果断英明，而这是独孤信缺少的气度。就连两个人的帝王之路也是如出一辙，靠谋害太子兄长而夺得皇位。这两个缔造隋唐盛世的伟大帝王的身上似乎映照出独孤信的影子，基因的力量转化成魏风唐韵经久不散。中华传统文化因为有这些新鲜血液的注入而永葆青春，华美万象。

第五章　逸闻篇

一、黑马队的回马枪

1940年举国抗战的时候，在偏远的北方草原，十二战区的一支地方小部队发动突袭，击毙了伪蒙古军第九师中将师长扎青扎布、师参谋长郭尔罗斯、日本首席指导官岩崎等军官十三人，毙伤日伪军百余人，炸毁汽车十余辆……一支被十倍之敌半月不停歇追击的地方小部队，创造如此战绩，在抗日战争史上极为少见，其对伪蒙疆政府产生了强大的震慑作用，具有非凡的军事政治意义。

此消息在重庆大后方引起轰动，《中央日报》《扫荡报》《大公报》以及中共《新华日报》均在显要位置对其进行了报道。

创造这个奇迹的人名叫郭棠。日军的铁蹄踏入阴山的时候，他不过是一个区公所的区兵。他六岁就成了孤儿，靠叔叔养大，尽管少吃没喝，十四岁时却长得一副成年大汉的身高，在区公所谋了一个马夫之差。这小小少年混迹行伍，快意恩仇，任侠使气，行保境安民之义举，终日剿匪猎狼，驭得烈马，玩得枪炮。每遇凶险奋勇当先，屡有斩获，匪徒闻其名竟远避乡境。郭棠十六岁时就单枪匹了灭了一窝八只吃人害畜之恶狼，乡人大赞其勇其义。

武川十大区区兵被改编为绥远民众抗日自卫军第四路军，郭棠因作战英勇被升为排长。之后，他在一次伏击战中活捉了三个日本兵。他把日俘押送到傅作义战区司令部，傅作义亲自接见并当场提升他为连长，以资奖励。得了五百大洋赏金的郭棠没置地盖房，而是把钱捐给了家乡那些过不了光景的受苦人。

师长鄂友三深知郭棠是个游击天才，便专门为他量身打造了一支独立部队，名为师属独立连。该连所有战马清一色为黑马，故人称“黑马连”。黑马连所配武器以俄式武器为主，弹药充足，士兵多为武川悍士，熟悉地形，精于骑射。其他部队的士兵私下形容：“那是一团黑色旋风！”

郭棠黑马连转战于大青山和草原带，多有斩获。他们在一次战斗中缴获了日军大量武器和一批白洋布，部队转移途中正逢当地举办庙会，就把布发放给庙会上的群众。后山一带的老百姓有了布，纷纷购买染色颜料来染布，一时染料奇缺。百姓人人换上了新衣服，于是乡间有歌传唱：

煮黑煮红海常蓝，

换新衣敢往人前头站。

二份子出了个降落伞，

肚肚里有颗包天的胆。

郭棠的父母是村夫村妇，连飞机都没听说过，不知何故给他取了一个“降落伞”的小名。或许这是天意，空降奇兵。时至今日，乡间老者仍以降落伞称之，竟忘了他的大名。当时江湖甚传：

恶匪碰上降落伞，

上吊只怕绳子短。

日本人碰上降落伞，

生熟不问一锅铲。

一场更大的奇迹正等待郭棠去创造。这一战事缘于伪蒙古军第九师直属骑兵大队排长海青，此人桀骜不驯、凶悍刁蛮，累有战功，因部下军纪涣散，不服受日本人所制，积怨成怒，面对日本指导官的挑衅，拔枪射杀之。自知闯祸的海青索性率全排人马哗变，几十人配骑亦为黑马，他们黑云一般游荡在大青山北部的草原。

伪蒙古军在日本指导官的督促下紧追不舍，誓要剿灭海青的部队，并打出“专打叛贼海青”的旗号。弹尽粮绝的海青率全排投奔了鄂友三的游击骑兵第四师。

鄂友三对脱离敌人的海青伸出热乎乎的大手，无私且慷慨地补给了海青部队所需要的物资，将他的全部人马扩编成一个独立连，保持原来的建制，并以自己的师直属连与海青的独立连联合作战，形成两只重拳来反击伪蒙古军疯狂的追杀。

连日来在朔风漠雪中与强敌周旋搏杀，孤立无援的海青像悬在空中的一只孤傲的鹰，被一股暖流包围着。这一刻，他的民族大义被唤醒，他为之前所做的勾当感到羞耻。此时与郭棠并肩战斗，海青像鱼纵大海一般。

海青先后成功地策动伪蒙古军的几部分人员哗变反正，甚至将扎青扎布的贴身卫士、神枪手黑子招到自己麾下。这使得扎青扎布颜面尽失，他决心不惜一切代价严惩这个叛徒，否则将来部队的叛乱行为永远不会停止。他喊出“不灭海青誓不收兵”的口号以示决心。

伪蒙古军骑兵团团长黑河带着全团的骑兵追歼海青。因为双方都是骑兵，他们很难追上，稍有接触，就会饱尝刚刚补充了弹药的海青热烈的子弹。天刚黑，行踪难觅的海青又突然出现，一阵弹雨狂泻后又不见踪影。本来不善夜战的黑河团人困马乏，只得收拢人马就近宿营。

第二天天刚亮，黑河团分兵搜索，马蹄掀起的尘土像雾霾一样笼罩着每一道山梁。他们在湾兔河附近搜寻到了那支黑色马队，被他们的马蹄蹚过，数公里的下游河水浑若泥浆。

他们终于抓住了敌人的尾巴，前面的马蹄印就是最好的路标，黑河团像猎犬一样对自己的猎物尾随不舍。黑马连机警地遁入一座布满黑色岩石的孤山，人马就像黑色的豆子一样隐没在黑色的乱石中，追兵茫然走近，立刻遭到死神的拥抱，黑马连的士兵几乎都是神炮手，被他们瞄准的人都在劫难逃。看到同伴不停地坠马，后面的伪蒙古军士兵勒住了马匹，飞散的胆魄却难以回收。

黑河不敢再贸然突击，耐心等待部下吞云吐雾过足了鸦片瘾之后，催生出杀伐之气，他们狂躁地把炮弹和子弹疾雨一般泻到高地上。“差不多了，弟兄们！上去割下海青和‘降落伞’的头！”黑河底气十足地命令道。

郭棠躲到一块岩石后面等待猎物靠近，嗷嗷叫着的瘾君子一个接一个扑上前来。郭棠部下的蒙古族神枪手敖尔敦找到了大开杀戒的机会，他的位置在一处石崖下，身后的三个士兵像饭桌上夹菜一般轮流把装满子弹的步枪架在射击位置。敖尔敦吹着口哨沉稳地击发，每一次清脆的枪响之后，总会有一具尸体像草捆一样坠马，尸体冲撞草地的声音沉闷又响亮。不一会儿，小山岗前的平地上散落着伪蒙古军黄色的尸体，和草原上的枯草搭配出一幅死亡的画面。

伪蒙古军的意志彻底崩溃，任黑河高声呵斥漫骂，他们却勒紧战马畏葸不前，没有谁愿意让那些来自山岗上精准的子弹咬到自己，谁又想把自己的名字写进阵亡名单呢?

几天来，伪蒙古军第九师师长扎青扎布如同一匹争风吃醋的小儿马，疯狂地在大青山后广大的草原上踢咬奔驰，展示他有力的蹄子，却屡屡被一只无影的蹄子踢痛，令他束手无策。他不能接受自己动用三个骑兵团却无法消灭一支区区几十人，即使加上鄂友三部声援的一个连，也不过百十来人的"叛军"。他觉得他的对手像被群狗追逐的野兔，耍了几个急弯儿就顺利逃脱了。

这只兔子现在被善战的伪蒙古军黑河团合围在两座小山岗上。胡匪出身的黑河深知要击杀海青这伙枪法精准的劲敌谈何容易，为了拿下屁股蛋子大的石头山丘，他不知道要付出多少个部下的生命。

海青的属下虽然只有四五十人，但大都出身绿林，他们见过的子弹比敌人踩过的沙子还多；他们像狼一样精于算计，战机稍现便毒辣出手，预知不妙便巧然溜脱，不知不觉间又回头咬你一口，让对手永无宁日。他知道招惹了一只狼就别无选择，只有从肉体上消灭它才能让它停止报复。

而另一座山岗上，海青的帮手更非善茬。这些当地的农家汉子多尚武善骑，勇悍无比又训练有素，熟悉地形又精通游击，尤其善于夜战，出没无常，枪法精准。

被海青苦苦相逼的黑河头疼心烦，像放在火堆上炙烤的羔羊。日本人给他配备的炮兵连和充足的炮弹让他暂时得以减压。黄昏时分，一轮炮击过后，大地复于平静，夕照把最后一缕阳光洒向这座黑色的山岗，黑河从望远镜里看到硝烟中散发着死亡的气息。他手下骁勇善战的三连长肖丁尔站了出来——所有人都叫他“小点儿”。

小点儿请求做最后一次冲锋，望着小点儿利索地跨上一匹赤色的战马，刀光在战马掀起的尘埃中散发着光芒，黑河只希望他能够带回来海青的脑袋，至少也要让山岗上的敌人一败如水。

一阵激烈的枪声之后，三连的士兵潮水一样退了回来，黑河一眼便看到那匹高大赤马驮着的小点儿的尸体，他的上肢绵软地随风起舞，一只脚脱蹬，身体的上半部分拖在地上……黑河仿佛感觉那是他自己的身体。

愤怒和绝望袭向黑河，他命令炮兵向黑色的山岗发射所有的炮弹，炮弹倾泻完了，黑河的愤怒和斗志也一同泻尽。他打消了继续战斗的念头，下令除留少数部队警戒，大部撤往附近的村落宿营，明早再战。士兵们个个垂头丧气，马蹄声也不再清脆，黑马连从肉体到灵魂践踏了他们。

扎青扎布的师指挥所在距战场仅十里的岗岗村，离战场如此之近，用意很明显——面对仓皇逃命的猎物，他这只猎犬离得越近，才能一跃而起撕碎猎物。他要让日本人看看他强大的自信力，要让鄂友三看看谁才是大青山之王。

海青和那个叫“降落伞”的家伙像跳蚤一样令扎青扎布奇痒难耐，他不惜下血本动用两个主力团扑杀对手。年迈的日本首席指导官岩崎经不起长时间的鞍马劳顿，便用两辆汽车替代战马，这可以让他们舒坦地在有无限动力的驾驶室里像捉迷藏一样追逐他们的猎物。眼看着追到河套边缘地带，那里是傅作义的防区，可他们偏不进套，像黑色的幽灵又溜脱回大青山地区。

扎青扎布已经失去了所有耐心，时间一天一天过去，他的颜面一天一天在褪色，他仿佛看到了他的老师岩崎大佐嘲讽般的眼神。他决定明天亲自上

阵，结束这场持续了半个月的游戏，就是用手也要撕碎这百十号人的黑色马队。

扎青扎布和他的指导官岩崎大佐的顾问团队驻扎在岗岗村一家地主的院宅内。一盏马灯将这个用土墙围成的院落照得通亮。院子里常见的牛羊马粪和杂草被清扫一净，室内的大土炕上被军毯和白洋布覆盖得洁净如新，另一个同样暖洋洋的大屋内，卫兵们张罗着为他们的师长和最高指导官烧洗澡水。这家财主几个装粮的大瓮此时派上了用场，加水后四周架上柴火，一会儿就飘出了热气。

黑脑包山上冷风刀子一样刮来，远处的狼嚎撕破了旷野的静谧，士兵们吃着一种叫背锅子的饼，喝着水壶里的凉水。海青和郭棠却在抓紧时间统计人员折损情况，商量部队的行军方向。

“海连长，你打过牲吗？”二十三岁的郭棠的脸上总是充满笑容，他的乐观和自信在任何艰难困苦面前都不会流失。

“蒙古族没有不会打猎的！”同样年轻的海青，说话的时候却总是闷声闷气。

“这些天叫他们撵着打，咱两家已有几十个弟兄挂了，这样下去迟早会被黑河这只狼狠咬一口，咱也要用狼的招数对付他们。”

“降落伞！你小子鬼点子多，说说看？”海青笑了。

“我小时候村里有个打牲的，他叫刘二。那年冬天，他开枪打伤一只狼，负伤的狼在雪地里一直想甩开猎手。这刘二也是紧追不舍，就在一个山湾找到了那只狼，看样子已剩半口气了，他想走近点儿开第二枪，可没想到那狼突然折返了身子猛地向他扑来，结果人一慌枪偏了几尺，狼的利爪透过他的皮袄直接把他的心给掏了出来，刘二打了半辈子狼，却不知道狼的绝招——回身掏。等村里人发现时他已经成了一个空壳子。”

“明白啦！咱要掏扎青扎布的心肝肺！”

“对付狼下手要狠，不能怕咬手！”头年郭棠活捉了三个日本兵，他用的就是乘其不备下狠手。

蒙古族杀羊煮肉的速度很快，扎青扎布的手下都会煮肉，不到一个时辰那口农家的大锅里便散发出浓浓的羊肉的香味。

两盏马灯照在这盘大炕上，盛着羊肉的木盘在炕桌上冒着腾腾热气，它的香味让这些劳累了一天又饥肠辘辘的军官们有些急不可耐。盘腿而坐的日军、伪蒙古军军官们用刀切食手扒肉，而善食生肉的日本指导官则跪着并蘸着随身携带的日本佐料，嚼着美味的羊肉，吃相极难看。岩崎大佐整个小胡子沾满油污，还不时用日语和扎青扎布开着玩笑。

一个兵端来盛满烧酒的大碗，那酒是几个兵从一家缸房用枪和马鞭逼出来的，酒被埋在一棵大榆树下的瓮里。酒香在屋里游来荡去，岩崎大佐早已馋出口水来，不断地喊着“咬西、咬西”。伪蒙古军军官们几乎都是酒鬼，他们一大口喝下去，只听见喉咙里嘎咕一声。

酒兴刚起，黑河团损兵折将的消息传来，小点儿是伪蒙古军的传奇战将，竟然栽倒在一小队穷寇面前，想到他那虎虎生威的小点儿死了，扎青扎布心头一阵刺痛，他一口气喝下了碗里的酒：“不杀叛贼海青，就把我和小点儿埋在一起！”说着就要披挂上阵夜战黑马连。

岩崎及时劝告他：“你们中国有句古话：‘立不可怒而兴兵，将不可愠而致战。’”

扎青扎布终于平静下来：“明天吃海青的肉！”他抓起一块恶狠狠地羊肉送到嘴里。

扎青扎布不知靠什么吸引了德穆楚克栋鲁普的眼球，被关东军参谋田中隆吉一再推荐。在伪满洲国中小有名气的扎青扎布很快便换了门庭，岩崎

曾是扎青扎布在日本士官学校的老师，买一赠一，两个人成了伪八师的掌门人。扎青扎布出任师长，要求将日本驻伪蒙古军的骑兵岩崎中佐拉来做自己的首席顾问。日本人为了笼络这只鹰犬，便顺水推舟送了人情。

由于扎青扎布的思想与德王在许多地方吻合，因此德王便将伪蒙古军战斗力最强的第八师交给他，并晋升其为“中将”，之后他的亲日行径更加赤裸裸。

扎青扎布对部下凶狠严酷，对日本的几个指导官却极尽奉迎。这引起伪蒙古军中一部分人的不满，原师直特务排长海青就是其中一个。不容民族自尊被践踏，成为海青反叛的直接原因。

海青犹如一只老狼，总能准确地找到下口的地方。在扎青扎布一伙吃肉喝酒的时候，他和郭棠亲自带领二十人的突击队进入岗岗村。尽管沿途有哨兵盘问，但海青蒙骗哨兵，说他们是奉命保卫师部，顺利进入岗岗村。

崔家大院灯火通明，羊肉的香味已飘出墙外，突击队已将两名警卫用马刀劈死。他们每个人手持一种叫“鸬鸬”的炸弹，据说这种炸弹主要是用来对付追击的骑兵的，这种日制炸弹的引信靠磕撞引发，掷地后能将后面的追敌炸得人仰马翻。海青贴近窗下，将屋里面的情况看得一清二楚：此刻屋里的敌人大吃二喝，有一个被抓来的老妇正给敌人服务。为了保证老妇的安全，在静静等待了十分钟后，老妇终于出来倒脏水，郭棠顺势一把将她拉到一旁，紧接着几只灰鸽子穿透窗棂飞入屋中，几声巨响几乎将屋子掀翻，整个小山村蹦了几蹦。

未等硝烟散去，郭棠他们开始在废墟中清理战利品，他们从土坯中找到了扎青扎布，尘土和血污凝结在他的脸上，双目如牛眼大睁，似乎想看清楚一直对他不薄的上苍为何突然翻脸。岩崎的嘴里衔着一块还未来得及下咽的羊肉。突击队从容地从废墟中找到了十几把军刀、十几支手枪、八部望远镜以及文件包、金表、军用地图、若干鸦片等战利品。其中一支镀银的左轮手枪小巧可爱，后来被鄂友三奖给郭棠。此战后郭棠被擢升为团长。

郭棠和海青两位英雄命运各异。

海青经常带领部下化装成伪蒙古军偷袭敌人，敌人为之胆寒。但招数用多了引得敌人也十分警惕，在一次战斗中海青故技重施，被敌人识破中了乱枪，时年二十四岁。他也算死得其所。而郭棠所在部队改编为骑兵第十二旅，这支国民党部队参加了著名的绥远和平起义，后来回到地方，因为懂些医马之术，他被分配到兽医站当站长。

没有了马背，没有了战斗，郭棠的英气在驴叫猪号中消散，挺拔的身子在病牛残马的磨缠中日渐萎去，而心却一直滞留在那铁马冰河的岁月里。终于有一天他辞职而去，像一只忠憨老犬，把自己垂迈的身躯投向一处僻静之地……他追随远嫁的女儿去了河套，再也没有回过故乡，据说他是不想把自己最落魄的一面留在这里。

二、马痴旧事

一百年前，立于蒙古高原南缘的大青山，北望朔漠，绵延不尽的丘陵，稀疏破旧的村落，天高云淡，西风劲吹，这便是“大后山”。此时此刻谁不想纵马驰骋？让你徒步而行，栉风沐雨，忍饥挨饿，千辛万苦自不必说，何时才是终点？故当地有“骑马只一蹦，步行到烧红”之俗语。

三百年前，三晋之地兵连祸结，旱魃为虐，饥馑相逼，先祖不忍灭族，

从人稠地窄的三晋之地北上，播迁至阴山草原，是为“走西口”之先驱。此地多业以牧马、饲马，养马、医马、驯马渐于化俗，无论男女竟成“马痴”，此风两百年愈刮愈盛。爱马犹文人惜书，侠士重剑，农人赖地。每遇极品，如痴如醉者有之，忘利忘义者有之，无法无天者有之，舍生舍死者有之。今录马痴旧事四则，或真，或假，或传闻，或实录，但其中味道甚杂，与君一尝。

1.爱马不解马

大青山某村牧主王玺以痴迷良马知名乡里，清末战事频频，淮军、湘军、陕军、京畿军需军马甚急。玺养马已近千匹，利胜良田万亩。内有一白色母马极为出众，其悍势跑力远胜公马。玺视若珍宝，配以奢华鞍韂，食以细料精草，常常骑之招摇于远近，每过之处骑尘未落，白色马影即逝，众人皆称之为“白毛风”。

一武装匪首江湖号“大张疯”，痴马近疯，几易快马良驹犹不如意。闻知后率十余匪夜袭西梁村，只为获得“白毛风”。马群白骒马甚多，无所知，吊玺于马厩逼拷其指认白马，鞭笞至晕厥亦不肯举出。乃选体形健美神态活泼之白色骒马二十余匹，以为“白毛风”必在其中。适“白毛风”躬身缩首于墙角，匪每举火照之，其故作疲老状，低头弓背，双目半睁，俨然驽骞之乘，匪众不曾多看一眼。群骒马被赶回匪巢逐一试骑，却脚力平平，方知“白毛风”不在其中。

匪既去，王玺窃喜：只要留得“白毛风”一马在，算甚损失？土匪不曾得手，势不干休。于是夜夜睡在马库伦里，枕鞍待旦，防匪复来。

一夜闻犬吠急，知匪又至。急忙跨上“白毛风”，亦不及卸掉拴拦，竟逾丈高石墙腾空而过，匪首”大张疯”驱坐骑“赛赤兔”加鞭欲追，只看见一道白色闪电。知良驹永失，匪首捶胸顿足，哀号破空，发弹数十发以泄懊恼，选掠良马数十匹悻悻去。

王玺甚忧“毛白风”再遭匪手，留在马群恐遭不测，遂直奔省城归化，于马市寻得至交“包伯乐”。此人姓包，蒙古族，为城中第一马骡子（相马师），懂马品相，识马优劣，知马疾患。以为“白毛风”由他代养无忧矣。

“包伯乐”绕白马端详良久：“外传兄白骒马名‘白毛风’，绝世神驹，今见不过尔尔，观其外形未见出彩之处！”

“尔必是走眼，何不一骑？”王玺附耳补一句，“小看它？它会叫尔自抠双眼！”

“包伯乐”不以为然，整理鞍鞯，飞身上马。“白毛风”四肢腰身倏然变长，啸声贯耳，如劲弓张弦，刹那一道白色闪电弹出马市，观者莫不目瞪口呆……

暮色将至，蹄声快且烈，知马归来，玺躁心渐安。

“包伯乐”将缰绳交一少年，任他沿河漫步遛马，看一人一马信步由缰渐远，知马主必急。人在外声已在屋：“走眼！走眼！惭愧！惭愧！包某真是有眼无珠。”

自言循路至包头折返，一路绝尘，两耳生风，三百里程不曾减力，势若旋风，一生阅马无数，难遇此天驹，脚力耐力灵性均无马匹敌。

人生一世，获千斛金易，拥百顷田易，成万户侯易，而得良驹难。天下公卿军阀所乘，徒见赳赳雄大，“白毛风”乃马中极品，为公所有，夫复何求？

玺心花大放，食“包伯乐”包头购之卤肉，饮归化城产之老酒，相谈甚欢。忽闻遛马少年惊呼：“掌柜！马将死！”二人惊，壶盅俱碎。

移马灯照之，白马反复打滚，眼含乞怜。汗湿全身，沾之泥土已成灰马。玺大恸，抱其长颈，肝胆欲裂。未已，马颈伏地，鼻息渐合，目光熄灭。

“包伯乐”涕泪交集，自责良久，低语于玺：“此马长途奔驰而死，必是豢养缺少吊马一环？”王玺然之。

原来凡善养马者，其饮食之外讲究甚多，如涮、遛、调、吊必不可缺。而吊马尤为重要，平日将平缰缩短到极限，令马首高吊于马桩上，马首仰天，嚼环下坠，自便吞吐，铁环作响形成节奏，俗称“耍嚼子”。马苦不可耐，受制于缰，唯前蹄可交替而动，势如击鼓。如此过程持续一个时辰，方可进水进食。据云：吊马是为耗其包肚油而为，缺此环节，马骑行过久而马油易溶于腹腔，必死无疑。

王玺悔不当初：“自为马痴，痴马却不知马，爱马竟不惜马，铸成大错，愧对吾马。”遂跪于马尸前大恸，久不肯起。

爱之甚重，却不深入其中，无异叶公好龙。王玺变卖马场马群，足不出户。竟月传其死讯，其家人云：“自白马死后，不食不睡，哭啼不绝，伤情过重而死。”。

2.重马祸于马

高玉璧，武川光复后首任县长。其弟兄五人爱马如命，尤以伯仲之玉璧、玉玺甚之。乡人称其“大马痴”“二马痴”。

高家发迹于旅蒙行商，拥良田两千亩，牛羊满坡，全家却痴迷骏马，每见良驹，不惜重金购得。因武川地接蒙界草原，高家“马探”出入其境，其厩中骏马成群，细粮精豆为饲料，银蹬鳄皮为鞍具，五弟兄交结马友众多，有蒙旗王公远程而来只为赛马，高家一时名噪北方草原。“高家四骏”一时声名远扬，分别为“大枣骝”“大青鬃”“黑旋风”“盖蒙疆”，尤以“盖蒙疆”为最。

德王受日本扶持占据百灵庙。一日，玉璧骑“大丁香”行走草原遇德王汽车队，卡车为日产，司机系日本人，见马行速如飞，奇之，欲以机械动力之优势与玉璧比试，手势比画，玉璧知其意，笑而应之。逾几道大坡马尘不在，以为转道。又行百余里，日车停于一野驿，见通体白色，唯眼圈鼻梁黑，甚奇。入驿，见骑手端坐，酒足饭饱状，大愕。遂鞠躬再三，表示服气。

日本司机欲重金买其马：“日本马不行，蒙古马大大好。”玉璧坚拒之，日本人纠缠不休，无果，悻悻而去。

“大丁香”又以”赛蒙疆”之名名震漠南，此名对伪蒙疆傀儡政权大有轻蔑之意，玉璧得意之。

时玉璧玉玺均职于地方抗日民众自卫军，该武装克复绥北重镇乌兰花，突遭敌伪重兵包围。玉璧时乘“盖蒙疆”，此马甚解人意，乘城外之敌松懈之际，腾空飞越城垣，敌皆惊惧，以为天神，日伪憬然连发数十弹，仅打掉狐狸皮帽。

玉璧受惠于“盖蒙疆”，而玉玺祸于“大枣骝”。一日，玉玺所部遇伪蒙古军骑兵，双方皆有意避战，各自掉转马头而去，玉玺胯下“大枣骝”生性好胜，欲与伪蒙古军众骑一决高下，玺察其图遂奋力勒马嚼。而此马愈勒愈烈，虽马首扭转向后而身不稍转，其速不减，旋踵突入敌群，敌军浑然无察。“大枣骝”突大啸，意挑衅，敌始大呼小叫，其又突发脚力，倏忽超越尖兵百米矣。敌兵数十枪齐发，一弹从玉玺后颈入于口腔出，舌齿尽毁。

“大枣骝”负玉玺归队，三日后不治而亡。友窃于玉璧：“此马绝非良

驹，妨主如三国之‘的卢’！”玉璧怒回：“‘的卢’”未伤及刘备是为备有德，而此马伤吾弟是玉玺无德？”众缄口。

玉璧一生爱马惜马，不惜千金，每遇良驹必得，精心驯养，家中常聘呼伦贝尔驯马名师白伊拉，二人酒寝一处，日夜论马，出双入对，故友同学少有理会，故传“科长不如马子，同学不如侉子。”

白伊拉驯马自成一套，将草原生马驯为走马，马价倍增。走马为牧主、地主、官员标配，是为豪驹，可谓走马一骑，身份必贵。走马跑起来四蹄如流水行云，幅度快而有致，身体平稳如舟泛湖。传其合理分配体力，长时驰骋力不减衰，而行程远优于奔马。

驯走马过程烦琐，耐心为最，置树干，石桩于野，呈扇形，一步一幅，人居中牵绳，马蒙眼漫跑，每遇物触蹄，必提腿避之，行久时惯于高抬蹄腿，渐成走马雏形。

一马痴本为长工，深羡高家走马，久欲一骑圆梦，夜潜入偷骑，送返时被捉，马鞭笞其背数十下已无完肤，犹不解恨，其大笑数十声，喊一字：值！人都云真马痴。

邻村二肉蛋者，受人撺掇，偷得一匹新购入草马转卖口里人，高家各路人马追踪只获偷马贼，马踪已无。高家怒将盗马贼活埋于沙河。

重马轻人，祸不远矣。一九五三年，高家四兄弟因人命案或囚或杀，无一幸免。

3. 纵马祸民贼

李佰仟，蒙古族，辽宁朝阳人。曾留学日本，时为伪蒙疆政府归武警务科科长，手握生杀大权，常集体枪杀抗日军民如践蝼蚁，妄言一村中国人不及一驽马。此贼喜穿日装，说日语，留日须，食日餐，娶日妻，唯不喜日马。

时县府参事官，退役骑兵大佐大冢友信为笼络这条疯狗，投其所好送其一匹东洋大马，李扬扬自得，驱马于街巷大抖威风，显摆媚日风光。百姓闻马蹄犹闻虎狼至，无不避而远之。

不久，李佰仟在山地草原与八路军骑兵实战，发现日马徒有其表，远不及蒙古马耐力，且饲料饮水娇如贵妇，始痴终厌。李佰仟觊觎汉奸小队长齐某之铁青马，此马擅跑且体形俊逸。故李以“通共”之罪名枪杀齐某，夺其所爱。

李佰仟与铁青马，一人一马，堪称绝配。无论街头乡野，逢人冲撞，无分男女老幼，哪有良知法度？乡人怒不敢言，窃呼其“李铁青”，啼儿闻此三字大气不敢出。

一日，铁青马不饮不食，兽医难断其因。李佰仟迁怒马夫，一顿鞭子，罚其跪马前，扬言：“马活尔等可活，马死尔等陪葬！”

马夫置精料清水于马前，跪一夜不敢稍移，昏沉间闻马食草声，喜极而泣，李亦转嗔为喜，赦免马夫。

日本投降，李佰仟不知所踪，数年后在天津被捕获。押解其回绥远受审，李佰仟自知罪孽深重，只求速死。后解回武川于南门公审，武川百姓持长鞭笞之，面目全非，哀声如狼嚎。

4.寻马为寻仇

清末，每年由草原购入马匹数十万，前拥后簇，掀尘带雾，蹄如击鼓进入归化城，淮湘川陕诸军早已久候，骏马群如风逐云驱往各地。残弱不入眼之马无人认购，以老牛价落入农家。

赶马人称作马倌，行千里万里荒原，承朔风漠尘艰辛，脱了征鞍犹舟靠岸。领了工钱没入青楼酒肆，自寻犒劳。马倌中一壮实后生，人称“孙侉子”，不舍离去，掌柜异之，促其寻欢。

孙侉子自云：“家中传信，述母病重，归心似箭，欲买马速归乡，手中工钱不足马钱二成，买匹残马亦是不足。”掌柜敬其孝，心欲半价卖予，谁知孙侉子牵来一黑马，体形硕壮却蹄块厚重形如驼掌，行时步履懒散，饲养年余无人问津，徒费草料。掌柜仁义，竟不收分文白送，权当为迢远旅途做伴。

孙侉子千恩万谢掌柜的大恩大德，万般不舍牵马而去，人马竟踽踽北行，没入阴山中。在一处人迹罕沟壑停下，寄身于牧人弃之窝棚，将黑马四蹄没于黄土，昼夜浇水，马似知其意，逆来顺受，亦不抗拒。月余，马挣蹄于泥涂，蹄表尽脱，新蹄如红玉颜色，巧如覆盅悬铃。如释重负，腾挪跳跃，嘶风彻骨，犹展翅高翔。

原来孙侉子本是富商之子，家门遭匪帮灭门，只因在京读书得以幸免。然嗜血匪帮行踪飘忽，跨省流窜鲁冀热绥诸域杀人越货，形同黄风卷地，官兵避之不及。寻仇须胯下有良驹，其不惜万里赶马，选千里马以报血海深仇。

“马看四蹄，便知良骑。”孙侉子凭着这句话在万马奔腾中寻觅良驹。所谓“四蹄”，并非指马的四个蹄块，而是指蹄子的四个部位，为蹄缘、蹄冠、蹄壁、蹄底。孙侉子发现一匹总是掉队的黑马肌筋发达，躯长啸洪，胸膛阔鼻深，尽显千里马的本色。虽然四蹄蹄毛粗密，踏力强劲，但蹄表灰暗无色，破纹龟裂，蹄形如驼掌，偶尔踏于石板，竟有回音，觉得蹄有疾患，疾若除必得良驹。孙乃京城名校大学生，专心于相马之术，自有所得。

孙侉子试马于敕勒川，日行千里如嬉戏，方知自己胯下乌骓再世。后探得匪贼于草原为非作歹，暂据于葛根庙。一日，匪首引数十骑驰行于草原，高歌长调，肆意嚣张，骑尘飞扬。一黑衣人如黑云恸地而来，匪首惊愕之间，红毡帽及头颅落于沙原，匪众烂醉中死之七八人，皆为利忍所伤，乃不辨敌人骑所踪，以为天神。余贱惊惧溃散，匪势不复。

十年后，某绥远籍军人曾牧马多年，投军于多伦抗日同盟军，见刘桂堂部一团长相貌似当年一同赶马的马倌“孙侉子”，其胯下一匹黑色骏马，人称“赛乌骓”，在数万骑队伍中如虎在羊群，冲锋陷阵莫不突前。

三、泥涂可可以力更

不明白尘土为什么总是亲近我，躲不开防不住，哪怕是刚刚穿上的新衣，在一个干净的地方走上一圈，转眼就爬满灰尘。别人便嘲讽说这是后山老大的本色，我想这个本色就是土气。因为打小就像打洞的土拨鼠，真的是“土生土长”，闻不到泥土的味道就过敏、鼻塞、哮喘……

我的故乡的名字就充满泥土的味道——可可以力更，意为灰色的土崖。它是武川县的县城，“川”也有平地、平野之意。可可以力更人不屑于说普通话，土语乡音中透着浓浓的黄土味道。

被称为帝王摇篮、北魏重镇的武川，虽然地接希拉穆仁草原，但县城居民的族群多为走西口播迁而至的三晋移民后代，有不少老者仍说着一口浓重的晋语。

可可以力更静卧在阴山山脉的怀抱里已有两百多年，迎着北方草原的劲

风，在洁白的流云和纯净的空气中散发着一份古朴和宁静。

康熙二十九年（1690年）夏天，也就是中俄签订《尼布楚条约》的第二年，彼得大帝就迫不及待地派出了由一百七十人组成的使团前往大清国寻求贸易。俄国人未雨绸缪，提前规划了后来著名的万里茶道的路线，这条商道途经可可以力更。清初的可可以力更不过是一个只有几户放牧人家的小村落，依着灰色土崖处建起了第一间不能算作房子的房子——类似原始人的半地穴房子，他们叫它“庵窝子”。

这个几乎无人知晓的小村成为官方规划的驿站，并在俄罗斯水文专家的指点下掘了两口井——东官井、西官井，以应对日益增多的商旅人畜饮用。围绕两口井迅速拢起了民居，拢起了商铺，拢起了街市，买卖人和手艺人蜂拥而至，小村渐成集镇。

旅蒙商的驼队穿越阴山白道谷，在北口尽处顿觉天高地远。原始的可可以力更河网交织，鹿鸣雀唱，绿草凝碧，一道青色的土崖映照在清澈的河面上，显得可可以力更加美丽清纯。来往的内地旅蒙商被这辽阔的原始草原景色征服，一照面便不愿离去，许多人更是成为这里的新住民。

可可以力更被驼队传扬为北国天堂，武川三件宝——莜面、山药、大皮袄，成为饥寒交迫的山西人做梦都想拥有的光景。高光的可可以力更镇（简称可镇）吸引了一波又一波走西口的移民潮，那些追梦的赤贫家族携儿带女，义无反顾地踏进这片祸福难料的土地。

每年农历四月二十八日，这里的庙会盛况空前，祈雨，领牲，唱戏，买卖商品……黄土飞扬中人头攒动。

但短暂的繁荣很快就被分裂叛乱、旱魃为虐、兵灾匪祸击得粉碎，商道商旅绝，驼镇驼影稀。繁华散尽的可可以力更复陷于泥涂之中。

但这仍然不能阻止走西口人群的步伐，他们循着前人的踪迹，像强弩射出的箭头，坚定地落入可可以力更这块厚土上，铁了心要在这里落地生根。

丘陵带上的可可以力更没有供晋人惯于开窑掘洞的黄土层，但这没有难倒新可镇人，他们顺应天人之际，如同劳燕一般用泥巴筑起新的家园。低矮的土坯房供着一盘火炕岁月悠然，守一方瘠土老牛一般寒耕暑耘，不经意间在泥土中春生秋杀，怡然自得了两百多年。

可可以力更人的一生是属于泥土的，婴孩脱离母体时迎接其降生的是一盘土炕，从此便开始了面朝黄土背朝天的人生，把汗滴在禾下土中，如同田鼠一样白天从泥土中刨食，天一黑便扎到低矮的泥穴中。日复一日在泥土的气息中过活，直到有一天把生命交还给泥土，入土为安，一抔黄土成为人生的句号，伴着先人的坟茔承上启下，鱼尾雁行。

建镇以来，可可以力更人在泥淖里挣扎了两百余年，像一个裹足的老妪一般艰难前行，在可镇的旧街巷至今仍可以看到裹足老妇颤巍巍的身姿。

入胡地随胡礼，三晋人播迁蒙境后习俗大变：蒙古族一席毛毡围起的帐房，一忽阑红柳扎成的藩篱，一片没有属权的牧场草坡，一缕羊粪砖燃起的炊烟；四海为家，有酒便醉，见炕就睡，踏歌纵情，怀如穹野。追逐高宅大院的口里人传统的置业观在这里被颠覆。可镇人待人大气，处交厚道，言语直爽，活得也就心安气顺。薪尽火传间汉俗蒙风敦化成新的地域文化——后山文化。

多灾多难的可可以力更人没有躲过天灾人祸的袭击，干旱、瘟疫、匪祸、战火从来没有放过这片苦难的土地。陷入泥淖的可可以力更像骆驼一样无声地跋涉前行，从未停下过脚步。

老可镇街巷的外貌从来没有美丽过，一位来自南方的防鼠疫医生曾这样记述可可以力更1928年的街景：“……清一色泥糊的低矮土房，没有玻璃窗户，房里又黑又土，满鼻土腥味伴着动物的粪便的臭味。地是泥的，床

（炕）是泥的，墙更是泥的！人身上的穿戴也沾满泥土以致看不清颜色。全镇子找不到半块打狗的破砖，不是亲眼所见，谁知天下有如此荒僻落后的境界，好像是耗子的王国！”

八年后，一支大笔描述可镇的陋小：“阴山北面，我们经过的第一城是武川县，这个城的城垣大小相当于河北、山东破落的中等村寨。一个汽车就把城门塞得满满的。载重车上面坐的客人，要不好好把头藏起来，准可以被弧形的城门顶盖刮去半截……”这是《大公报》记者范长江报道绥远抗战时叙述他乘坐的卡车途经可可以力更时的所见。

前几年，西安交大的一位知名古建教授和他的博士生们，被县政府请来为可可以力更镇的北魏古风建设把脉，面对楼房、土坯房共存的小镇，他们无法拿捏，便找了几个地方学者讨论。我虽然干过十几年文物考古工作，对此却很茫然。毕竟，北魏留存于世的地上建筑几乎没有，而北魏六镇之一的武川镇仅仅是一个边镇，除了地表漫漶不清的残垣，北魏古风早已被流动的西北风吹散。

武川曾经的历史背景——秦关、汉塞、戎镇、驼驿，天苍苍、地茫茫可能是这个北魏重镇最纯正的古风了！

其实，可可以力更南山肉眼可辨的最早的地上建筑是秦长城，历经两千多年，夯层依然清晰，武川北魏重镇的故垒依然是夯打的城墙，而可可以力更镇旧城区的残垣依然是夯筑。千百年来，武川人一直把自己围在土垣泥屋中。武川的古风特色就是泥土的本色。

北魏的武川镇为今天的武川博得一个帝王之乡的美称，但北魏给这片土地留下的几处遗迹，除了土墉并无一房一舍。不过，武川的宇文家族不仅出过皇帝，也出过一位杰出的建筑家，他叫宇文恺，是隋大兴城的设计者，也是著名的京杭大运河的设计者。武川人大多不知道这个二十八岁的绝世奇才在中国大地上留下了许多不朽的建筑奇迹。

但这一切都和可可以力更无关。

可镇这个漠南第一镇两百年屹立不倒，土坯房以超乎想象的固力抵挡着凌厉的朔风，它将许多浅深不一的情爱拢起恣肆宣泄，并教人倾力固守捍卫。泥墙剥落露出层层的土坯，仿佛让人看到流逝的年轮，延伸向一根剪不断的根须，无声无息地吮吸养分。

可可以力更不断地壮大，它的肌肉骨骼依然是土坯。当年武川男人有四大苦营生：走房子（拉骆驼）、拔麦子、窑黑子、挖坯子。

天一暖和，小镇家家户户积攒黄土动泥水。脱坯也叫挖坯，说是挖，可能是两层意思：一是脱坯的土是从深层土挖掘的细腻的黏土，二是脱坯最后一道工序是双手指尖相并，用小指贴着坯模抹去表面的淤泥，这个动作被视为“挖”。

在水中泡透的樟松模子在沙子堆里打个滚，沾满沙粒，汉子蹲下身子，双手高举泥团，“嘭”一声挪泥入模，模中的泥不盈不亏，而后被平端到坯场，弯腰扣模于地——一个汉子要重复这个动作五六百次，极能体现干活者的“苦数”（吃苦和耐力）。家里生的姑娘多，女婿也多，他们往往是岳父盖房子的生力军。女婿们为获取岳父的赞赏，努彻了腰，甚至要打破某项纪录，一天单独扣坯上千的人都可以算作好汉。丈人的烧酒和外母娘的炒鸡蛋、烙油饼无异于一幅红艳艳的奖状。

五月是大青山的旱季，阳光被慷慨地赐予小镇的挖坯人，挖好的坯平卧在地，一夜醒来便有了骨力，人们便将坯起架。码垛要选择地势高、不容易存水的地方，坯的尺寸是统一的，长为一尺二，宽为六寸，厚度为二寸，坯一层一层地码垛，坯间留空却又相勾相结，风和光继续加速坯的干燥。

可可以力更镇的西、北城垣形成的夹角地带是脱坯的绝好地方，地势平

整，不仅赶上雨季易于排水，还靠近护城河，取水方便，最关键的是那里的土有碱性，而且泥中夹沙，干透了的土坯不容易裂缝，强度也很高。

大清早，左邻右舍、亲朋好友一起搭伙脱坯，活儿干得轻松洒脱，泥和得干湿适中，做着苦营生，不忘苦中取乐，乘着山腰的空，有人便憋出几声爬山调：

北河槽的河水没日没夜流，
挖坯子盖房就图个热炕头。

坐下（那）炕头平个展展，
羊毛大毡上缺个老板板。

黄泥抹墙怕雨淋，
没出息的光棍盼女人。

气喘吁吁的脱坯人开怀大笑着，还用泥脚踢了下歌唱者的屁股。坯流水线一样欢快地流淌到地上，整齐有序地排列着。可镇人的乐观不是千金小姐们能看懂的，武川人的生命和品行就像这土坯，敦厚、规矩、承压、耐皮。

土、水、风、光、人完美地凝合成棱角分明的坯块，泥土般质朴而厚实，祖先的智慧为泥土注入灵魂，成为可镇人繁衍生息的宝贝，两百年间砌起一堵又一堵生命之墙，在凄风苦雨一波又一波的冲袭中坚挺不颓。

道光十五年（1985年），有着三百户商号的可镇筑起了城墙，光着臂膀的汉子，四人一组，呼喊着号子，夯锤在他们合力的作用下，像一个跳跃起伏的精灵，脚下的泥土变得格外坚实。城垣高一丈二尺，做四门：南曰

“丽川门”，北为“定远门”，东称“镇藩门”，西作“承恩门”。同治七年（1868年），建关帝庙，钟鼓楼之上置巨钟大鼓，在东梁制高处建炮台四座，各置铁炮两门，炮口黑幽幽的，城墙外有堑壕，漫水其中形成护城河。

四门的名字叫得优雅响亮，却掩饰不住泥土松垮的本质。之后，民国二十年、二十三年，王泽匪帮和杨猴小匪众两破可镇，于是有了“泥糊的可可以力更镇铁打的百灵庙，召河的马队归化城的炮”的民谣。土匪们认定可镇“外表是个泥蛋蛋，打开是个钱串串”，所以泥糊的可镇注定是悲怆的。

民国二十年春，晋军进入武川剿匪，当地驻军并地方民工加固修葺县城城垣及四座城门。墙高增至丈八，顶宽八尺；皆就地掘土夯以城垣，据处凹壕注南北河水乃成护城河，唯南北门以砖石砌之，上置哨位，城门楼之上高悬石匾，字大如斗，南门“泽渐迎晖”，北门“大好江山”，西门”汉疆锁钥”，东门“金汤固屏”。可镇这个兵家险地靠泥土筑“汉疆锁钥”，凭一制高点加几门铁炮便“金汤固屏”，无疑是痴人说梦。

不久，日本人扶植的傀儡政府——伪蒙古军长驱直入，伪县政府在可可以力更镇落地生根，占领者强占学校做兵营，操场成为兵场，马蹄在满是黄土的街市肆意驰骋。

日本人深知，这座古镇用泥巴筑就的土城墙难以拱卫他们，大青山“胡天朔漠杀气高，烟云万里埋弓刀”，他们随时会遭受山里的中国游击骑兵的攻击，于是在可镇四周建设了许多碉堡，以求武运长久。可镇第一次被异族强加了坚固无比的混凝土，他们企图永远霸占这块土地，跳出老城区，日军新盖了军营——当然也是土坯建的，他们用刺刀威逼可镇人盖起了日本特色的土坯营房，据说进屋是炕，烧炕的灶在地下一个像墓坑的钻洞里。

1945年，在一个秋雨绵绵的深夜，可镇人在屋漏偏逢连阴雨的苦难中煎熬，日军借着急雨和夜幕，偷偷地溜出他们的军营，逃离了让他们如坐针毡

的可可以力更。听到日本投降的消息，可镇人愤怒地冲进军营，但早已兵去营空，人们看到生活物资被洗劫一空，包括那些被连阴雨泡烂的土营房也被揭了顶……

病树前头万木春，1958年，日军的军营被彻底荡平，武川县第一中学破土而出，尽管依然靠土坯垒砌而成。之后可镇新区蘑菇一样破土而出了一片片民居，依然是借土坯而建。

泥抹的可可以力更镇经受战火的洗礼，直到和中国人民一同站立起来。

如今，小镇新的民居像潮水般吞噬着旧物旧貌，老泥巴的民居像凋落的枯萎花瓣在风中凌乱。“拆迁”成了老百姓口中常用的新词，人们都知道“要想发，墙上写个拆”——可镇人读“拆”发“擦”音。拆过的土地像被橡皮擦过的纸张，又恢复了泥土的本色。

可可以力更镇内本来应该有一些清代建筑的，比如奶奶庙、关帝庙和大戏台，当然还有鼓楼，县境内也曾经有几处召庙的，但在20世纪六七十年代被拆掉了，武川便没有了古迹可寻。

可可以力更镇的地势东高西低，东面的制高点被称作东梁。1921年，武川将第一小学校址选在东梁的低缓处，后来一直被称作东梁小学。

可镇的百姓无分官商农兵，在春夏之交旱季之时脱坯和泥，脱坯一百二十万块，建土房数十间，堪称奇迹。时任武川知县的闪钦辰目睹可镇镇民靠自己的双手，凭着脚下的泥土安身立命的奋斗精神唏嘘不已，并记录了这一场景：“早寒袭夹衣，晨曦光熹微。陋室门半开，炕上唯幼妪。郊西人影绰，举家脱泥坯。小镇无砖石，街窄舍低萎。四月春来迟，修我漏风居。垣下掘黄土，护城河积水。壮者脱坯忙，妇幼运坯回。办学建校舍，闻者满目喜。众志可筑城，民气何崔嵬。七月降雨多，奈我墙上泥……”

散居在两万多平方公里十大区的武川农家子弟走入学堂。这是阴山之北千里沃野之上开天辟地的壮举，如同拓荒者收割的第一茬庄禾，让武川人从泥土中看到了萌动的新芽。这所小学成了共和国人才的摇篮。

当低矮的房顶上的炊烟伸向长空，多少生命在冰冷和酷热中备受护佑。土坯就是大地的子宫，供养着充满鲜活的胎盘。

可镇镇民的院落每年在黄泥的修葺下，低矮的土房竟然百年不废，八八窗，糊麻纸其上，贴一张窗花或剪纸，生活的趣味立马浓烈起来。黄泥斑驳的墙门外贴上一副对联，悬一只麻纸糊就的灯笼，可镇人一年的希冀在这个泥土筑就的院落中升腾，炊烟亦然。

每年初夏，南方归来的燕子都会衔着泥修补故巢。可镇人家的院里堆满黄泥，剥落的墙皮记录着岁月的伤痕，那堆泥土长成的四壁像老天爷的怀抱，阻隔了风霜雪雨，阻隔了孤苦困顿，阻隔了野狼的嚎泣，阻隔了漫天的惆怅，把黑暗融化在泥土的火炕上，月光温柔地亲吻着土坯房的窗户，窗棂罗织着美妙的未来化成可镇人的美梦。

记忆里的土坯房，低矮简陋、破落不堪，远远望去，像一只丑陋肮脏的巨兽卧在那里。一块块斑驳脱落的泥墙，像悠悠岁月的鳞片，在记忆里闪烁着微弱的光。

1969年，可镇这个边塞小镇又被隆隆战鼓催醒，深挖洞、广积粮，可镇的泥土转向地下，纵横交错的地洞在土坯房下支延，所经之处，像刀刃伤及了可镇民居的根基，三十年后成为危房。

1978年，武川人在距可镇三十公里的大青山处建设了第一个砖瓦厂，砖块呈红色，强度远未达标，但对于在土坯房中成长的武川人而言如获至宝，人们通宵达旦地排队抢购尚在发烫的新砖。从此，可镇出现了砖瓦小院。

可可以力更憋屈不住，开始伸腿舞臂，武川人举全县之力，硬生生把东山掘出一道沟壑，曾经的南护城河被一条柏油路压在身下，城区向南延展。

如今，新区面识竟是老城区的十二倍，林立的楼宇中承载着小镇多半人口。

1985年夏天，武川一个叫张金海的泥瓦匠盖起了二层小楼，楼不大，下层砖石上层却是土坯。上下虽不足一百五十平方米，却挺立在一个当要的街面上，依然像穿着黄胶鞋披着一件破烂西装的老汉，不伦不类却又难引人注目，这件老旧服装穿起难看扔了又难舍，但它却是划时代的。

之后，武川人逐渐告别了土坯，县城的颜色慢慢趋红，但那些泥抹的老墙在朔风冷雨中艰难地支撑着，迟迟不肯退出历史的舞台，国家每年拨款改造老县城，那些怪兽般的工程机器吞噬着那些满是伤感的土壁残垣，小时玩耍之地难以寻觅一片让人熟悉的角落。两条护城河早已湮灭在喧嚣的车流中，新建的楼房如同大潮逐浪而至。

四、远逝的驼铃

可可以力更镇的形成应该是在明代，那时的可可以力更（亦称呼呼依尔根）只有一两家车马店和几户原住民牧放马匹牛羊。直到三百多年前驼铃声敲碎了这里的宁静，万里茶道的开通让这块蛮荒之地仿佛一夜之间变得生机勃勃，精明又敢于冒险的晋商为这里注入了活力。

数万头骆驼的休养生息让可镇成为名副其实的“驼镇”，大批的马匹牛羊源源不断地被输送到这个小镇，使这里成了草原畜牧产品的集散地；各种畜群像空中的云彩集聚在一起，之后又像水中的浮萍缓缓地流向内地；每年有二十万峰骆驼晃动着清脆的驼铃涌入可镇的黄瓜街。这个小镇的街巷到处弥漫着来自南方的茶叶的香气。万里茶道第一驿镇迅速地在蒙古高原的南缘崛起。

精明的晋商纷纷在此建立自己的驼站基站，大兴昌、福如东、西城丰、万兴元、广益泰、广盛兴、福兴源、义兴元、三圣泰……星罗棋布的商号把可可以力更高举为万里茶道第一驿镇。时至今日，人们还能从一些村落窥见旅蒙商字号的影子。

今天，武川经济缺乏增长点时，文化成为弥足珍贵的资源。我们的出路仍然在那条驼队熙熙攘攘的商道上，只是许多人不明白武川和万里茶道、武川和“一带一路”有什么关联。

著名作家邓九刚先生曾来武川进行文学讲座。当时，他刚刚完成《复活的茶叶之路》《呼和浩特与“一带一路”》。他问现场的武川作家们：“为什么不写武川与‘一带一路’？”

民国初，武川立县之时可镇为武川县城，那时可镇作为漠南第一镇已呈凋敝之势，赖以立身安命的驼道因为满洲里开通火车及卢占魁匪帮的横行无忌，大多数的旅蒙商以及可镇周围星罗棋布的商号开始走向没落。

可可以力更镇曾被称作驼镇，两百年间橐驼攘攘，驼铃敲碎了小镇白天和黑夜的宁静，却也打开了镇里各色人一家老小的活路。男人随驼队去了西营或后营，一去就一年半载，风吹沙打虱子咬，鬼门关里绕一遭，就为挣几个活命钱。女人和娃娃们则打些野草给路过的驼队，深秋时节便用钢丝制成的耙子搂草，挣几个铜锄儿刨闹咸盐灯油。

那时候，可可以力更镇的商铺和商号不下百家，夹在两条河流的中间，东高西低，鳞次栉比的商铺从南河排列到北河，然后在某个位置扭了一下，像极了一根自然长成的拧着身子的黄瓜。远征的驼队的驼铃咚隆咚隆地响着，叩开了武川那条形似黄瓜的弯街，商铺们将应有尽有的商货放在驼背

上，驼队便开始了万里茶道的异域商旅。当那些骆驼拖着庞大疲惫的身体返回可镇，它们被放养在可镇周围的牧场进行“休养”，水草丰润的土地令它们迅速恢复体力，以便不久再泛瀚海。这是可镇人引以为荣的一段繁华岁月。

可镇及围拢在可镇四周的村落都和那条著名的万里茶道有关，县境的一些村落、水井、旧道都被打上了浓重的历史烙印。那条充满沧桑感的历史古道曾经给这里的人以富足、开放、自由。

可镇处在内地通往恰克图的要冲上，是旅蒙商踏上蒙古高原的第一个补给站。恰克图邻接买卖城，而买卖城是18世纪20年代末的一座专事对俄国贸易的商埠。该城不仅为清俄两国人所熟知，且名扬世界，被西方誉为“沙漠中的威尼斯”，对活跃清俄两国的经济生活起了重要作用。

1921年，万里茶道的驼铃戛然而止，匪祸、鼠疫、旱灾接踵而至，武川人的悲号尚未停止，更无情的灾难又强加给这片土地，人们从满目疮痍的故乡的颓垣败壁中读出了一段伟大的民族悲歌。追寻百年前可镇由盛而衰的踪迹，源自各种灾祸袭向这个苦难的边镇。

1690年仲夏，也就是中俄《尼布楚条约》签订还不到一年，一支由一百五十名黄发蓝眼的外国人组成的队伍走进可可以力更这个简陋的村落。这群面带微笑的外国人的肩上挑着的是当地人从来没有见过的闪着光亮的仪器，骡子和马驮着许多箱包，人和牲口的步伐是那样的轻松。那时的可镇有一个更为原始的名字——库库呼尔根。

一个骑在马背上的洋人向围观围观者喊着：“哈拉少！”招呼那些看红火的当地人。当地人立即生出了好奇的目光，甚至慌不择路地躲进了小巷和破烂的院落。但这丝毫没有影响这些外国人的热情，他们不断地喊着“哈拉少！”武川人根本不会想到他们困顿、贫穷、饥饿的生活即将发生变化，这些来自异国他乡的外国人正带着一片曙光穿境而过，他们走向紫禁城，向清政府表露的不仅仅是和平共处。

这群人是俄罗斯人，领头的叫伊台斯，是一位丹麦商人。他们说的“哈拉少”是俄语，意为“你好”。

俄国人藏起了大炮，彼得大帝早已迫不及待地要和大清王朝进行贸易。这个百余人的金发碧眼的俄罗斯使团和他们的马匹，越过大青山上的白道长城，这里即将成为中西方贸易的重要商道通衢。

从此，阴山成为中国北方一道独特的风景线：车辚辚，马啸啸，驼铃清脆，奏响美妙的和平交响乐章。商队仿佛一股绵延不绝的洪流穿越蒙古高原，流向遥远陌生的异域。这是那些有着通商欲望的山西人迫不及待地为敞开国门的清政府进行的一次意义非凡的远征。他们似乎忘却了边塞诗人王昌龄“不教胡马度阴山”的誓言，阴山成为南北通衢，怒目相向了两千年的长城堠堡像一只困倦了的獒犬，沉沉睡去，纵横交错的长城仿若阴山的一道美丽文身绽放着豪迈。霍去病北逐匈奴的征途和战尘喧嚣的掠杀通道成为16世纪最重要的新丝绸之路，而这条闻名遐迩的驼道的始点则是阴山脚下的归化城。

1673年，著名的万里茶道，也就是人们常说的驼道应运而生。第一批山西商人沿着外国人来时勘测的道路踏上了通往蒙古草原和俄罗斯的远征。当他们赚足了外国人的金币之后，其他旅蒙商的驼队便沿着这条道路纷至沓来。

阴山白道关打开了，像启动了一个引擎，北方九塞开始流动，中国南方被拉动，蒙古草原在颤动，西方终被撬动。阴山继元朝之后又一次成为国家腹地，东西方交流通道的羁绊再度被释放。曾经的断墉残垒如今驼影如云，一座座远去的边塞起死回生，日渐繁荣，长城残垣之上驼队攘攘，如千帆劲

发，向着遥远的异域驶去……

之后，便有几十万峰骆驼加入了这支对外贸易的庞大军团。据说当时呼和浩特周围有骆驼二十五万峰，武川成了重要的骆驼休养地。

汉唐开辟的河西走廊在辽宋时期因为有西夏的阻隔渐渐没落，东西方几千年来的热络交流和商贸戛然而止。万里茶道的开通，让这条由蒙古草原连接的东西方新的贸易商道立刻焕发出前所未有的活力，产自中国南方的各种茶叶，叩开了西方人的大门，每年有数百万吨的茶叶被运到遥远的异国。

伟大的丝绸之路在被中断了近千年之后重新复活，武川在这条重要的中西方交流的通道上扮演着重要的角色。我们的祖先在那个时候都在驼道上奔波，武川作为驼道上的第一个驿站，见证了那一段历史上的繁荣。

武川县城的可可以力更本来是一个很小的浩特，后来变成拥有几十人的半农半牧的村庄。正是这样一个毫无生机的小地方，因驼道开通突然变得生机勃勃，养驼业、手工业、养殖业兴起，吸引了更多的走西口族群蜂拥而至。据资料显示，当时整个武川境内人口不过区区四千口，之后的三年人口增长了十几倍。

我一直认为武川是中国种植土豆最早的地区之一。当时武川地区十年九旱，老百姓把天灾称作“遭年限”，那时饿死的百姓殍尸遍野。因为万里茶道的开通，1675年左右土豆进入我国境内——土豆的种子是由驼队通过长途跋涉从俄罗斯引进的，而那个时候俄罗斯种植土豆的时间也不过几年。西班牙殖民者从拉丁美洲带回土豆种子，正值土豆在欧洲推广之际，我们便获得了这个宝贵的薯种。当然这一切应该归功于万里茶道的开通。

这就是贸易和交流的力量。

武川的寒冷气候和沙质土壤非常适宜土豆的生长，它在试种成功后迅速得到大面积推广。土豆的高产量使得那些整日饥肠辘辘的饿民的饮食结构发生了非常大的变化，多少代人粮食不足的这一困扰被一块洋薯纾解。

武川是驼道上重要的补给站，约四分之一的武川人从事和驼道相关的职业。武川辽阔的牧场成了山西商人和归化城商人最青睐的土地，那些大商号从蒙古族部落租赁或者买下大片的牧场养驼，这些牧场如雨后春笋般在县城的周边兴起。它们都以商号的名字命名，直到驼道衰落，牧场土地才被开垦为农田，那些从事农耕的人仍然沿用当年商号的称呼，因而形成了今天村庄的名字，比如大兴昌、福如东、万兴源、广益太、广丰德、振兴源等。

生于1887年的武川人王可升，武川人都尊称他为“八老财”。其祖父靠四峰骆驼起家创办了商号“义和堂”。这个小商号仅用十余年便创造了巨大的财富，在新疆和乌里雅苏台都设有分号，后又创办发展福如东、义和泉和三义堂等分号。鼎盛时期有骆驼一千峰，可谓日进斗金，买卖遍及归化、北京、包头、太原。其生意也不是单一的运输，包括粮油、畜产品、绸缎以及茶叶。除了自家千余峰骆驼，武川可镇其他大小驼户都被雇用，为武川的经济发展做出过重要贡献。因为有了万里茶道，武川出现了很多大商人。

因为驼道的没落和中断，武川在经济上重新陷于落后和封闭，繁荣的往昔渐渐湮没于烟尘。

今天，悉如三百年前机遇的大门又一次对武川敞开了。武川人应该用怎样的胸怀去迎接这个伟大的机遇的来临?

武川历来处在民族融合的前沿，伴随着贸易活动日盛，在明朝中期至民国初年四百余年的历史长河中，被称作“中国近代史上最著名的五次人口迁徙”的“走西口”，就是当时民间贸易的扮演者。无数内地人，主要是三晋地区的黎民百姓背井离乡，打通了中原腹地与蒙古草原的经济和文化通道，也形成了今天武川人口的族群结构。

作为万里茶道上的一个重要节点，武川是不折不扣的重要通衢，而且够

得上“万里茶道第一驿站”这个称呼。之前，江西上饶铅山县举办过一个万里茶道旅游联席会，武川派人员参加了这次会议。江西人知道武川，正是因为武川在万里茶道上扮演的重要角色。

“一带一路”建设正在呼唤沉睡中的万里茶道焕发新生，抖擞精神重续荣光，中蒙俄三国数十个城市将共同奏响一曲时代的强音乐，武川仍旧是一个重要的音符。

五、“大洋坛”的赊账本

1987年农历的五月初，这个季节算是农闲，所有的种子都在干旱的土地下艰难地发芽，在庄禾没出苗的日子里人们闲得发慌，这时他们得到了口头通知——去供销社结账。

太阳从不吝惜它的温暖，供销社的门口陆陆续续聚了一群人，站着的、蹲着的，他们抽着几天前从供销社栏柜买的青城牌香烟。烟雾缭绕中，他们的话题总也离不开供销社。

供销社解散在即，人们各怀心思，不少人怀揣趁火打劫的想法：有的想借机减免些欠账或干脆刁了公家，有的想三贫不择二五盘下一两件农机，还有的想半价买一台黑白电视机……

“供销社咋就说塌伙就塌伙了？”供销社的车倌亢恒怎么也想不明白，红塌半边天的供销社会以塌伙收场。

“花开就有花落时！”民办教师蔡锁锁给他总结了。

“现在做买卖的汽车三轮送货上门了，货又新鲜又便宜，来供销社买东西的比鬼也稀少，没买卖可做还叫甚供销社？”又一个人加入讨论。

“老子就信供销社，咋说也是公家的摊仗，至少不会有假货坑人。”

“就算真货，尽是没人稀罕的旧货，是刘二的夜壶——老得掉尿渣！白洋布春服呢，罐头前年就过了期，他卖红灯收音机，人家的电视满天飞。”郭二毛的话总是很刻薄。

“二毛，你又在嚼供销社的毛？就这尿渣，供着一道沟百姓几十年的烟火，大人娃娃谁离得开？”

供销社主任郝收，人们都叫他“郝一手”，他的出现立即吸引了众人的目光，嘈杂之音也停了。他用一只好手麻利地打开供销社锁门的铁链，厚重的木门刚开，一股熟悉的特有的味道夺门而出。

“上头说供销社完成了它的历史使命。上头来人监督清点货物，清理账户，把欠账落在供销社职工个人头上，既是工资，也是个人买断基金。一只羊一片草，供销社十大几个职工，二年没开支，眼下铁饭碗砸了，每个人分了一些没人要的囤货老货和外欠的账，这是他们买断工作的救命钱！飞起来的就要落下，今天就是要把欠账落实到人。”

“郝一手”开始念欠账人名单：“刘万林480元，郭黑小345元，张亮330元，郭全有920元，张栓栓1100元，成全430元……还有一笔最大的是‘大洋坛’老掌柜的，数额不念了，落在俺郝收名下。除了这老汉的，别人的账迟早必须还，这是俺供销社干了几十年挣下的家当，老婆娃娃都在等这些钱过光景哩！”

人们从“郝一手”的脸上读出的尽是英雄末路的凄凉，这个为人爽直的铁汉完全没了往日的快意。

“从今儿起，供销社不姓供了，大家找会计润梅核对欠账，看你欠的

账具体分在谁名下，咋还、啥时候还你们自己协商。将来另起炉灶，自主经营、自负盈亏都是自己的事。酱油不咸醋不酸，与咱供销社无相干！”

“‘大洋坛’老汉是欠债大头户，羊群跟着圪丁走，他怎么还我怎么还！”马上有人就露出了蹄蹄爪爪。“‘大洋坛’老汉能免了债，咱一勾半折也能免？”话音刚落，立即引来骂声一片：

“一张麻纸糊了个驴头——好大脸面，你那㞞样拿甚和老汉比？”

“‘大洋坛’老汉有吃刀子的嘴，怕你没拉刀子的屁股！”

人们七嘴八舌头，供销社赊欠账是再正常不过的事儿，每个人的欠账都不会太多，少的几十块，也有几百上千的，赊账的多是干部、乡医、个体户、卡车司机，都是些有头有脸的人物，人们手头活泛就自动去打饥荒，都算得信用程度高的人。

“大洋坛”赊账的历史有二三十年，如今他风烛残年，也没有个来钱的地方，却是赊账大户。货都是供销社主任亲自送到家的。对此，没人对老汉说三道四。有些人疯传老汉在某处埋了金条银圆。

“大洋坛”绝对不含褒义。这老汉如何得了这么一个外号，也不是三句两句能说清的，一个是因为他年轻时抽过洋烟，意思是肚子是装了洋烟的坛子；第二个是因为老汉出生于有钱人家，外表文雅整洁，像个玻璃洋坛，表面好看却干不得一点儿苦力，不过一件摆设。然而这个外号掩护了他爱国护乡的真实面貌，让敌人觉得他是个贪图享乐的花花公子，从而在敌人的刀下生存下来。乡人叫他“大洋坛”，他自觉得无半分不敬，人们便口无遮拦地叫着，渐渐忘了其真名真姓。

“大洋坛”本名叫杨坦，他是长子，为坦，其弟名为荡，其父本意是让他的儿子们如君子般坦荡荡。

杨家是山西代县杨延昭之后，是靠走驼道发家的。他们看中了大青山的土沃民淳，几代人渐渐置了几十顷土地、几百头大小牲畜，开了车马店、粉坊、油坊、缸坊，俨然方圆几十里的头号财东。到了杨坦这一代，内战、匪患、鼠疫，驼道中断，杨家势力渐弱，日本人的铁蹄踏入大青山时，乱世求生中的杨家人忠勇报国的铮铮铁骨渐渐显露，毁家纾难报效家国的行为也就持之有故了。

“大洋坛”路子多，都是他自个儿铺下的。从抗日战争时期起到新中国成立后，他鞍前马后为家乡做了不少好事。八路军一个重要干部被捕，他变卖了整群羊用两千大洋把人救出来；德胜沟被日本人烧得片瓦不存，是他找了民政厅的曹厅长为他们盖起了排子房；一社四十八村是他找了水利厅的郝厅长给通了电……

抗战年月，一个共产党的县长找到“大洋坛”，希望他利用关系给根据地购买急需的油盐酱醋、洋布马具，“大洋坛”没说半个不字。他年轻时丧妻，一个人将独子杨维忠拉扯到二十岁。明知有风险，他还是让儿子去冒险，这后生也是忠厚之人，赶着三套马车进城拉货，被伪蒙古军逮住，说是运输违禁用品，车马货物被没收了，人还关了监，银子花了不少，人赎了出来，却瘦得跟筷子一样，没挺到过年就死了。受此重击，“大洋坛”差一点儿成了“大洋瘫”。

大集体时，“大洋坛”是全公社唯一不参加劳动的人，只因当年多次被日军暴打，腰椎被皮鞋踏残，做不得苦力。但他却是个好记工员，毛笔字工整有力，算盘打得噼里啪啦！年终算账，井井有条，从不出差错。生产队离不了这样的人才，当记工员也算是他自食其力。

“大洋坛”是沟里的人物，他承担的永远是大营生。公社领导和供销社主任三天两头让他进城跑关系，搞采购。

那时候物资特别匮乏，木料、钢筋、水泥、柴油紧张自不必说，像自行车、手表、缝纫机是乡人娶媳妇用的三大件，也特别紧俏，很多人拿上钱没处买。老杨出马，一个顶仨。他的一些故友后来都做了厅长一级大官，老杨就勤往他们那儿跑，看着谁家的电灯亮就要给山里拉电；看着路上有拖拉机，他就弄回一台东方红55，供销社从此鸟枪换炮，拖拉机突突突冒着烟直接到城里拉货。“郝一手”引得别的供销社主任眼红，直说深山里头出能人，“郝一手”的小胳膊便嬲得甩在半空不往下落。

“郝一手”的半条胳膊是八岁时被进山“扫荡”的日本人从沟里搜寻出来，放狼狗生生给咬断的。“大洋坛”骑着驴进山联络上八路军军医，才把血快失尽的他救下，虽然失了条胳膊，却留了条性命。于公于私，“大洋坛”都是他的贵人、恩人。

“大洋坛”痴迷听山西梆子，尤其是精忠报国的戏，红灯牌的收音机换了好几茬。有一回“郝一手”进货时看到有留声机，说了些好话才弄了一台，顺便搞了不少丁果仙、康翠玲的唱片。到了后来，供销社的领导干脆给老汉弄回一台天鹅牌的十二英寸黑白电视机，老汉成了村里第一个有电视的人，冷清的家里竟然招来了年轻人看电视，他在炕上打着呼噜，年轻人则津津有味地看着《唐伯虎点秋香》。

毕竟是少爷出身，“大洋坛”有一些生活格调和追求不同于山民们，云南水烟丝和“川”字牌砖茶是他的重要消耗品。大青山的烟民喜好抽“羊腿”，这是用周正的大羯羊的腿骨制作的烟具，和抽旱烟纸烟的随性不同，瘾君子们把吸烟弄得很讲究。选用烟丝必是云贵产的水烟丝，其丝质纤细柔软，口味绵和。吸前要净手，将水烟丝用手轻轻揉成花椒粒大小的烟团置于烟锅内，用火最好莫过于粗香火。吸烟的姿势尽可能放松，或倒，或卧，这是吸羊腿被叫作“一口香”的缘故。只听到“哧哧”作响，吞毕则吐，一气呵成，吐前以丹田之气“噗”的一声将烟烬吹出，轻轻就于掌心，掌心竟暖暖的，却不觉烫。吞云吐雾间，大搪瓷缸子沏好了浓酽的砖茶，吸入一口烟后，再嘎咕一声跟进一大口酽茶，美其名“水推云”，这算得上神仙日子了。

砖茶和烟丝都算紧俏物品，但“大洋坛”从来没受过限制。打小耍大的那一茬子人都喜欢来“大洋坛”家蹭烟蹭茶。火炕上铺着席子，几十年的竹席子纵横着的篾片泛着明光，还有当年游击队队员们的卧痕。

烟足茶饱后，老哥儿们便开始唱一种叫揪烂席片的民曲，“大洋坛”拉着丝弦助兴：

烂梁马备鞍子，

大青山上拿湾子！

三天吃了一顿炒块垒，

不怕鬼子兵后面追！

白道梁呀井眼梁，

大马长枪里头藏。

…………

供销社的烟丝和砖茶催生出的唱词里尽是战争年代的艰苦和浪漫的英雄主义。“大洋坛”家总是一片欢歌笑语。

“大洋坛”家有一副象棋，棋砣子一把手紧抓，摔起来铿锵有力，是抗战时期潘木匠花几个月工夫以山榆为游击队雕琢而成的，“大洋坛”很珍惜，这是他从游击队营地拿回来的。老汉的棋艺不高，很上火，甩棋砣的声

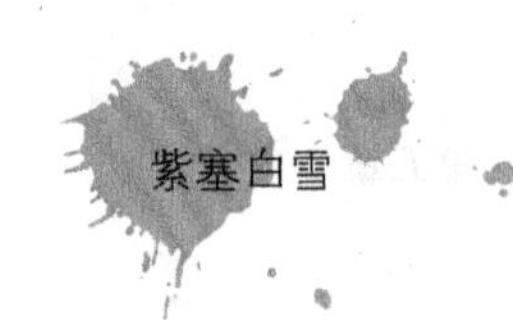

音从大门外就听得见。

“大洋坛”饭量不大，也极少大荤大油，平日里莜面山药，饭却做得精细：鱼鱼搓得纤细绵长，窝窝卷得均匀细致，用小胳膊抹包渣，面被抹作六七寸的片状，轻松卷起对折，放在笼里像小唐王点兵列阵……老汉也腌菜、打毛线、打补丁，比一般人家会过光景的老婆不差分毫，一双解放牌胶鞋穿了好几年。

“大洋坛”不贪心，供销社主任送上门的罐头、酒品、肉蛋他一概不要，不是不想享用，他觉得受之有愧，怕人说他摆功，怕人说他腐化。

“为了革命，老人家散尽家产，搭上了独苗儿子，甚至把寿材也给牺牲的烈士用了，我们决不能忘了他的功劳。他的赊账都是送货上门，一开始就没打算和他要账，现在他卧炕不起，谁能脚蹬炕沿和他要账？职工们都同意平摊减了他的欠账，我郝收一个人揽了，三几千虽不是个小数目，我把他当老子孝敬了。这账当然也一笔勾销！咱库房里一具棺材，是我们众人为他定制的。”

郝一手拿出“大洋坛”的欠账本，本子边缘打着卷，颜色呈草纸黄。“郝一手”见有人点烟，顺势点着了，不紧不慢地把着火的账本塞进屋中央的火炉子里，久已冷清的炉膛顿时热烈了起来，火苗像一条贪婪的长舌舐出炉外。

欠着账的人们的心中被点燃，通亮通亮，所有想占便宜的念头也付之一炬。

三毛嘴里嘀咕着：“这供销社虽说是塌伙了，但也终归是个有情有义的地方！”

三个月后，杨坦病故，还是用了供销社给他的一具棺木安葬的。他临死前还念叨他在供销社的欠账。

第六章　苍烟篇

一、黑河如鉴

黑河是一面镜子，一照千年万年，照出了一段烽烟四起的历史，照出了一幕时和岁丰的盛景，也照出了一张海晏河清的宏图。

黑河，这条在污泥浊水中遗失了许久的河流终于昏镜重明。她宛如刚出浴的姑娘光彩四射，带着她山温水软的青韵，让一座弥漫着汉仪魏风的塞上古域愈加引人骋怀游目。波涛声仿佛在呼唤曾经的河居生灵归来，浪恬波静中掀起一场血脉延绵的奔腾。

黑河上游分二，大窑在其左，孕育数十万载阴山文明；白道出其右，基肇三百余年隋唐盛世；萦带敕勒大地，阴山之下，天野一色，穹庐之乡，长

歌如水。山川灵秀之气，人物豪壮之风。浩浩朔风漠尘，荡荡黑水金河。阴山合黄河之力拥抱这方厚土，举起这座边城。

大黑河、小黑河、扎达盖河如同马头琴的琴弦，拨动着这座历史文化名城。每一条河流如舞动的彩练，让青城如此千娇百媚。穿城而过的河流逶迤如带，终在黄河北岸打了个结，仿佛系一个礼盒般萦绕着神秘的青城。

逐水而居，无数生命向往着拥抱一条河，而我们幸运地生长在母亲河的怀抱中。黑河！是附在一座塞外古都身上的烙印；黑河！是哺育一座文化名城甘美的乳汁；黑河！是来自蒙古高原万古不息的脉动……

沿河而居是我一生的梦想。如今我终于住在黑河畔，听惯了水鸟啁啾成韵，看惯了柳枝依风轻摇。晨曦中，斜阳里，沿河漫步轻跑的人们的身上都洋溢着生命的快感。或许，每个人都在追逐他们的恋河情结。

这一切源于我的一次路过。当时正值早春，一条河新亮如镜般划城而过，景观河两侧的银河路上车流如蚁，绿化带上春绿新新，一些不知名的花儿在微风的吹拂下争奇斗艳，粉色的、红色的、淡黄色的，也有雪压枝头般白色的，像涂染的颜料板一样色彩缤纷。

我甚至三次掉转车头不忍离去，置身于河桥，只为这一抹江南般水景。那时候我尚不知道这一处风景是大黑河治理工程所创造的惊艳之作。

我不敢相信我生活的城市的河流如此美丽，我是那样地迷恋她、亲近她。这之后，我在黑河景观带附近买下了一套房子。我很爱听售楼部人员用风水宜人、傍水而居、闹中取静、人在画中、美不胜收这样的词汇来形容我居住的小区。

从此，我可以漫步在黑河岸边的景观带，河岸两侧风光旖旎，远远望去，水面白云入镜，近岸处碧荷出红莲。晚上，曾经那一轮金河秋月斜斜地悬在天边，温柔地注视着青城和她的河。河桥上五彩斑斓的灯光与岸边的路灯投射下来，河面上微微地跳跃着诱人的光芒。被河流拥着的城市在幽幽的苍穹下静静地享受风拂雨沐，波澜不惊的流水传递着清新自由的空气，所有的灵魂与这条无拘无束的河流一同荡漾。

岳父第一次来到我的新居，他站在阳台上，望着楼下的景观河，问我这是什么河。我告诉他这是小黑河，是大黑河支系。他满脸惊讶，仿佛正在咀嚼我的话语。我还记得他讲过儿时两次差点儿被黑河吞噬的故事。

1936年初春，岳父一家老小从山西左云老家鹅行鸭步了六天后终于看到了烟锁雾罩的青城，但他们追逐的这片土地并不是温暖的热炕头，横在他倦面前的是冰封的大黑河。当他们迈着小碎步涉过宽阔的冰面时，那头战战兢兢的驴突然失蹄，当时坐在驴背上的六岁的岳父猛地被甩入一孔冰口，他的父亲飞速冲向下游的另一个冰口，才把他冰冷小巧的身体捞了上来。

谁知八年之后的初夏，岳父南渡回老家时，再陷大黑河渡，等待他的不再是无情的冰窟，而是平静河面下的漩涡，少年之躯瞬间被吞没在水底。但大黑河对他是宽容的，在下游河面变宽时，岳父的身体被河水推向岸边，他抓住了岸边的马莲根须，捡回了性命。

从那时起，岳父对大黑河充满了敬畏。几年后他长成一个一米八的壮汉，着一身戎装跨过那条有名的鸭绿江，投身于抗美援朝的战场。伴着纷飞的炮弹，在无数战士的呐喊声中踏过无数条冰河之后，他对大黑河所有的恐惧消失了。

岳父说想去看大黑河渡，他说："走西口的人都要从那个渡口过河，那里有人背你过河，娃儿五毛，大人一块。"我不知道他口中当年的大黑河渡所在何处，便问了一个研究大黑河历史的朋友，他说当年的渡口应该在大黑河与回回村之间，正是今天的大黑河大桥。朋友还顺口说了句当地的民谣："黑河深不深，水下尽是坑。"

大黑河桥拔地倚天，势若彩虹，八百米桥面凝结着多少代青城人天堑变通途的梦想。

岳父板直着他那老军人的身姿伫立在大黑河桥中段，凝视远去的河流，两岸边是浑圆的裸石和无边的花红柳绿。老人久久无言，显然他的思绪追随着安澜如镜的河面，心潮起伏，我听到他自言自语：“大黑河怎么会这样安静而美丽？”

一座城市源于一条河，一条河源自一座山。阴山自古为天然猎囿，虎豹出没，麋鹿成群，植被遮天，珍草奇木覆盖着这座神奇的山脉，它集大青山千沟万壑的流泉塞溪汇成汹涌的大黑河，五百里征程直奔黄河。赐予大黑河力量的阴山，是这座历史文化名城得以活力无限的源头，也是大黑河流域辽阔土地生机盎然的原因所在。

大黑河是一条充满灵性的河，它像一抹翰墨装点着敕勒大地，河网如织，钟灵毓秀。它那千年万载流淌的波涛里夹带着多少厚重的历史积淀，有多少朵浪花，就有多少个英雄的传奇。

赵国人的战车在努力挣脱大黑河的泥泞时，胡马踏着河中飞溅的浪花，矫健的背影在夕照下遁入阴山。

金河之畔，一方千年不颓的青冢，一位令男儿愧色的女子，一曲悲染归雁的琵琶，一幅和平美景，一场铺毡百里、宰羊万只、酒香盈川的盛宴。

云中太守，陇西飞将，一副射穿虎石的雕弓，一颗不折不挠的虎胆，一句“不教胡马度阴山”的豪诺，挺起了一道英雄的脊梁。

一千六百年前，地理学家郦道元把当时称作芒干水的大黑河记录于著名的《水经注》中：“芒干水又西南，径云中城北，白道中溪水注之，水发源武川北塞中，其水南流，径武川镇城……其水又西南历中溪，出山西南流，于云中城北，南注芒干水。”“芒干水又西南径白道南谷口，有城在右，萦带长城，背山面泽，谓之白道城……”云中、武川镇、白道城……曾经是北魏文化的根本之地，是与大黑河流域紧紧相扣的，朔漠藩屏、北镇锁钥见证了这片土地的历史功勋，黑河南岸举起一座陋小的都城——盛乐城。

宇文泰和独孤信一众“射雕青冢北，走马黑山西”，他们驾驭着大黑河奔流不息的灵动，挟着阴山的劲风一鼓作气，豪图霸业，成千古美谈。

当喝着大黑河水长大的敕勒人斛律金在异乡的土地上满怀深情地怀念故乡时，这个目不识丁的武将硬是用真情凝成千古绝唱：“敕勒川，阴山下，天似穹庐，笼盖四野。天苍苍，野茫茫，风吹草低见牛羊。”

一千六百年的斗转星移，大黑河的水从来没有停止过流淌，敕勒川这幅被定格了的画卷颜色如新，成为人们神往的梦境。

唐人柳中庸笔下的金河却是另一番景象：“岁岁金河复玉关，朝朝马策与刀环。三春白雪归青冢，万里黄河绕黑山。”他用白、青、黄、黑四种色调勾勒出一座山、一条河的悲凉肃杀。枕戈待旦的人们在“紫塞门孤，金河月冷”中企盼古来征战的鼙鼓声远去。

金河会盟的千人大帐在大黑河岸边拔地而起，隋炀帝在惊呼声中威武凛然，挥斥方遒，惊服突厥，靖安北陲。

当胆略过人的阿勒坦汗用马鞭指向被他称作伊图尔根河畔的青岚雾笼之地，一座名为库库和屯的黛青草原之城应时而生。三娘子的芳名让这座城充满了大黑河般的柔意。

康熙征鞍未歇，渴马刨泉，扎达盖河畔玉泉喷涌，一时旌旗如云，万夫呐喊，四方服膺。

晋商驼队鱼贯雁行踏破大黑河的波涛，当驼城被清脆的驼铃敲醒时，大黑河畔被朝阳沐浴过的土地升腾出无限的生命朝气。

黑河水洗涤着走西口拖儿带女纷至沓来的征尘，他们停下脚步，在肥沃

的敕勒川播种明天。“红妆一队阴山下，乱点酡酥醉朔野”，民族融合的大潮早已把黄土夯就的长城冲得支离破碎……

阴山把敕勒川揽在她温柔的臂弯里，大黑河用她的乳汁慷慨地滋养着这片大地。她秉纲目张，把那些有名的和无名的河流交织成一张生机勃勃的生命之网，草原文明和农耕文明构成了大黑河流域风情万种的历史画卷。中华民族在被大黑河润泽过的土地上，追逐着丰衣足食的梦想。

马踏冰河，穹乡射雁，醉卧毡帐，纵歌牧野，风吹草低，曾是这片土地的本色。当敕勒川成为无边的农田后，大黑河被牵引灌溉着这片土地；当这座边城向远方伸展时，侵蚀着清澈平静的河面，母亲河养护着这方土地上的儿女。

有一天她容颜尽失，被污染的河流如同形销骨立的老妪蜷缩在肮脏的河道，令人痛心。河岸上红柳摇曳的身姿早已被喧嚣的车流吞没，清澈的河水中游来荡去的鱼儿被污泥浊水湮灭，古老的河道在无数个烟囱的吐烟中迷失。一同迷失的，还有那座黛青之城。

没有河流的城市，是失去灵魂的城市。人们沿着这条恶臭瘦弱的河流想要寻回她清波激扬的容姿，就像北飞的归鸿在召唤那片明朗的天空。

青城人正努力唤回曾经的青山绿水，像抚爱母亲般修复大黑河故道的新创旧痂，大小黑河流域的伤痛正一尺一寸被抚平。在这座城市的深情呼唤下，鱼绝鸟去、污水横流的大黑河又现碧波荡漾的旖旎风光。但曾经狂野壮美的大黑河永远不会再有奔腾的巨浪和“大如门扇的鱼”涌现。

整治后的大黑河经过人工装扮，河岸两侧的奇花异草大红大紫，自然生长的各色花卉夹杂在一片翠绿里争头露脸，红的、黄的、紫的、白的，星星点点生出些野趣。曾经被人类撕裂的河床正被一汪清水抚慰着，满河的湛蓝与天空一色，让人暂时忘却了大黑河曾经历的伤痛和苦难。这座城市给了大黑河舒展而畅达的河道，浪花伴着她舞蹈，轻捷而活泼。她在水泥建造的高楼廊桥间小鸟依人般穿行，婉风流转，婀娜依人。

虽然我认为，那条充满野性的大狂暴的大黑河才是最美的，但它已流出了历史，不能再返回，而人们心中一以贯之的青山绿水梦还在，还有它前世今生的华丽和豪迈，牵动着人心。

向南！向南！放歌阴山豪情逐穹野，纵情黄河襟怀纳川流，大黑河的豪迈从未消失。这是她奔腾不息的使命，也是大黑河给黄河母亲最热烈的欢歌。

向南！向南！草原青色之城建设的脉络正在沿着大黑河的流向把一幅宏图铺开，大黑河之滨涌起的大潮汹涌澎湃，弄潮儿唱响了新的敕勒歌。大黑河奔向黄河的一路征途，焕发出新奇的生命力量，创造出一座伟大的城市。

二、老榆不死

世居草原的人一生迁徙，在延亘的阴山北草原难得见一棵大树，偶尔一见必是干粗叶盛的老榆，蒙古族把这些古榆称作“甘其毛道”。据说这些古榆是秦汉时在边关长城种下的榆树的子孙们。

边塞植榆是人类最具智慧的一次生态战略布局。榆树的生长和传宗接代是不挑环境的，抛一枚榆钱于土，任尔冷雪狂风，不求浇水剪枝，数年后拔地而起，渐成大树，谁奈我何？岁岁年年，它在尘土飞扬中完成了滋生后代的任务。

一棵大榆就是一个补给站，多少年后，边关人收获了前辈战友播下的果实——榆木修补战车，干枝围作藩篱，榆叶充作军粮马料，榆皮制成缰绳，据说榆的内皮是一剂上好的金创药。

北方草原叫甘其毛都的地方很多，甘其毛都是蒙古语，意为一棵大树。这些树无一例外都是古榆，大多外强中干，足见树龄久远。但它们体内的秦骨汉风不曾被漠尘朔风涤荡。它们的根须在土下仍旧生机勃勃，让我们看到了古榆强大的生命力量。

从一棵古榆的年轮里，我们可以看得见民族前进的步幅。

大热天，大青山地区天阔地远，荒原上难得有蔽日的荫凉。而那棵老榆招摇的影子却从十里头上就看得到，它像灯塔一样伫立在朔风里。近到跟前看，那主干足够五六个汉子牵手环抱。看上去皮皱皲裂，却枝繁叶茂，但从一根横长的树干断枝处可以清楚地看到中央空空如一只破鼓。它的躯干丢失了年轮，沧桑年迈的树皮载满生命的传奇。

村子叫榆树店，村里人紧傍着大树开了一家家车马大店——显然是先有榆后有村的。村里一辈赶着一辈算计建村的时间至少也有两百余年了，那古榆的年龄更为久远，一位林业专家认为，它至少也有四百岁了，为此被认定为受保护的古树木，砌了直径丈五的树墙，挂了“中国古树”的保护标志。

据传，清朝灭亡那年的一个雨夜，一声雷、一团火光，天明只见一大枝树干被劈落在地，留在树上的半截像一只黑洞洞的大炮深不见底，黑黢黢的“炮口”余烟袅袅。古榆遭此大难，人们以为它必死无疑，看它一张树皮撑着，大风一刮定会轰然倒下。谁知道几十年过去，它仍然活得儿孙满堂，全不显老朽，空枯的树干立于天地间，远看却也郁郁葱葱。

后山民间有顺口溜：“空榆扭桦青心杨，木匠见了心发凉。”当地长成的林木多难堪大用，剪板做梁皆不成材，就是烧火也不旺。老榆用残枝腐体撑起老命一条，起房盖屋木材紧张时，却没人打它的主意，真的是“嗟尔臃肿材，大匠已见遗”。很难说清是福是祸。

大青山初绿时，老榆不忘传宗接代的使命，拼着老命努力举出一嘟噜一嘟噜的榆钱。榆钱刚刚成形，娃娃们便猴子一般蹿上树枝。捋一串榆钱放嘴里，甜脆爽口，不待嚼碎就吞咽了，一口接一口，嘴角舌头染得翠绿，吃美了再捋一些揣到裤衩里慢慢享用。

老榆年年都给沟里人的生活带来一场盛宴：当地莜面、山药蛋成为榆钱的绝配，要么成就一顿半夜的饭食，要么蒸成一锅好吃的榆钱丸丸。

出生忻州的元好问一千年前就吃过榆钱饭，他在《食榆荚》中将吃榆钱饭的场景写得让人似曾相识：“露葵滑寒羊蕨膻，春榆作荚绝可怜。榆令人瞑何暇计，田舍年例须浓煎……”大青山今天的人口中大多曾是元好问的乡党。

想必这“羊蕨”类似蒸榆钱丸丸，那时候家家缺米少面，野生的但凡能填肚子的东西人都掐着手指算节令，逢时必取。榆钱却算得上上品，把淘净的榆钱拌以莜面裹匀，拌入山药丝，加盐后手握成丸状，置笼屉中以大火蒸。当莜面伴着榆钱的香味冲破笼盖，圆实晶莹、透着翠绿的丸丸令人垂涎，蘸着葱花、野韭、咸盐、芫荽、辣椒和家酿醋的汤料……顿时，榆钱的嬗变又在一刹那由永恒转入瞬间：“榆荚散来星斗转，桂花寻去月轮移。”

榆钱，曾是娃娃们梦寐中的佳肴。

娃娃们长成了老汉，新生的娃娃像春生的榆钱一茬又一茬，老榆不动声色地伫立着，为爬上爬下的娃娃供着同样味道的嫩榆钱。

民国七年，口里开外饥荒，大青山一带三年大旱，土地褪去了被生命包裹的外套，凄风中只有枯枝在发抖，殍尸如飘落的残叶。人们掘地三尺找吃的，榆树在劫难逃，成了饿口觊觎之物，先捋榆钱，再摘榆叶，光秃秃后，

人们又把目光瞄向它的外皮，几乎一夜间它粗糙皲裂的树皮被剥了个精光，赤裸裸白花花的身子任风吹日晒。那榆树皮被入锅熬了榆皮粥，粥有点儿糊嘴，味道也算不得可口，但可以满足肚子的需要。

人活脸面树活皮，这老榆怕是毁了！

有人喝了榆皮粥，良心有点儿疼。

但它没有死！

春时，老榆用遮天盖地的绿色昭示它生命的顽强，没有人记得它啥时候又长出了外皮，新树皮渐渐修复了曾经的疮痍，却也遮盖了人们的记忆，湮灭了老榆树对沟里人存有的大恩大德。老榆却不计较欺害它的人类，年复一年地默默奉献果实，依然“春风吹榆林，乱荚飞作堆”。生命的种子任由风卷着浪迹四方，找个沟坎落地生根，一道山沟里榆子榆孙摇曳生姿，完全是它幼时的模样。

抗日战争时期，日本兵追杀一个身负枪伤的游击队员，追到村里就没了踪影，日本人满村子搜寻，只在村外看到了那匹快要累死的马正在喘息。日本兵怀疑这个游击队员藏在大树里，便照着树放了一顿乱枪，老鸦惊叫着逃离，树叶悠悠落下，大树却岿然如旧。

日本人知道他们搜寻的敌人负了枪伤，观察树干时却没有发现一滴血迹，用枪逼两个伪军上树察看，树洞黑咕隆咚，冷风习习，看着也藏不下一个大汉，便排除了老榆窝藏的嫌疑，转移别处。人没找到就拿老百姓撒气，抢了一些牲口扬长而去。待日本人走远了，那个游击队员抱着受伤的胳膊从树上神仙一般走了下来，脸上挂着笑，像玩了一场捉迷藏的儿戏。他说自己人困马乏，在树上睡了一觉，还夸这老榆像家里的热炕一样舒坦。

离开前，游击队员围着老榆转了十几圈，他已经想不起来自己是如何上到这棵大树上的。后来他当了领导，在回忆录中讲述脱险经历：“……马子跑到树下突然停下蹄子，鞭打也不动，我好像是被一只手一把拉上树的。”

于是，老榆被赋予了种种神秘力量，人们把太上老君、关云长、狐大仙牛马风一通扯入，流出了好几个版本的故事。

人们认定它是神树，便有人炒作它，树枝上挂满了红红绿绿的布条，老榆被装扮得隆重而神秘。百里千里的外来游客络绎不绝地前来许愿，在树周摆满贡品，临走拣些枝叶、树皮当药，说能消灾化疾。

那时村子人多，有学校、供销社，加上过往的住店客，村里的人间烟火味极重。男女老幼大都乐意围着古榆小憩。鹤发老者怀抱小孙，干瘪的老嘴吸着烟袋锅，喋喋不休地讲述山西老家的传说、走西口的艰辛、大青山的八路军和头顶上的这棵老榆……劳作后的汉子们，带着满身的热汗靠着古榆粗糙坚厚的躯干，微微合目，狠抽自卷的“大炮”，分外惬意；那些饶舌的婆娘们，则在树荫下团团坐定，飞针走线，时而窃窃私语，时而开怀畅笑，荤素无忌。

娃娃们攀树成了大忌，看到顽皮的娃娃爬上树杈，村中男女会立刻大呼小叫，仿佛孙猴子偷桃犯了天条，受一顿皮肉之苦是必然的。

榆树带来好风水，或者好水土养壮了榆树。庙沟的莜面碌碡湾的糕，榆树店的闺女不用挑——中国最好的莜面就产在这道沟里，揭笼香沁十里，黄米糕精到能扯下偷吃的狗牙，姑娘水色好，一个个润玉无瑕，柳娇花媚。这民谣如今山前山后无人不晓，也令榆树店这个小村声名远播，成了令人向往之地。

春节时，外出务工的村里人回来过年，城里禁放烟花爆竹，村里可劲放，谁知炮掌子崩到树洞里，夜里的风在风道一般的树干里呼呼作响，立马鼓起一条火龙，火烧了半夜，村里人取水来救，也只是隔靴搔痒。消防队扑灭余火，林业公安调查，都无法挽回一棵四百年古榆的消亡。

毁了！几百年的大树就这样毁啦？

痛惜了没多久，人们渐渐不再提及这棵老榆了，因为它死了。

“病树前头万木春”，第二年春天，所有新生命抖落掉身上的腐叶残雪，抻胳膊踢腿，一道沟一夜被染绿，有人惊呼：“大榆活了！大榆活了！”只见一枝枝树枝从烧火棍一样的树干伸出，在春风里招展，枝条充满生命的动感，就像和人打招呼的手臂，不禁让人赞叹生命是如此坚韧不拔。它竟浴火重生了！

不久，老榆用新枝为人们举出新榆钱。榆钱更加丰繁，味道清新甜脆，城里人赶回来品榆钱丸丸，不禁想起欧阳修：“杯盘饧粥春风冷，池馆榆钱夜雨新。”是啊，一棵大树给这里的山沟和这里的人们多少段新奇的岁月、多少个夜幕下的庇佑？它的怀抱还能温暖我们多久？但我们不要指望下一次灾难过后，这棵古榆仍然可以劫后重生。

“道旁榆荚青似钱，摘来沽酒君肯否？”年轮更迭，春生秋杀，人情冷暖，都藏在古榆的空腹中。

三、“山药蛋”播迁史

每个人都应该有自己钟情的季节。我更加喜欢朔漠的晚秋，大地收起艳装，把苍莽展现给天空，归鸿延绵的队伍坚定地向着遥远的归程。秋天仁慈悲悯的太阳光，把深藏的温暖留给了大地。四野开阔，大地敞开本色，敛声静气地孕育希望，远山逶迤，莜麦已经挂铃，小麦泛出杏黄色，油菜籽一夜收起金黄，“山药蛋”在地下悠然自得，地上却花开不败，盎然着它的美丽，在山裸水瘦的大青山后坚守着葱茏时光。

不久后的一个早晨，突然觉得北风凛冽，驱车路过乡间，大青山迎来了令人陶醉的收获季节，先割地上的莜麦，后起土下的山药蛋。

从尚有余温的沙土中刨出的山药蛋，像藏在宝库里的金娃娃，一个又一个蹦了出来，一苗一窝，你永远猜不出它们究竟有多少，那种收获的惊奇总是叫人意犹未尽。

山药蛋浑圆、朴实，憨憨的，令人心生爱怜。武川人把山药蛋放在锅里煮着吃，出锅时早已绽出花朵，瓤子不用牙口便知绵沙。大青山出产莜面，两种食品可谓珠联璧合，外地人都觉得武川人天生好口福。

山药蛋是被西班牙海盗从遥远的安第斯高原劫掠到欧洲的，起初它并不是凭借自己美味的果实而受青睐，而是作为一种奇花异草被人们观赏。当它走进俄罗斯凯瑟琳的私人公园的时候，那里寒冷的气候让它有了故乡舒适的感觉，当沉甸甸的茎块送入口中，美妙的味道立刻征服了俄罗斯人强大的胃口。正在发生粮荒的俄罗斯拥抱了上天赐予的礼物，彼得大帝咽下一块土豆烧牛肉后，来不及擦掉粘在胡须上的土豆泥，立即发布了种植法令，土豆便在俄罗斯广袤的土地上开启了新的征程。

这个家伙在欧洲流浪了一圈，名称换了几茬，意大利人叫它“地豆”，法国人叫它“地苹果”，德国人叫它“地梨”，美国人叫它“爱尔兰豆薯”，俄国人叫它“荷兰薯”……大青山人却叫得踏实，叫得亲切，“山药蛋”的蛋让人浮想联翩：宝贝圪蛋、亲圪蛋……

三年后，著名的万里茶道开通，这条国际商贸大道创造着神奇。精明的晋商把敏锐的目光投向这粒神奇的种子，不假思索地把它放在驼背上，于是土豆开启了它新的征程。北风把归程的驼铃声沿着万里茶道送来，历史总是

会把重大的机遇送给那些准备接受它的双手，一个叫广丰德商号的老板购得几口袋土豆，千里迢迢驮回了国域。

当土豆来到蒙古高原南缘的大青山时，那里正在放垦土地，刚刚被犁铧戳破的亘古草原成为丰饶的耕地，大青山敞开怀抱接纳了这枚新奇的种子。山药蛋被切成数块，茎块上眼睛一样的凹点绽出生命的嫩芽。嫩芽在这片净土下孕育着神奇，一季之后闪动黄金般色泽的浑圆茎块绽放出惊艳，人们惊叹这种植物和大青山沙原美妙的结缘。

初次收获这种神奇食物的大青山人，立刻满足了他们的口腹。大喜过望之后，他们坚信这是大自然赐给他们活命的礼物，他们也坚信以后就会国无捐瘠了。

当时全国陷入灾荒，山药蛋刚到来便迅速得到推广，它像一只忠实的母鸡抱窝产蛋，人们从泥土里攫取着生命的能量。这个外来物种无声无息地拯救了无数生灵，大青山人感恩之心无以言表，叫它救命蛋。

山药蛋在这无霜期极短的寒冷之地疯长着，一颗种子种下，拳头大的后代结帮成伙地几乎绽出地表。一条驼道把武川这个小地方传扬成天堂，引得三晋人无不艳羡，于是走西口的人蜂拥而至，只为追逐可以填饱肚子的山药蛋。

沙性土地成为地下山药蛋的天堂，它们喜欢白天的日照和夜晚的凉快，朔风从沙土的缝隙里穿过，疏松的土地让它们浑圆的身体惬意地膨胀，在历经漫长的大海漂泊、欧洲土地上由南向北的播迁、蒙古高原驼背上的颠簸后，大青山让它们仿佛找回如同故乡般惬意舒展的日子……

大青山的冬季寒冷入骨，尽管地冻六尺，人们还是给它找到了过冬的地宫，挖掘一口高丈八的竖井，再平行掘进旁窑，土豆就可以在温暖潮湿的地下安顺过冬。当大地抖落冬天的尘土雪渣，百灵鸟唱响在蓝天，土豆从深藏的地下爬了出来，深深地吸了一口自由的空气，它传宗接代的日子已经来临。

大青山北原的阳光渐渐明丽起来，土地蒸腾着微微的岚雾。开阔的沙原举出一片绿叶，敛声静气，田地青青，寒山微翠。景象有点儿似暮春，又像初秋，让人看不够。直到有一天典雅的土豆花在广袤的大地上绽放开来，如同静静沉思的少妇，显得贵气而凝重。

山药开花结圪蛋，

头一回吃了顿饱肚肚饭。

二岁岁马驹儿跑得欢，

满坡坡山药蛋是咱金饭碗。

这是民间流传的大青山民歌爬山调中的一句唱词，从此山药蛋被称为救命蛋，这个替代土豆的名词，在大青山叫了两百年，从未更改。民间有一首爬山调《割莜麦》唱到了中央电视台：

哥哥在那高山顶上，

羊肚手巾头上罩，

二猫猫腰腰，

挽起袖袖，

手拿上镰刀，

嘶喽喽嘶喽喽割莜麦。

小妹妹在那山里洼里沟里岔里，

白胳膊膊银手镯镯，

挎上篮篮，

手拿上铲铲，

圪丢圪丢撇山药。

…………

“圪丢圪丢”是武川方言，形容多到捡不过来。秋收时节武川人的幸福不言而喻，山药蛋成了爱情的象征物，黄灿灿地闪耀在农田里。愉悦的心情催生出男男女女的情事来，人们开始在山上梁上、沟里岔里调情对唱。

武川地界盛产的另一种农作物同样名扬天下，那就是莜麦。莜面和山药蛋真可谓天作之合。

好东西谁也不能贬低，土豆在中国种了几百年，从广西云南到西北、东北，内蒙古武川山药蛋的名气始终不衰，终于有一天它扬眉吐气，成了北京奥运会运动员的指定食用产品。

一个笑话流传已久，武川一个县领导在农业工作会议上讲到武川有三件宝：山药、土豆、马铃薯。我直想给他拍巴掌——领导幽默到了极致，集三称于一物，又一物分作三宝，强调了山药蛋是武川人心中的宝中之宝，真的很妙！

四、“羊腿”抽出“一口香”

这个标题挺别扭，羊腿可以烤，也可以炖，如果去抽一定让人觉得不可思议。我说的“羊腿”不是你想的肥嫩的羊腿肉，“一口香”也不是羊腿肉吃到嘴里的“一口香”。

羊腿是民俗馆里的常见之物，确切地说，它是一件烟具，是用羊小腿骨两端各加一烟嘴、烟锅制成的。

使用这种烟具的烟民遍及晋、冀、陕、甘、宁和内蒙古。我曾在山西朔州见到过一款异曲同工的狗腿，只是短小，色青灰，毫无古雅之气；还在河北阳原的一个古玩市场见到过用鹰翅膀骨制作的烟具，他们叫它鹰膀，物与名都不上道，折雄鹰翅而烟具，既不人道也不合法。何况，这些骨器全无美感，俗不可耐。

烟草在明代进入中国立刻被烟民敞开怀抱所接纳，后来崇祯皇帝认为其祸国殃民而法令天下禁烟，然愈禁愈烈，百姓对这一口不忍放弃，反而催生了各种吸烟工具。烟具文化的艺术魅力、美学价值和鉴赏价值形成了烟具五彩斑斓的艺术语言。

其中，鼻烟壶可谓艺术家和匠人登峰造极的一次创举。作为一种绝妙的手工艺品，它浓缩了千百年来器物造型艺术的所有艺术精神，并最终成为王公贵族的把玩之物，以鼻吸食也显变态，而不为烟民待见。平民化的旱烟杆遍及天下，多为竹木所制，细长的杆子打通关节后，两端分别安上烟嘴和烟

锅，即成一吸烟用具，因烟杆的形状而得名。吸烟者往往将旱烟杆当成把玩之物，烟杆不仅在材质上有金银玉器之分，造型也典雅生动。捏一撮烟叶，无论优劣，鼻孔中两股烟冲出，吸相贪婪难看。南方人的水烟袋让人印象深刻，取竹一节，注水一瓢，九曲回肠，吸烟的人用丹田之气，打通水和烟雾间的阻隔，呼噜噜的声音放大了吸烟者的快意。悠闲的日子在烟雾缭绕中慢慢地流逝，却无生命的生动与活力……

直到有一天，甘肃的一个同行告诉我，羊腿烟袋被列入他们陇南的非物质文化遗产名录。他们那里的一个小镇制作和贩卖各种形制的羊腿，先把羊腿骨两端削磨至与腿干一致，再以银或铜皮包饰，然后刻以各种纹式，中段骨表如玉，相得益彰。原本古朴原始的物件顿时华贵夺目，和甘肃产的兰州水烟是天然的绝配。这让我觉得自己是那样的孤陋寡闻，没想到，一个小小的烟具影响如此广泛。

漫山遍野的羊群会给人们带来各种各样的惊奇，刚被宰杀的羊的腿自然是最细嫩处，尤其羊的后腿，修长而周正，加之没有被高温摧残过，尚存着生命的灵气，骨皮红润而光滑，有着陶瓷般的质感。

羊腿烟具远没有鼻烟壶的高雅贵气，没有旱烟袋土豪般的横行霸道，也没有水烟壶的江湖做派。但北方的烟民却对羊腿烟具称赏不置，将其视为极品，大概是因为动物的灵气赋予了它优雅的气质。羊和草的相逢让烟味显得更加自然，一口香的过程，从燃烧到成烟再到吐纳，都在悠然间完成。

羊腿骨做烟具由来已久，这和南方的竹烟筒一样，都是因地制宜，就地取材。它介于旱烟袋和水烟壶之间，只是烟的管道是一根新鲜的羯羊后腿骨，它不像南方的水烟袋用清水节制烟中有害物，而是通过羊骨髓进行多层次过滤，让人不得不佩服发明者的奇思妙想。

而烟锅和烟嘴的质地各不相同，制作过程中全凭工匠对它进行包装，尾部用银质的材料包好，上面有各种纹式，均视吸者侈富啬俭而为之，烟锅多为铜质，锅垫银质铜质较多，花纹精细，铭文多为福禄祥寿之类的吉语。

制作羊腿可是个精工细作的活儿。首先要选用周正的鲜羯羊后腿的小腿骨，绝不可用煮熟了的，因为熟了的羊后腿内部的骨髓已被破坏殆尽，不具有过滤作用。成年的羯羊骨髓饱满且骨质坚厚，在使用过程中不易因高温而爆裂。

儿时的我见过姥爷制作羊腿，记得那是一只未剔尽筋肉的羊腿骨，姥爷用他爆满青筋的老手握着一片瓷碗碎片，用瓷片剖面的刃部轻轻刮去羊腿上的筋肉，他专注的神情宛如母亲在精心装扮自己心爱的女儿。这项工作用了好几天时间，姥爷说不可急于求成，稍有不慎就会破坏骨质表面的光洁。

姥爷的烟嘴和烟锅竟是将一枚铜质子弹一分二用，弹头的尖部磨穿后做烟嘴确也耐看实用，弹壳倒置在羊腿的关节末端上，下面垫一枚亮澄澄的铜圆，弹壳的底火部分被磨镂成锅状，但这“锅”仅放得下半粒绿豆。后来许多日子里这只羊腿一直被玩弄于老人的掌间。

抽羊腿在烟民眼里是一件庄重的事，和抽旱烟、纸烟的随性不同。瘾君子们对于吸烟很是讲究。选用烟丝必是云贵产的水烟丝，其丝质纤细柔软，口味绵和。吸前要净手，然后将水烟丝用手轻轻揉成花椒粒大小的烟团置于烟锅内；用火当然也有要求，煤油灯火绝对影响烟的味道，素油灯也不够品位，最好莫过于粗香火。吸烟的姿势尽可能放松，或倒卧坐，或半仰，或盘坐，吸者吸入烟的时间极长——这就是吸羊腿被叫作“一口香”的缘故。只听到“咻咻”作响，吞毕则吐，一气呵成。吐前以丹田之气“噗”的一声将烟烬吹出，轻轻就于掌心，掌心竟暖暖的，却不觉烫。轻轻嘘出的烟细若游丝，此时此刻吸烟者的脸上溢出放松惬意之感，满脸沧桑几乎在瞬间被抚平……

羊腿烟袋也被当地人描上了浓浓的神秘色彩：陈年羊腿可以看出吸烟者的健康和德行。凡德行高、家运兴、无灾病，者所拥有的羊腿腿骨色泽如红玉初世，像熟果泛红，似少女面颊红润可人；而家境破落者、光棍无赖者、面黄久病，者所用羊腿骨表青灰暗淡，全无光泽。

羊腿烟袋的发源地和发明时间已无从考证，但它是伴随烟草的出现而出现的。它带有明显的地域性，北方牧养地的羊群保证了它的材质供应，作为烟具的羊腿骨，因其独特性和实用性已得到烟民的追捧。

客人来了，敬上羊腿烟棒，恭敬地添上火，再奉上一杯酽茶，美其名曰“水推云”，这算得上待客的最高礼节。我虽不吸烟，却能感受到那种闲逸生活的消遣和享受，那“方池小小，风折玻璃皱”的滋味和意境。我的前辈们经受生活的困苦，如骆驼般跋涉在漫无边际的瀚海，而吸羊腿或许是他们得到的最为惬意的抚慰。

纸烟的出现，驱逐了所有的烟具，但沉睡在民俗馆的羊腿骨烟袋仍显得出尘脱俗、独树一帜。

五、姥姥的绛紫石板

武川人祖祖辈辈靠吃莜面长大、劳作、生意，死后衣袖里也要揣些用莜面做的打狗饼走上黄泉路。几百年来武川人吃莜面吃出门道，也吃到极致，竟把莜面制作技艺吃进区（省）级非物质文化遗产名录。我是一名非遗保护工作者，工作内容就是要理清其历史渊源、地域特性、传承状况等等。

我姥姥做莜面的场景在我脑际被唤醒——一屉大笼里永远延展着薄如蝉翼的莜面窝窝；竖着一行行线划过一般，望去平展展，刀削过一样。尤其是那块天然的绛紫色木纹石板，石板呈不规则长方状，表面温润光洁，布满年轮似的圈纹。这可能是一块树化石，它在历经了多少代女人的手掌搓摩后，仿佛曾经的生命正在复苏。正是这块其貌不扬的石头伴着我姥姥这个平庸的村妇，经受莜面的洗礼，经历了人世间的沉沉浮浮、荣荣衰衰、薪尽火传。

我姥姥出生于1897年，想想那时是很久远的清代了。大个子的姥姥却有一双小脚，走起路来颤巍巍的，像个高跷人。她不苟言笑，她也反对是独生女儿的母亲大笑，认为女子大笑有失体统，这和她的家教和人生经历不无关系。

姥姥是武川县城东武圣关帝一个财主的女儿，女子不得入私塾，她便在窗外偷听老师给兄长们授课，久了便粗通些文理，也会背九九乘法口诀，那时候这样的女子是非常罕有的。地主家的女子绝非过着电影、电视剧里那样养尊处优的小姐日子，她们做饭、做针线活远比小户人家的女子更辛苦，那才是小姐的身子丫鬟的命。姥姥说她十岁的时候就开始做莜面，稍长一些便被当成一个成年主妇使唤。她和五个姐姐要做四十个长工的饭，每天的午饭自然是莜面。她们每人要和起十斤生莜面，至少供十个如狼似虎的饿汉一顿饕餮，六哨笼里头要装满清一色不高不低、不薄不厚的窝窝。那手艺，今天莜面馆那些做莜面的高手甚至代表性传承人也难以望其项背。

在我的记忆里，姥姥很早就眼睛半失明，看人重影，但这丝毫未影响她的莜面技能，凭一双巧手在那块绛紫色石板上纵横捭阖，掌压、指卷、轻捏、巧放，一气呵成，再看笼中疏密有度、纵横有致、大小无异的面卷凑在一起，竟如花团锦簇。

那时的武川人天天吃莜面，顿顿吃莜面，据说因为那里的沙板地十分适

合种莜麦，莜麦耐干燥，好收割，易储存，秸秆又是牲口的好饲料，更主要的是耐饿。庄禾地里便海海漫漫全是莜麦，麦穗像银铃一般在地里摇曳。秋收回来的莜麦粒淘洗后放大平锅里炒，香味被高温逼出，火若稍重些炒至金黄，抓一把放嘴里，酥脆、香气乎乎，就直接磨成炒面，碜头则熬成糊糊，这成为武川人雷打不动的早饭。

武川地区寒冷、干旱，种不得什么蔬菜，莜面饭要求的汤料很简单，一碗酸菜腌菜汤，配上些腌蔓菁、胡萝卜丝，煮一锅山药蛋，待莜面蒸熟，锅中的山药蛋绽成花，剥一两颗和在汤里，莜面窝窝在汤中打个滚，吃到嘴里自是爽口……

姥姥的家族也是走西口来的山西人，家规家风甚多，对每一餐饭都要一丝不苟地去做。每天清早，姥姥就按部就班地做她的莜面，认真的程度不亚于织一块花布、刺一幅绣品。

姥姥固执地认为莜面不该粗制滥造，唯有做莜面窝窝才能看出人家的门风是不是讲究，就算是搓鱼鱼也上不得道，压饸饹更是断断不可。

那时候，后山地区的女子有一手做莜面的好手艺远比有一张漂亮脸蛋和一副苗条身材赢人。可以说，姥姥做莜面的手艺是被这个要脸面的家族逼拷出来的，因而她对莜面的认知也是根深蒂固的。

姥姥说她的少女时代就是以莜面为伴，她认为她就是为做莜面而生的，就像那一块光洁的的绛紫色石板就是为了莜面而存在的。石板质朴而不失华丽，木形而玉质，手掌触及绵而不软、光而不滑，这物件可是她姥姥的姥姥传下来的。

几屉卧得下一头牛的竹笼，一个粗瓷盆里和好的冒着热气的莜面团，加上这块绛紫色石板成为她儿时记忆里的玩具。她像拼一张美图，一针一线，日复一日，很耐心地在笼里点缀起蜂巢一样的图案，纵横井然，高低一致，只是偶尔从那些长工短汉饕餮的口中得到夸奖，便是给她的奖励。

直到姥姥十七岁那年，我姥爷见识了她做莜面的手艺，饱餐了一顿可口的莜面后，甚至没看清我姥姥的长相，这个土财主少东家就迫不及待地下了聘礼。

我姥爷的村子离县城也不太远。姥姥嫁过去的时候带着丰厚的嫁妆，在嫁妆里她为自己加了这块不曾离身之物，姥姥一生不喜披金戴银，唯一喜爱的就是那块绛紫色的石板。之后的将近七十年，姥姥几乎没离开过这个出产优质莜麦的后山小村，历经土匪绑票、兵荒马乱、土改定成分、家产尽失的变故，但唯一没变的是她每天的莜面制作，还有那块悄无声息地陪伴她的亮丽石板。

中华人民共和国成立前夕，孙兰峰还在国军阵营，那时领着他的溃兵退驻武川，莜麦成为孙军稳定军心的理由。莜面窝窝羊肉哨，莜麦颗颗当马料，孙将军手下尽是晋绥兵，都爱吃莜面，武川莜面填饱他们的肚子，养壮了身子，不愁恢复战斗力。但一些士兵军纪几乎荒废，刁抢成风。武川人穷得炕板叮当响，好在那年下了几场雨，收了些莜麦，为了防兵防匪，学耗子藏粮，在院里院外挖了竖井，把莜麦藏在地下，上面覆上莜麦秸秆再盖上土，又用夯锤打了夯，脚踩上去和硬地无异。兵油子们对付老百姓损招尽出，他们用刺刀或马刀扎，一旦穿透夯土层刀尖便势如破竹，如金似银的莜麦粒被兵们掳走，眼睁睁看着喂了战马，百姓们只有哭天喊地。

孙兰峰将军要吃莜面，要乡长找一个做莜面的好手，五十多岁的姥姥是那一带出了名的推窝窝高手，就被抓了差。

当时孙兰峰和他手下正围着一张炕桌讨论军情，一旁的姥姥兀自在她的亮丽洁净的绛紫色石板上施展她的手艺。姥姥莜面做得干净利落，窝窝薄厚适中，横竖有致，压成面片旋而卷成面卷，动作轻巧、迅疾、协调，仿佛天

女弄梭。孙兰峰将军看姥姥做莜面的手段竟停了话语，和几个部下一起看她做莜面，姥姥反倒不自在了，脑门子尽是汗，孙兰峰看着她全程完成了莜面制作。待莜面窝窝、羊肉汤汤、山药丝丝上了桌，孙兰峰边吃边说：“好！好手艺！做饭像要把戏（变魔术），精彩！”

“粗茶笨饭，只是尽了妇道，不足挂齿，上讲究的饭菜倒是甚也不会。”姥姥至少在私塾窗外偷学了些文化，平日又爱听说书，说出的话全然不像山野村妇，很干脆，很江湖，直叫将军惊讶。他叫人给她一块银圆做工钱。姥姥坚决不受，说：“能为将军做一顿家常饭是荣幸的事，收了这笔钱还不叫乡亲们骂烂脑袋？”出门前她又一脸正气地补充道，“只怕将军下回来想做，也没了莜面！”

“为甚？”孙将军停了筷子问道。

“将军没听过，过了老爷庙，真叫好世道，人吃莜面马喂料，吃胀肚皮睡大觉。人吃倒也罢，马吃的也是莜麦颗子，武川方圆几十里，哪有这么冲的莜麦供你千军万马的口腹，明年春起怕连种的籽种也没了，老百姓上吊也挽不迭绳子！你们还吃得上莜面？”

将军听后，站立于当地沉默良久：“这个妇人说得十分中听！传我命令，用莜麦喂马者立即军法处置！”他又对着我姥姥说，“老人家！这是我吃过的最好吃的一顿莜面，也是听过的几句最好听的谏言。我对部下管束不严，对不起乡亲们，以后不会再发生祸害乡亲们的事了！”说完，深深地鞠一个躬。

我姥姥保得村民的莜麦不受糟蹋，村民们躲过了一场大祸。有些兵们知道村里有个硬茬，村里便很少驻兵。谁知，就这么一顿农家饭为姥姥日后埋下了祸根。20世纪六七十年代，老太太被拉出去批斗，民兵营长对这个老人脚踢手打，其中一条重要的罪名是给国民党做莜面。姥姥气得背后骂那个民兵营长："你爹前几年给日本人兵征粮，搜刮了村民窖藏的莜麦，全身没一根中国人的骨头！"

好在莜麦春生秋割，姥姥的莜面人生在老土房的火炕上延续着。她的力气和心思仍放在那块光洁的绛紫色石板上，日复一日制作她的莜面窝窝，供着一家人的口腹。她依然表情漠然。

我们兄妹六个都有乡下的同学，总有人出现断粮之困，我们便毫不犹豫地带着他们回家——我母亲鼓励我们扶危济困，平日里姥姥做饭的时候总会多预备两三个人的量，她是大户人家出生，从不在乎多几个人蹭饭。我父亲把姥姥的二十多亩耕地都种了粮，成全了我们家的慷慨。

日子稍微宽松了些，莜面的配料也丰富了些，用自家地里的土豆、水萝卜、小白菜凉拌莜面，或以猪肉加入酸菜、土豆、大瓜、豆腐、粉条一锅烩菜汤相拌而食，偶尔还会吃一顿羊肉蘑菇汤调莜面。莜面窝窝有个好处，什么汤料碰上它都会水乳交融，入口入味。

前些日子，我在饭桌上碰到了弟弟的同学，他上中学时常到我家蹭饭，他感叹道："天下最好吃的莜面还是姥姥做的莜面窝窝！"

记得放学回家的时候，一到大门外便会有一股浓浓的香气扑鼻而来，少年的胃口总是那么贪婪，等不得笼盖揭去，手端盛满汤料的碗，如饿狼一般盯着热气腾腾的蒸笼，里面的莜面晶亮诱人。姥姥倒是不急于拿起碗筷吃饭，她满足地用模糊的眼睛或用耳朵感受人们的大快朵颐（那时姥姥的眼睛已经患了严重的白内障），我们也总能发现她脸上的些许微笑。

后来姥姥跟着我们到县城里居住，吃供应粮，除了白面大米，金黄色的玉米面窝头占据了笼屉，吃莜面的时候少了。姥姥英雄失了用武之地，每到做饭时，她就下意识把那块石板摆放出来，然后呆呆地坐着；花石板仿佛也少了一些光气，垂头丧气地静卧在姥姥一旁。她不适应没有莜面的日子，她

的双手闲不下来。

八十五岁时，姥姥一下病倒了，人也渐渐邋遢，我的几个妹妹嫌她的饭不洁，加上来家吃饭的外人也多，就让她下了岗，母亲下班后自己做，饭谱也不再单一。如果吃莜面，就用更便捷的方法——压饸饹，姥姥便觉得自己的手艺被剥夺，怨言也多了起来：“唉！莜面怎么可以这样做？糟践了莜面这饭了！”她摇摇头，很无奈的样子。“女子家，不学推窝窝，将来光景怎么过呀？”她又意有所指我的妹妹们。人们吃着莜面，那不是姥姥的窝窝，是饸饹或手搓的鱼鱼，但依然吃得很香。

姥姥总把礼教看得很要紧，端坐在炕上，身子挺直如同柱子，脖颈老长，一双小脚压在屁股下头。这一姿势一直保持到她八十五岁，即使病疲时也不会东倒西歪。直到有一天，这直勾勾的身体倒下，再也没有起来。

姥姥去世时我不在家，听母亲说姥姥临走时怀里还抱着那块光洁如镜的绛紫色石板，她仍沉在制作她心爱的莜面的梦中。

我一直珍藏着那块绛紫色石板，有人建议我做成一方砚台，会有极高的收藏价值，但我想还是让它保持自然的样子吧，它现在的样子就最美。

六、老霸仁卤肉

三三两两的念书娃娃出现，喧闹声在这条简陋的黄土街上渐稠，才让人感觉出这座凋敝县城的些许繁华和生气。

这时候，卖卤肉的老霸仁出场了。职业和名字都很霸气，人却显得老朽，一锅百年老汤没煨出说书唱戏中卖肉人用动物脂腻催生出的膀大腰圆的身体和高喉咙大嗓子的腔门。

老汉身单力薄，像个教私塾的老先生，沧桑和困顿都写在脸上，下巴上的一缕山羊胡子，和着他和风细雨般的话语微微抖动着，显得亲切而谦和，全无小商小贩针尖削铁的奸巧。

老霸仁住在学校对面，每天伴着这个学校的学生们上学放学。那些娃娃或多或少都吃过他的卤肉，成为每个人一生解不掉的馋。直到今天，那种独特的肉香味犹在梦中不散。老霸仁和他的卤肉也成为我童年的难忘记忆。

我父母都是这所小学的教师，住在学校对门的一个院落。老霸仁是我家东邻。现在也说不清是幸运还是不幸，他家的卤肉味道总时不时越过墙头扰人，古有望梅止渴，我们却是闻肉诱饥，惹得人一天饥肠辘辘的。

那时在可可以力更镇只有两家国营肉铺，而老霸仁私人的卤肉铺却堂而皇之地出现在大街之上。据说这属于公私合营，这种现象实在罕见，想必是无人忍心绝了可可以力更镇传承了几百年的老味道。食品公司屠宰的不计其数的牛羊头蹄下水臭烘烘的，惹得绿头苍蝇满天飞，在那锅百年老汤里一翻身，华丽出锅，成为馋人的一道美味，这还不算是功德无量？

每天，老霸仁迈着不紧不慢的碎步子出现，他身子前的独轮车也不紧不慢地从校门前碾过。砧板上的肉被一块洁净的白布苫着，香味却早已溢了出来。娃娃们下意识摸下空空的衣兜，悄悄咽下口水，抑或吧唧一下嘴巴，贪婪的小眼睛不甘地瞥一眼后走开了。

买了肉的，迫不及待地将一两块放入嘴里，肉挺贵，两毛钱买不上几片，嘴快的人没等吃出味道来纸包里便空空如也。那时候两毛钱可以打回一瓶醋、一瓶酱油、一块咸盐，却只能买得几片肉。那些色泽鲜亮、味道诱人的卤肉只能常常进入人们的梦里。

老汉的一双手十分干净，不同于肉铺老板的油腻粗黑。他纤细的手指灵巧地将一两片泛黄的草纸折成勺状，把你递给他的几毛钱折合成卤肉，小心地置于纸臼中。肉提前切片，片薄厚适中，铜钱一般，切口也光洁整齐。肉片包好，却没封口，因为那是方便购买者一路享用的零食。

直到有一天，老霸仁没有出现在小学的大门口。几个娃娃的小手里攥着一两张毛票，眼光不时瞭向街口，追寻着那个小老头和那辆手推车的影子，然而很快他们就失望了。那种食品已成为遥不可及的记忆。又过了些日子，人们听到鼓匠吹响的号角，老霸仁被吹到另一个世界，而他的卤肉也从此消失了。

老霸仁祖上是山西代县，几百年靠一锅卤汤维持生活。那锅卤汤中的调料极有讲究，什么季节续什么料，且特别神秘庄严。比如续加肉桂、木香、沉香要在八月十五夜深人静之时，也是汤温之际，先要供了神，然后沐浴敬香，对兑入新调料的产地、品质要求也极严。

早年山西大旱，粮食不济，找野菜树皮果腹都难，荒野中的死驴仆马转眼就被野狼饥人争食得皮毛不剩。卤汤再香，可惜锅里没肉，空着一锅卤汤，郭家也只得跟着饿肚皮。无奈之下，只能将卤汤给两门人分了。老霸仁推着独轮车，北出雁门，踽踽千里，直看到武川县城城门四个大字“汉疆锁钥”，才停下脚步，他的肉香就在这个塞外古镇飘散起来。

老霸仁不会想到，这郭氏千年老味有一天会断在他手中。据说老霸仁临终时，卤汤一分为二，一半给了他后妻，一半卖给了县食品公司。显然，他是希望郭家这个秘制卤汤得以沸鼎，但是武川人再没见到过、吃到过。这道美味从此消亡。

老霸仁的孙子继续着食品加工售卖，三轮车上只有麻花、麻叶、月饼类的干货。说到爷爷的卤肉却只是摇头，一副欲说又止、一言难尽的样子。

老祖宗的好东西极易遗失，传承的脚步一个趔趄就有可能戛然而止。非物质文化遗产的保护和传承，不是传承者一个人的责任。

之所以写这个故事，是因为一个卖肉的老者和他的卤肉见证了一段饥饿和贫穷的历史。我更想说，在这条万里茶道上不仅有经商创造的奇迹，也有三晋移民们的市井艰辛，他们靠着祖传的手艺养家糊口，记忆还在，技艺却丢了，一旦没有留住，好东西就像脱缰的野马，再难追寻回来。

七、盘炕而坐

躬耕的身躯刚到家中时犹如抽筋散骨，爬上热炕头，恍若波浪中颠簸的小船寻到了港湾，身下火炕的热流润遍全身，让人觉得人是靠炕头充电的，没了炕头，再强壮的男人也会失去前行的动力。

曾经多少人脱离母体便跌落在满是泥巴的土炕上，然后在土炕上爬行、站立，像豆芽一样滋滋生长，最后在土炕上安然辞世。炕是一片简牍，写尽了一个人一生的故事。

没有充足的燃料，大青山的冬天是断断熬不过的。家暖一盘炕，好在家家户户一盘火炕，被凛冽的北风蹂躏过的身体一挨火炕，仿佛黑暗中号寒啼饥的婴儿被搂入母亲温暖的怀抱。

十亩薄田一犋牛，老婆孩子热炕头，这是我的祖辈追求的真实而又朴素的人生目标。如今火炕在水泥丛林的高楼中早已变得很遥远，但我总是会梦到自己睡在人挤人的大炕上，醒来只有孤独的自己，透过窗帘的缝隙看到窗

外的灯火阑珊和流动的汽车，心中怅然若失。

北方的楼房是地暖采暖，席地而坐屁股热乎乎，极有炕的感觉。地板上铺一块地毯，一张小炕桌置于其上，坐着喝茶，躺下看书，困倦袭来倒头就睡，一觉醒来已是天明，仿佛在自家曾经的炕头上一样怡然自得。

想一想，三十岁之前我的生命有一半时间是在炕上度过的。那时候家里客人多，来人戴着动物皮的帽子掀开门帘，却没有快速地进屋，而是伸长脖子张望，凛冽的冷空气强力地冲击着本来就不够暖和的家。那时候我的父亲或母亲，抑或他们同声热情地招呼："上炕，快上炕！"这话就像在搭救坠入深不见底的溺水者。来人迅速甩掉用毛毡做的靴子，忙不迭地窜到炕上，像一只被猎手追杀的野猫，身上的冷气和脚臭随之流动。我们早已经习惯了这种不速之客的到访，家族门大人众，远亲近亲不计其数。而且那时候县城里很少有旅社，加上他们大多住不起旅社，我们家便成了接待站。有一天晚上，我们家并不算大的火炕上至少睡过大大小小十九个人。

两百多年前，饥寒交迫的三晋移民绝地求生，"走西口"是条生死两茫茫的路，大多数移民来到阴山一带时，面对空旷的大地和像刀子一样呼啸的西北风，两手空空的追梦人开始追悔莫及，好在老祖宗教会他们一些比如盘炕这样求生的绝活，我们的薪火才一代一代燃烧至今。

家暖一盘炕。大青山的冬季漫长而寒冷，有钱人尚可"萧萧一夕霜风紧，却拥貂裘怨早寒"，而生息于此的百姓，火炕成了他们的唯一仰赖，在朔风漠雪的世界撑起一方温暖，好让人们存活下来。

热炕，成了每家每户最核心的位置。曾经有个叫张金海的泥瓦匠，人称"炕王"，他凭这门手艺第一个在武川中心位置临街处盖了一栋小二楼。他盘的炕热量均匀，过火畅快，家无倒灶堵烟，只因他从不拘泥于传统，因房制宜，不管倒炕、棋盘炕、顺山炕，只要火焰做热流，蛇一般游走于无形，舌一般舐遍每一个炕厢炕洞炕板。炕洞或密或疏，炕厢或深或浅，火墙或直或曲，炕厢里填土适宜，火焰才会贴着炕板游走，炕板充分吸热传导到炕面，但极易满灰。

说到炕，总会扯出一个“盘”字，一盘炕，一盘棋盘炕，盘腿坐在炕上。首先炕像棋盘，而建造炕的过程叫盘炕，在炕上的人都是要盘腿而坐才惬意。

“房漏灶火烟，炕上躺个病骨伶”，可谓糟心事，灶火倒扑，做饭、烧水误事不说，能把一家人呛死，靠火炕过冬，那不是要人命？一盘运行畅达的火炕，定要将它视作一辆汽车一样定期维护，这虽是关乎一家人冷暖的头等大事，却也衍生出个叫人头疼的灰营生——掏炕。掏一回炕，鼻腔里塞满黑灰，放个屁也能崩出黑尘，黑潮半个月洗不败。

炕头的地位在家一个族里很尊贵，人常说，宁舍一犋牛，不舍热炕头，也有“三不让人”之说——老婆不让人，娃娃不让人，炕头不让人。

冬日的早晨，人们起床后的第一件事就是烧炕，抱一抱柴火，或一箩筐干透的牛羊粪烧火，女人不时拉动风厢，火苗兴奋地跳跃着，像一个舞者手中的红练轻拂锅底。加满了水的大铁锅渐渐地泛出热气，不一会儿锅里的水滚沸，揭起锅盖，屋内汽腾如雾弥漫开来，人便融在一种温暖的环境里。

休闲之余，女人们稳坐炕上，屁股下永远温暖，做针线，捻毛线，剪窗花，纳鞋垫……嘴里天南海北，喜笑和快乐从炕头滚到后炕，又从后炕滚到炕头。炕上展示着女人们五颜六色的手艺，彩霞般泛滥着。

距离锅台最近的一席炕面，是做饭的台面，一块大案板置于其间，大姑娘在上面擀面，炕的高度很能让人放开气力，噔！噔！噔！擀面杖似擀似锤，节奏分明，姑娘的大辫子随着响声在背后摇摆……抑或几个女人搓莜面，手掌下走蛇游龙，鱼像天女织出的线，一压一卷，形如木匠刨出的刨花，晶莹剔透，色如檀黄，一番堆簇如花似锦……一大家子人开饭时，火炕上排开阵势，老掌柜居中，嘴巴里贪食的咀嚼声、吸溜声此起彼伏。

冬天夜长，人们便选个耐操磨的大炕人家去放松娱乐，当然光棍家最好，请几个唱小班的唱爬山调，词曲像火炕上的席子，扯到甚唱甚，即兴而出。炕头成了戏台。

光棍的炕脏乱差，有钱人的炕便讲究些，用二十斤羊毛擀一块满炕大毡：白亮、平展，略带弹性，加上炕的热温，睡在上面身心舒展；与炕相连的墙壁二尺高的地方别有洞天。那是民间画家们——被称作画匠的手艺人大展拳脚的空间，主人心中憧憬的美好景色、美好人物、美好故事通过他们的颜色描绘出来，浓浓的油漆味道沁人心脾，风景驻进了家：漓江春色、八仙过海、长江大桥、十八相送……内容杂七杂八互无关联，却生生拼接成一幅连环画卷，画面施以大彩重抹，巧妙衔接，象征吉祥的蒙古族祥云图案，云卷云舒，开合自如，立体感骤升……设计者多是炕的女主人，她心中的好光景在火炕四周延展开来，一种热乎乎的气息丝丝入怀，幸福的感觉便在梦里氤氲开来……

大青山的冬，是大青山的冻，村里总有几家吃皮耐厚的人家，他家的炕最聚人气，老者们围一盏灯吸“羊腿”，有的搬个枕头侧身而卧，眼睛半睁不睁。羊腿是一种烟具，像南方人的竹筒水烟袋，是用壮年羯羊的后腿骨制作而成的，且是新鲜生嫩的腿骨，以其骨髓过滤烟油，味道自不必怀疑，大寸拇指和食指揉一小撮烟丝，小如绿豆置于烟锅，用香火点燃，用尽丹田之气长吸一口，烟香回味无穷，真的是“一口香”。

打牌摸毛鱼是上了年纪的女人们喜欢的娱乐方式，加点儿小赌头，屁股就扎根在土炕上，常常乐得废寝忘食。

最寒冷的长夜，北风呼啸着，席卷着大地，使劲摇曳着那些光秃秃的树的枝丫，吹打着破旧的院落。窗户纸努力地抵御着风的肆虐。被窝下，炕的温暖续着春天的梦，一个梦接着又一个梦，又在朦胧的窗棂上消失。

农忙时人们累得七倒八歪，一回到家，吃罢饭倒头就睡，一通呼噜便是天明；夏天的炎热扰得人烦躁，开一扇窗，吹灭油灯，一家人或半仰着，或躺在被窝里，听着窗外蛙声一片，热炕像烙饼的鏊，人在上面不停地翻身，说些无外乎家长里短的话，还有一些翻来覆去的旧事……

村庄正在朽去，村子靠老妪老汉们撑着，那些古老的歌谣还哼唱，只是早没了歌的调韵和灵魂，只有那盘土炕依然温暖如初。不管冬夏，他们总会把炕烧得热气扑脸，炕上发出焦味，这已成为他们一种生命的仪式。但，他们之后还会有谁眷恋热乎乎的炕呢？

有一回下乡，几个人住在一盘老炕上，黑暗中突然有人提了一个问题：“我们的祖先一家三代住在这样的土炕上，他们在老老少少拥挤的环境里怎样一茬一茬地造人，那时的人生殖能力又是那样的旺盛？”

我回答：“五千年前的仰韶文化遗址里出现半地穴的房子和环形火炕，那炕上睡的是整个部落。”显然，生殖是一种神圣的仪式，更是一个部落繁衍的首要任务。人们获得温饱后迸发出的情欲有意无意地推动人类前行，每一声来自土炕上新生的啼哭，谁说不是生命长河中扬帆启航时的鸣笛？

我突然觉得这土炕像屋檐下劳燕坚守泥巴筑就的暖巢，新出生的燕子就是从这里起飞，翱翔到更遥远的天地，而心却总是被这片泥巴所吸引。

八、笸箩里的童话

我在退休前最后做了一次非物质文化遗产的田野普查，柳编制作技艺是其中一项。

我们驱车来到柳匠滩。

故乡地貌的变化模糊了我儿时的记忆，小时候玩耍的那条河已经干涸了。消失的还有那一大片随风摇曳纤细柔软身姿的妩柳，柳下溪水中游着的小鱼，柳丛中各种精致的鸟窝和色彩斑斓的鸟蛋，以及戴一顶草帽弓着腰割柳条的老柳匠的影子。

一个村庄没有了小河，便没有了童趣，没有了生机，没有了生活的动感，也没有了童话的源头。

柳匠已成为一个遥远的名词，只有残存的柳品正努力留住人们的记忆。柳匠编织的童话般的童年往事总是让人难以忘怀，尤其是各种形制的笸箩总是在我脑海中萦绕。

我的母亲那里还保留着一只饭碗大小的笸箩，那是我姥爷活着的时候特别喜欢的，母亲就当作一件宝贝收藏着，多少次搬家，它都被当作细软而不离不弃，虽然历经百年外表却洁白如新，纹路有致，娇小精妙。姥爷在时，它里面盛着烟叶，却又不放在显眼处，大概是怕人触碰；只有闲暇或来了稀罕人他才郑重地捧出来，搓捏着烟丝，几个人围定一盏油灯瓜，轮番操弄起一种用羊腿骨制作的烟具，“噗！噗！”地吹却烟烬，口鼻间吞云吐雾，手却不离烟笸箩。笸箩在油灯的照耀下尽显超凡脱俗之气，那时我便喜欢上了这种柳编器物。姥爷说这是精选羊毛线粗细的红柳条编织的。若条子稍粗些，柳品自然也增大，柳条用大锅煮过，柳皮才轻易地褪去，露出娇娃般细嫩光洁的条子。编制的笸箩自是精致美观，边缘又以柳皮覆裹，使得柳器总是那样古朴纯真，也有了些许雅韵。

岁月的烟岚总会散去，柳编的器物却固执地留在我们今天的生活里，那些手工编织的物品又受到了人们的喜爱和追捧。它似乎想告诉我们，美好的东西是用心编织的，而绝非双手。世上能够永恒的器物——精美的青铜器、瓷器无不渗透着制作者的心血。

武川地处漠南，一茬接一茬的游牧民族居于此，祖先们获得柳器总比获取陶瓷容易，柳器既经济又不易破碎，便于无休无止地迁徙，在狭窄的毡房中摆放也不用担心磕碰。我想这不过是古人自然求生中留下的一只脚印。

人类对柳编器物仰赖何止千年，有的柳器至今仍是庄户人家须臾离不开的手头家具。柳编制品甚至可以替代生活中所有的容器：盆、罐、篓、槽、升，甚至汲水的水斗。但较为普遍的还是各种尺寸的笸箩。大笸箩用作盛放粮食、食物，蒸出的馍馍、炸糕等熟食放在里头，吸纳热气，保留原味，久存不腐，易于清洁。

那时候，秋收一结束，麦子、莜麦入了仓，家家户户就要吃新面，人们的心思全都聚在石碾磨上，石磨石碾可能是中华文明最后的石器，今天依然在多少老人的梦境里旋转。

磨坊里，磨盘飞转摩擦的轰鸣声成为永远的旋律。毛驴被“庵眼”蒙上双目，在碾磨道上踩着碎蹄子，无精打采地走在漫无边际的磨道上。小女子，抑或老年人，手执小簸箕给磨眼添加粮粒。在两扇磨盘的旋转下，麦颗被粉碎，顺着磨眼漏到两个磨盘中间，细碎的面粉最后被收集到笸箩里。一

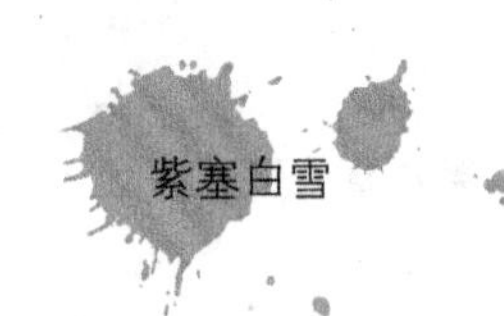

个六尺长的笸箩里置两根木框，光亮而滑溜，箩子不知疲倦地来回运行着，发出“咣当、咣当”的声音，像一个不停咳嗽的老人。箩目挡下的碎屑被女人重新倒入磨眼，经受新一个轮回的研磨。箩子依旧“咣当、咣当”地响着，偶尔用力照着箩子一侧拍上一巴掌，箩眼一下通透，面纷纷扬扬。面香顿时由笸箩里溢起，鼻息里尽是饕餮般的满足。围观的娃娃们的脸上挂满了白面，睫毛如秋霜后的树挂，大家的面孔变得既陌生又熟悉，仿佛是一个童话里的场景……

大集体期间的脱谷机轰鸣作响，笸箩、簸箕有了用武之地，各种作物一经脱粒，一大群妇女纷纷将粮食拥撮到簸箕里头，找一片空地，双臂把簸箕撑在头顶，徐徐把粮食摇筛落地，凭风力驱除粮食中的尘土与杂物，口中吹起哨子。

据说吹哨哨可以呼风，武川地界是个风口，自然轻易扯出一溜溜风，于是，她们双臂执簸箕，个个精神饱满，两膀一伸一曲，簸箕忽高忽低、忽前忽后来回忽扇，力道却不输男人。粮食在簸箕内上下翻滚，或左右摆动，声音也是起落有致，粮粒像纷飞着的蝶儿，沉甸甸地大珠小珠般泻进硕大的笸箩里，看得人眼里直放光亮。

武川的山药蛋在全国是出了名的好，冬天到来，武川人喜欢晾干山药后，煮一大锅山药蛋，煮熟后去皮的山药蛋分外沙，像被握力聚拢的细沙。熟透时皮裂开，如嬉皮笑脸的娃娃，需小心翼翼地置入大笸箩，一层层码好。用笼布盖好或干脆不盖，置于房顶任西北风吹，直到有一天，山药蛋晾干了，娃娃们猴子一样窜到房檐儿上，从笸箩里抓些干山药蛋抄进裤衩子，小嘴里不停地咔嚓咔嚓地响，嘴里却满是干沙香甜。

武川盛产莜麦，莜面自然成了主食品，一个利索女人把莜面、山药蛋和起来可以做成十几个品种，但早饭每家每户却是一种——炒面，即把莜麦炒得火候重些，麦粒呈红黄色，吃到嘴里油气乎乎，磨成面就是炒面。将炒面放到小而精致的笸箩里，一家老小盘腿围坐一圈，开始食用散着香气的炒面。母亲还会为每个人盛一碗糊糊，稀浆子般，偶尔夹些小米粒或几块山药块；接着小心地挖出炒面，和着碗里的糊糊、山药搅拌，渐成泥状。于是大家一筷一团，一口一咽。一碗炒面包含着一上午需要的热能，如此才能对抗高强度的体力劳动。

夜里，油灯撑亮一小块黑暗，针线笸箩显眼地泛着光，母亲不倦地缝补着我们撕裂的衣裤，母亲的眼睛在灯光下亮晶晶的，针线笸箩里时常发出清脆悦耳的声响。那时我也知道，母亲是在里边寻找一枚纽扣或一块碎布——我们的衣裳常常是破了之后很快就被母亲修补好，虽然看起来颜色搭配得不算协调，有时甚至有些色彩斑斓，但是我们都知道那是母亲对我们深深的爱，那样温暖的童年的夜和那个小小的装满母爱的笸箩，让人难以忘怀。

最难忘的要数做年糕，先将黄米（去壳稷米）淘过，浸满水的黄米在笸箩里等待晾干，这个过程叫“封”，待到黄米复如起初粒粒散开之时，米香就开始冲击嗅觉。之后，碾或磨把圆粒挤压成金子一般的面粉，父亲的一双大手开始在硕大的笸箩里和少许水搅拌，把不干不湿的糕面撒到笼里，一层一层被蒸汽蒸腾，从笼里被拖出来的时候，刚才的糕面竟然被揉成了一块滑嫩、筋道、黄灿灿的面团。母亲麻利地把糕面揪成剂子，然后变成铜钱状的糕片，我早已忍不了糕的诱惑，趁着大人不注意，伸进小手在笸箩里悄悄拿走一片素糕，像小狗一样囫囵吞枣一般吃到肚子里。

糕片经历开锅胡麻油的洗礼后表面附了好多泡，泛着耀眼的金黄，最终回归到笸箩里。大笸箩就像个聚宝盆，大大咧咧地在显摆着油炸糕泛出的香气，吊着人们的胃口。

虽然现在超市里有柳品卖，价格贵不说，它们被赋予了所谓的艺术色

彩，却少了应有的古朴、生活的气息、生命的灵动。它们在各种清新亮丽的新材质的生活用品的映衬下，像个小脚老太太步履蹒跚地挣扎在琳琅满目的时代脚步中。

第七章　唏嘘篇

一、仁心不朽

母亲的坟茔独伫在她故乡的一处簸箕状的山洼里，那里永远阳光普照，树丛随风摇摆，天上的百灵鸟纵情歌唱。放眼南望，她在人世间生活过的村庄就在脚下，稍远些的县城尽收眼底。我一直相信母亲慈祥的目光从没有离开过我们。虽然隔着三尺黄土，似乎仍能感知母亲的脉动。

和母亲最后相伴的日子就像流沙一样从手的指缝中流逝，想重新握回来却空空如也。失去母亲，我的身体和灵魂变得干涸，失去母亲的呼唤，我的双脚不知走向何方，回到没有母亲影子的空荡荡的老屋子，我觉得那里不是

我要回的家。我像是一叶飘零的孤舟，永远失却了避风的港湾。

最近总会梦到母亲，悉如她活着时，屋子里人影绰绰，陌生的抑或似曾相识的人，母亲只顾忙着接应这些客人，很少和我说话。我就想，这是母亲在这世界上的一种常态，她的仁慈像一个巨大的磁场吸引着很多人。她在世时，我们家里一天到晚串门客络绎不绝。我始终相信母亲的世界不会孤单，她不会因为换了一个世界而换了秉性。

母亲的美丽容颜变得沧桑，睿智的头脑走向迟钝，轻盈的身姿困于蹒跚，老朽像年轮刻在她满是皱褶的脸上，但唯有一种东西不曾老去，那便是她的仁心。那仁心时刻在她的体内跃动。

1.一颗悲悯之心

母亲说过：揣一颗仁心，就有百神护佑。她的家族讲究诗书礼教，姥爷读了五六年私塾，然后坚持供养女儿上学，而在那个时代像我母亲这样的女子读书的非常稀少。他曾用《朱子家训》里的句子训示母亲："勿恃势力而凌逼孤寡，毋贪口腹而恣杀生禽。"母亲的言传身教让我们在潜移默化中也懂得了这一家风的含义。

小时候的冬天，总是在下雪，天上的饿鸟会飞得遮天蔽日，我用白色的马尾毛做索套去套鸟，学着别的娃娃去成就一顿烧烤美食。我捕获的鸟足足装满了一大笼子，母亲却偷偷地把它们放了："只为满足嘴巴，要吃掉多少条生命啊！来年一只鸟孵一窝蛋，天空上会有多少鸟在飞？"我这一伤天害理的行为引起了母亲的愤怒："这些小鸟从来不害人，我们为什么要斩尽杀绝？"我从母亲的反问当中似乎明白了什么，从那时起我就没有再套过鸟，也再没有干过掏鸟蛋的事！。

我的作品里多次写到村中的小孩欺害了一窝小狐狸，我只是混迹于其中的一个。母亲对我的责罚不仅仅在于皮肉之痛，更多的是对我灵魂的鞭挞。她把爱生护生的思想根植在我心灵深处。后来在创作反思杀牲的长篇小说《绝牲》时，我的灵魂被这些往事触痛，写作时母亲还在一旁提示我小时候干过的一些坏事，她说将自己的经历写进书中，可以告诫更多的人保护动物是件功德无量的事情。

母亲总是那样悲天悯人，她自己本来就很弱小，一生坎坷，但在帮助更弱小的人的时候，却常常显现出她强大的一面，即使她身陷困境。

男人拨麦子、女人坐月子是乡村苦不过的营生。每到八月秋忙时节，村里的男女老少都到地里拨麦子，我八九岁时也被箍在地垄里。广种薄收的土地需要大量的劳动力，打短工的人候鸟一样如期而至，村里人叫他们“刁工客”。我们家人口多，人多没好饭，当时分配住在我家的是一个叫见财的年轻人，他是地主的儿子，人们都叫他“芥菜”，母亲呵斥我不许叫他的外号。我叫他见财哥。

见财是个小儿麻痹患者，其中一条腿在另一条健美的腿的映衬下形如枯枝，但见财的两条臂膀很有力，一条腿难以支撑蹲下这个动作，他便伸长病腿，凭一只脚和臀部驱动身体向前，这个动作武川人叫“叾策”。

满天的星星闪闪烁烁的时候，见财便摸着黑蹲在田垄里开始了一天的忙碌，麦秆沾满了露水，他的身影在麦浪里时隐时现，见财说这叫笨鸟先飞。他用比别人更长的劳动时间、比别人更少的歇息时间来保证自己不至于落于人后。那一天他足足拨了四亩小麦，收工时在残阳下看他，血泡满手。

见财勉强吃了一碗面条倒头就睡，从他急促的呼吸中母亲觉出了异样，一摸额头才发现他在正烧，母亲知道这是劳累过度，又在露水地里受了风寒所致。她不顾自己劳累，不仅为见财熬药，还为他缝制了保护无名指和小

指的手套。退了烧的见财看到缀满密密麻麻针线的手套，这个内心坚硬如铁的汉子单膝跪地放声大哭，母亲也陪着他掉了许多眼泪。这个残疾的地主儿子，从来都是被人鄙夷地呼来喝去，却在遥远的异乡得到了母爱。

后来母亲常会收到来自朔州的信，写信人是见财，字很工整漂亮，记得其中有一句话是："您的善良让我看到了人世间的美好，让我有了活下去的力量。"再后来我们中断了联系。直到有一天收到了同一个地址，却是另一种笔体的一封信。"是见财儿子写的信……他下煤窑遇了塌方……可怜的人啊！"母亲哭得稀里哗啦。

母亲拥有善心，有时会得到善心的报答。

我们家附近七八里路有一个小型的国有煤矿，靠掘竖井人工开采，煤的质量很差，燃烧时热量很低，而且有一种臭味儿，人们都叫臭炭。母亲总是带着我们在煤矿的矿渣堆里，用铁丝制作的小爪子从里边刨拣煤块，其中颜色发亮的、分量发轻的是煤。我们和母亲一天可以刨出一二百斤，再用排子车拉回家里。

那一天拾炭的人很多，一名工人把用铁丝编织的筐里的煤渣轮番倒在拣煤人面前，人们便像啄食的鸡在煤矸石中刨着。

我们似乎很幸运，废渣中煤块比石块明显多很多，收获来得如此轻易，母亲喝住我们兴奋的叫声，她感觉到不对劲，停下了拾炭的手，站起身朝那名倾倒煤渣的工人走去。那个人带着用柳条做的安全帽，脸被染得黑乎乎的，笑起来牙很白："嫂子，我是二柱呀！"

母亲说："知道你在照顾我，但是你这样做会砸了自己的饭碗！"

"没有您和逯老师，我的命都没了，哪来的饭碗？再说我们班上的人都知道您是落了难的好人，只是手松一下。我只能这么报答您！"

母亲这才想起这个人来。头一年冬天下了一场大雪，天地白茫茫的一片，西北风呼啸着卷带起一波波雪浪，我们一家子缩在炕头上，冻得瑟瑟发抖。母亲透过窗户玻璃看到一个人在风中摇摇摆摆，随后便和他的自行车翻倒在路边的雪坑里，好久没有起来。母亲催促我父亲出去看看，父亲费了好大的劲儿才把那人拉回家里，他曾是父亲的学生。这个叫二柱的感到了火炉的温暖，几乎要扑了上去，母亲连忙阻止住他。

我父亲拉着他在院子里来回跑，又用雪反复搓了他的脸和手，那时候我才知道，冻僵之人是不能烤火的，只有用冰雪搓过受冻处才能康复。不是母亲的生活经验，他的两个耳朵很难保留下来。父母救的那个人正是这个煤矿工人。

2.一剂保胎药方

前几天在饭馆吃饭，邻桌的一个中年男人叫我大哥，说是我小弟的同事，客套之后指着他身边一个七八岁的女孩说："这个孩子是您老母亲仁心的结晶。"只有我知道他的话意味所指——母亲有一方很灵验的保胎方剂，用它挽回过无数个摇摇欲坠的生命。

母亲一生多病，所谓久病成医，因此她手里拥有几个治病的药方，但莫过于神奇的保胎方济。母亲在它的护佑下让她的第三个孩子完整地生于人世——那就是我，之前的两个兄长夭折于早产。我的女儿也是我的妻子流产后第二次怀孕生下的，药方阻止了她重蹈覆辙。

药方来自一个早年流落武川的北京老中医，后来证实他出身于清代御医世家，他的一剂保胎药保佑很多生命完整无缺地来到了人世。方子用药不多，炒制过程却繁杂，兼用蜜、醋、酒、麸、童便，少了这些过程，就算手持药方也是枉然。母亲把炒制之法记了下来，那个时候家中的一口铁锅母亲

从年轻麻利用到年迈无法站立，七十年来从未停止过制药，只为无数习惯性流产的人成功保胎。她一生深为之感到自豪。

大多时候是求方人买来药材由母亲把关炒制，她从不取分文。有时情急下母亲把为家人配好的药送予对方，那人也不问药价，生了孩子多年也未曾道谢，为此我很愤愤，母亲倒是很淡然："行积德之事，不是叫别人言谢的。"直到有一天我对她讲了非法行医用药可能招致的后果，她才答应不再揽此闲事，但禁不住有人上门哀求，加上弟弟妹妹们引荐的同事同学，他们都信誓旦旦保证出事不找她的麻烦，面对悲戚的眼泪和企盼的眼神，母亲便全不记得自己的承诺，拖着病痛的身子忘我地炒药。

好一切在平安无事，这些人也都如愿以偿喜抱儿女，他们大多会抱着宝宝上门致谢。看着那些美丽健康的娃娃，母亲会为她的坚持而兴奋许久。

母亲去世四年了，她拖着病体炒制的药在箱子里静静地躺着，她曾经时刻准备着施以仁心。我们谁也没有舍得动它。

3.一个小村的苦难时光

我的童年是在母亲生长了大半生的故里度过的。母亲师范毕业后成为一名国家教师，因受父亲身份的影响而备受歧视，她辗转在几个乡村学校，是一人一校，临产都不准请假。父亲当时被下放到另一个农村劳动改造，他们能够相聚的日子很少。我出生时母亲正在上课，分娩时产生的阵痛叫那些学生娃娃束手无策，但我安全落地成为这个家庭的第一个孩子。

我一出生就承受着苦难，母亲没有奶水给我，成天哭闹不止，没有产假，母亲只好把我托于村里的一位妇人照看。她家有七个儿女，年龄都很小，常常把专供我的少量奶粉和饼干偷吃掉，为了不至于把我饿死，那妇人嚼碎炒蚕豆嘴对嘴喂我，这导致我多年后看到咀嚼蚕豆的嘴就难受至极。母亲知道真相后并没有发火："小娃娃见了好吃的哪有不偷吃的？"

姥姥骑着驴兴冲冲去看她的外孙时，发现我身体轻飘飘的像纸糊的一样，给我解衣看到瘦鸡一样的鸡胸，当下哭叫起来，仿佛我已经死了。她当机立断把我和母亲一同带回了家。母亲就这样失去了饭碗。

母亲出生长大的村子离县城不过十里路，人均土地却很多，足有三四十亩。虽然母亲从教师变作农妇，但身小力薄的她很要强，从没叫苦埋怨，而是把她最坚强的那一面展现给了人们，所以我从不喜欢抱怨生活中的不公。

母亲的学习成绩很优秀，她曾从三千多名参加三县统考的考生中一举夺魁。她本来考取了山西大学，却因为是地主的女儿梦碎，但她的优秀有口皆碑。她给这个不大的小村的男儿树立了榜样，也给她的家族增添了无限荣耀。

村里人不明白母亲对婚姻的忠诚，那时父亲和母亲还没有一男半女，母亲可以有许多种理由逃离苦海获得一种全新的生活。因为政治问题而离婚的人比比皆是，以她的美貌和聪慧马上会找到心仪的人家。

在我的记忆中，她的身上散发着女性美丽的光辉，尤其在那段漫长的苦难岁月里，她用善良和仁爱撑起了一片天，让我们一步一步走到今天，心里充满乐观、骄傲和磊落。

一位六个孩子的母亲，承担着一个家庭里里外外的劳作。儿时我无数次从睡梦中迷迷糊糊醒来，看到母亲在油灯下为我们缝补白天损坏的衣服，补丁尽管十分显眼，却是满满的母爱。女子们跟随母亲学女红时，我母亲却在女校读书，她不精针线，又是左撇子，想想她真是为难。母亲是起得最早的人，也是睡得最晚的人。

在乡下，母亲和村妇一样俯下身子干农活儿，她有严重的胃溃疡，体重只有七十多斤。她生下我们兄弟姐妹六人，没有奶水给我们吃，我们都是靠少量的奶粉和莜面糊糊在这个人世间上扎下了脚跟。我父亲一米七六，母亲一米六，我们却个个生得瘦小，但好在我们都活了下来。

母亲喜欢养花，她窗前有十多种花，怒举着花朵或花蕾，我妻子觉得奇怪，因为母亲养的生机盎然的花到她手里，很快就是一副病歪歪的样子。

20世纪六七十年代，母亲始终没有放弃养花。我记得在我家的窗台上，有一种叫洋绣球的花，从窄窄的玻璃窗口探出它艳丽的容颜。村里的女人们似乎终于抓住笑话我母亲的借口："人都活成了那样，少吃没穿还有心思养花？""小姐的架子没打倒，小资产阶级情调能顶吃顶穿？"

母亲笑了："想让我的娃娃们睁眼就能看到一些美好的东西。"

渐渐地，村里的女人开始带着花盆找母亲培花，母亲的笑意随着花儿绽放，她把剪下的花枝送给她们。我家的大炕上总会坐满村里的女人，她们顺便也帮母亲做些手头针线活儿。

母亲会给人打针，是她上学时从护理知识课上学会的。那时候村里缺医少药，有人住院或者开出的西药无人能注射，母亲也够胆大，一心想着救人，不管是谁，随叫随到。那时候消毒条件也不好，她就用一个大茶缸子倒满开水用来给针管消毒。在这个村里母亲一直充当着大夫或者护士的角色，有的人不舒服就直接来问病，遇到小毛病，母亲便给两片西药片。

听到碱河村二保子的女人产后大出血，配不上血，当时父亲正在井台担水，撂下扁担和水桶便跑去献血。他是O型血，医疗队的人看见父亲身体健壮，竟抽了献血标准的一倍，父亲的血救活了农妇行将熄灭的生命，父亲却晕厥在自家的土炕上。关于这件事母亲一直责怪父亲，她认为救人性命不应该搭上一个家庭顶梁柱的性命。

我的童年记忆里除了苦难，也有短暂的趣味。母亲有个远方表侄叫天彪，个大腿长，走起路来不紧不慢，总是一副慵懒的样子，好像半个月没吃饭，于是村里人叫他“饿天彪”。他十几岁时父母双亡，我姥爷收留了他，他和我母亲年龄差不多，光棍一条，常到我家蹭饭。他总期待我们的剩饭，但这永远不会发生，我家的每顿饭一定是锅干碗净，所以他总会在锅底将尽时下手，他认为那便是我们的剩饭。当然，这个理由是母亲给他制造的。

有一回吃晚饭时，他又来了。母亲手握黑色的铁勺子，里面黄色的小米在沸腾的水中泛起，她淘出了勺底的沙子。一家十口人喝着可数米粒的稀粥，十几张嘴发出吸溜吸溜的响声，天彪哥终于按捺不住了，探着脖子看我们的碗：“是米稀粥呀？那我可要喝一碗！”他的理由让我们忍俊不禁。米稀粥事件成了我们一生都不会遗忘的欢乐段子。

在我童年的记忆里，母亲瘦弱的身体总是在负重而行，她的脚印里写满了苦难。我们跟着母亲拣过煤渣，捡过牛粪，割过马莲，挖过药材，拨过麦子……

莫言回忆他和母亲捡麦穗被打的故事，深深刺痛了我。母亲也曾带着我们从收过的土豆地里捡漏，土里有没挖干净的土豆，我们像耗子一样从土里刨食，傍晚的时候，我们的箩头里盛满了黄澄澄的的收获。我们的粮食永远不够吃，母亲会用各种方法储存过冬的食物。这时，一个叫“疹生伟”的家伙挡在路中央——他本来姓赵，当地人说“疹”是形容一个人慵懒和无精打采——虽然人人都叫他“疹生伟”，但他也不反感，总是一脸讪笑。“疹生伟”负责监督村里的一家富农（当然是我家）。

他把箩头里的土豆扬了一地，对准个头大的恶狠狠地踩了几脚，土豆不堪重负爆裂开，他又咧着嘴呵斥我们拿了生产队的东西。

我从来没有见过母亲那样的激愤，她涨红了脸，说：“这些山药蛋过几天地一冻都糟蹋了，我们是凭力气从土里挖出来的，我们也没从别人口中

夺食。人心都是肉长的，你这样欺负可怜的人心里头就不亏不欠？”显然，“瘆生伟”被母亲的气势和道理压制住了。天生结巴的他无言以对，扭头就走。

那天夜晚，母亲在油灯下啜泣了很久。她在嗷嗷待哺的一家人面前饮尽所有的酸楚和屈辱。我暗自发誓，一定把“瘆生伟”给母亲的眼泪加倍还给他。

这一天在几年后等来了，父母亲平反后，我们一家人回到了县城里。一个周日的下午，那家伙用懒洋洋的身体推开我们家的门，他卑贱地哭着对母亲说，他身上长了一个肉瘤，做手术没有钱。医院的院长是母亲的侄子，他不但想借钱，还要母亲给他去说情。“我实在是没有办法，我还想活，想来想去，只有姑姑您能帮我。”

我那时候已经十七八岁，力量和怒气总是很充足，突然有一种想揍他的冲动。母亲看出了我的想法，她把我推出门外。最终母亲还是帮助了他，可怜的外表包裹着的必是可恨的灵魂，母亲借给他的钱他至死都没有还，甚至连面都没曾照过。母亲说一条命不能不救，和一个可怜的人计较什么，钱借时给他她就没打算要回来。

母亲回到县城里，家里来人更多了，除了吃饭、住宿，给娃娃找学校读书的人也很多，母亲总会尽力为之。我家住校门对过，学校的领导经常来我家喝茶，每一回母亲都会为这些乡下人说情，为那些沾亲带故或点头之交的乡下人好话说尽，而他们总会从母亲口中得到他们想要的答案，父母亲被他们称作“热心人”。

母亲去世之前，私下叮嘱我们，她曾借给一些乡亲的钱不要去催债，如果他们不还一定是没有能力，可以放弃。年过八十的她为她的乡亲能做的只有这样的帮扶。

4.我的三个姐姐

母亲是独女，她的家族中没有亲缘关系太近的亲戚，但母亲的身边从来不缺走动的亲戚，尤其三个姐姐和母亲一生相伴左右。她们的年龄、人生轨迹、文化层次各不相同，一个是年龄长于我母亲一生平淡的村妇，一个是生活在城中村的命运坎坷、性格怪异的女人，一个是在舞台和荧屏上风光无限的女演员。这三个姐姐和我们存在或者不存在血缘关系，但她们和我母亲的关系情同母女，维系她们感情的是一份难解的善缘。

闰花姐姐是和母亲血缘关系最近的一个，她是母亲堂哥的女儿，年龄比母亲还大两岁。闰花姐姐只有一个做大夫的独子，光景算得上殷实人家，她的家打小是我们最渴望去的地方，她家在我家到县城的中间位置，不过四五里的路程，母亲总是限制我们去，因为每一次去我们都会吃人家的鸡蛋和烙油饼。闰花姐姐灿烂的笑容是我们童年里最亮的一束光。

闰花姐姐有一台缝纫机，一天到晚不停地转动。她算不上一个合格的裁缝，但对于我们兄妹六人来说她是织女，我们身上的衣裳都出自她手，这份恩情令我们一家没齿难忘。

闰花姐姐的儿子很早就去世了，母亲让我们承担起做子女的责任，几十年来每有美食、新衣，母亲总会慷慨地送给年龄大于她的侄女，米面油常年供给，生怕她生活受制。

“你们去白泥湾看看你们闰花姐姐吧！”说这话时，母亲正在收拾一些生活用品，她的心里永远放不下这个比他大三岁的侄女，她们更像亲姐妹。一直到她去世后，母亲还说：“你们姐夫快九十了，冬天需要烧火炉，给他买点儿炭吧！”

兰女姐姐其实和母亲没有一点儿血缘关系，母亲出生之前，家里抱养过一个女儿，十七岁出嫁到外乡，夫家姓陈，后来因为和婆婆闹饥荒自杀了。本来作为娘家人，应该去大闹一场，但我姥爷选择了息事宁人。

后来陈家人又娶了新媳妇，路过县城的时候，来看了看我姥爷，他们受到了热情的接待。吃了一顿饭之后，那个新媳妇非要认我姥姥做干妈，干女儿生下的女儿就叫了我母亲姨，这个女儿就是兰女姐姐。

兰女姐姐对我母亲的依赖可能和她早年丧母有关，每次见到母亲，她总是不停地抱怨生活对她的种种不公。她的倾诉如河水滔滔不绝，她的不幸、她的快乐、她的忧烦，都会和母亲去分享。我母亲就像她母亲一样认真地体念她的点滴，丝毫无厌烦之意。许多人都以为她是我母亲的亲外甥女。

一天，母亲对我说："你兰女姐家拆迁，政府给了不少钱，在金三角盖起了门脸房。"看得出母亲对兰女姐姐的现状比较满意。这是她的第二段婚姻，她老公是母亲介绍的，是一个住在县城附近村里的很老实的农民，母亲显然庆幸选对了人。

慧琴姐姐是除我们兄妹和我母亲最亲近的人。母亲去世她第一个赶来，从她发出的哀号声听得出她发自内心的悲伤，她的哭声感染了许多人。那一刻许多人误认为她是母亲的长女。

母亲喜欢成人之美，她上中学时一直住在表舅家，表妗年轻却多病，只生了一个儿子。那时候每个家庭都儿女成群，他家却显得格外冷清。母亲长大结婚后，知道一个女儿对家庭的重要性，便力促表舅从另一个表舅那里抱养了这个女儿：这个孩子聪明绵善，长相出众。

于是表舅有了女儿，他后来认为我母亲做了一件功德无量的事。慧琴姐九岁时表妗就病逝了，那时候孤独的慧琴姐姐只觉得我母亲的怀抱才是她的港湾，她乖巧得像女儿一样偎依着我母亲。

表哥上了医学院后便像一只离巢的雏燕很少回家，在后来漫长的孤独岁月里，表舅和这个女儿一直相依为命，他明白了当初我母亲的苦口婆心里包含着的那份深情厚谊，感念之情一直挂在嘴上。

打小缺少母爱的慧琴姐姐和我母亲有一种母女情节，每一次回武川，我母亲的家就是她的娘家，她像一个真正的女儿，带着最贴心的礼物回来看望我母亲，两个人有说有笑，睡在一张床上总有唠不尽的家长里短。过些日子见不到人或者听不到电话，我母亲就会念叨她。

母亲去世前拿出生前的积蓄，买了七条黄金项链，这是她留给儿媳和女儿最后的礼物，慧琴姐姐也在其中。母亲把慧琴姐姐视作自己的亲生女儿，她说："慧琴一生能够感受到的母爱太少了。"

说到我母亲，慧琴姐姐心里充满了怀念，她的命运和我母亲的一生息息相关，俩人的感情早已超脱了血缘和亲缘。

5.一盘热乎的火炕

我们一家人终于回到了县城。父亲和母亲都得到了平反，两个人到了同一所学校，恢复了学校教员的身份，获得了自由和体面，却仍然无法改变贫穷。但我家的上门客很多，由于我家人口多，学校便把一间破旧的教室改成宿舍，父亲砌了一盘大炕，这是我们非常需要的。我的远在乡下的六个堂兄弟至少每天有一个在我们家吃住。

做饭的时候，我母亲总会多估几个人的量，她说吃饭的人都在路上。我们家的近亲远亲很多，尤其那些八竿子打不着的亲戚，因为母亲的热情好客，他们成群结队地挤在我家的土炕上。

母亲说："乡下人到县城里，谁能吃得起饭馆，住得起旅馆？没办法才

投奔咱们家的，咱不能断了别人的想望，再说挤是挤点儿，人多暖和。”我们家更像是家车马店。

毕竟出生于大户人家，母亲从来不会鼠肚鸡肠，她对所有人的包容迁就远远超出了一个普通女人的胸境。

县城边上的武圣关帝村里住着一大帮乞丐，七八个乞讨人员合租了一处农舍，他们很少入户乞讨，而是在红白事宴上念些四六句子，拣些动听的讨主人欢心，讨要几块零钱，然后交由帮主安排生活。帮主叫魏茂，是我母亲的同学，他是地主的儿子，年轻时没干过什么农活儿，在村里也不受人们待见。老婆不肯陪着他受欺负，带着娃娃另嫁了他人。后来那顶沉重的地主帽子摘掉了，老魏的心气早就泄尽，沦落为乞丐。母亲特别同情他，总是周济他一些生活用品，那家伙也不把自己当外人，路过我家的时候总不空手，不是搬一大块煤、拿一块砖茶，就是装一袋烟叶、揣半瓶烧酒，那副样子很是心安理得。

有些日子不见帮主光顾，母亲觉得出事了，他问一个乞丐，得知老魏得了感冒卧炕不起，母亲便托那人带了些感冒药。几天后听说人死了，民政局给了口棺材埋了。母亲落了泪，她说了许多同情魏茂的话。

每次回家带一个没有饭吃的同学，我从不担心被母亲责怪，我的弟弟妹妹或许同时也会带一个回去，家里炕上地下都是吃饭的人。我母亲从不埋怨我们带同学回家吃饭，她的热情仿佛是在对我们表示鼓励。那时候我们家总是缺粮，我父亲利用早晚和休假的时间耕种我姥姥那二十几亩旱田，种些土豆、莜麦，用来应对家里的闲口。

放学走到大门口的时候，我总会闻到家里飘出的浓浓的莜面香味。我姥姥是我们家一个重要的成员，她只有母亲一个女儿，一直跟我们一起生活。她是做莜面的高手，虽然患有很严重的眼疾，但她的莜面窝窝总是摆放得横竖成行。姥姥做的土豆丝拌莜面也很好吃。那时候，我家锅里总煮着满满的绽开皮的土豆，口感面沙，味道绝佳。母亲看着自己的儿女和儿女的同学大快朵颐的样子，露出了欣慰的笑容。来蹭饭的同学看到我母亲慈祥的目光，惴惴不安的心逐渐平稳下来。

周作升是我带回家的其中一个。他那时已经是武川二中的教员，留着一头非洲雄狮般的长发。当时奇装异服在我们的小镇像病毒一样令人唯恐避之不及，没有人敢和他并肩而行，不男不女的发型连他的父母都无法接受。

母亲用寻常的温暖的目光注视他，热情地招呼他吃饭，周作升似乎渴求母亲般的关怀，便勤往我家跑，有时候还会买些东西。久了，周作升便把我的母亲当作他的母亲，把我们家的炕头当作他家的炕头，他常常在我家吃过午饭就倒头呼呼大睡。我母亲怕惊动他午休，变得轻手轻脚，到了上班时间又把他唤醒，晾一杯茶。他享受着亲儿子一样的待遇。

周作升是在一个酒摊子上获悉我母亲去世的消息，晚上十一点多他来到母亲灵柩前恸哭，良久而去，大冷天把皮帽子遗落在棺上。当晚他写了篇祭文，四千余字，表达了对母亲去世的悲痛，自感情真意切。他更是追述了走进我们家之后感受到的温暖，一字未动录一段入文：

……

一九八三年，余以弱冠之年，混迹校园执帚。其时长发飘飘，少不更事，混沌未开，不谙世事，殊不容于市井。偶因机缘，出入逯老师家中。其并未以貌取人，冷眼凉情，善良与宽容之德，可见一斑。后渐熟与其家，感悟颇深。不以富贵而媚之，不以落魄而鄙之。尤以热心宽济贫寒之辈，古道热肠，难能可贵。彼时浩劫之余、拨乱反正、改革开放之初，社会百废待兴，民生艰难，口腹之欲实为第一需求。逯老师家中子女尚多，村人故旧往来不绝，几近门庭若市。逯老师及家人未露缊色，热情如故。点点滴滴，仿

佛昨天。方悟写人字易，做人事难！

斗转星移，飞鸿踏雪。忽忽三十余载，余由一懵懂无知少年已期天命之年，逯老师膝下孙辈环绕，早享天伦之乐。偶过家中小坐，仍倍感亲切，默祈好人长寿。不意阎君无情，阴阳相隔；大雪无痕，竟成缟素。昔日殷殷教诲之慈容，今为之凄凄惨惨之思念。

今思逯老师之一生，生于战乱，国破家衰；长于国初，运动迭起，历经艰难岁月，待到拨乱反正、改革的春风吹遍神州，已是不惑之年……潮起潮落，个人命运如危舟；风雨如磐，我的青春谁做主？而这一代人仍能守望相助，不忘节操，穷且益坚，安贫乐道。不以善小而不为，不以恶小而为之。教书育人呕心沥血，相夫教子从无怨言。如今子女皆成家立业，各有所司；孙辈齐风华正茂，茁壮成长；艰难困苦，玉汝于成；诚哉斯言，信不我欺。反观吾辈及以下，殊不以家国为重，更不晓人情世故。唯以个人得失为念，受不得半点委屈，世风日下，人心不古。担当与信念不再，贪婪与自私大行。每思及此，无不汗颜发背，惶恐惭愧！……

那时候武川有个叫刘马的，是我母亲的学生。很有能耐，在外做生意风生水起，和老婆离婚后不知漂在何方。

有一天晚上，刘马叩开了我家的院门。原来他做买卖赔塌了底，身无分文，无颜面回家，昔日的朋友也都躲他十里八里。他一口气吃完母亲给他做的水氽羊肉面片，流了两行老泪。母亲收留了他，把一间小房子让给他住，又借钱给他买了棉衣，才算过了年关。

母亲最后一次住进内蒙古医院时，我一直陪她。邻床的两口子是乌兰察布人，丈夫五十岁的样子，据说是肝癌晚期，他不停地对尽心伺候他的妻子口出污言。母亲突然用刚硬的话替女人出头：“伤害一个对你不离不弃的人，哪一天走到尽头时怕是连道歉也来不及！不知感恩，不知好歹，活着的意义何在？”

一个生命即将走到人生尽头的老人教训着另一个处在生命边缘的男人。我听到女人充满委屈的抽泣，也听到收起凶焰的男人的一声长叹。

母亲就着这个话题，告诫我：“妈知道和你在一起的日子不多了，妈走后希望我的儿女对家人、对外人都要包容和气，一定要善待身边的人……”之后她和我谈起她的后事。

“您不会轻易就离我们去的。”说这话时我已管不住眼泪。

母亲说我：“愣子！天下哪有不散的母子！”

母亲出院后没几天，接到那个叫红缨的女人的电话，说她男人死了，临死前他几次提到我母亲，说那天那个善良的老人对他的教训让他实在无言以对。

“守住善心，一切都美好！”母亲说。我记住了她这句话——守住善心，一切都美好！

我心里仍有许多疑问想请教母亲，可惜她不能给我答案了，所以我后悔生前和她说话太少了。母亲去世后，我灵魂里的那座山峰几乎崩塌。

在母亲墓前，我每每扪心自问：我们的言行能否经得起母亲的验证？

许多人认为我烦心事少，日子惬意。我在庆幸之余，不禁深深地感谢我的母亲，是她给了我肉体和灵魂，让我享受着她播种的善良种子的果实。

明代文学家方孝孺说过：“交善人者道德成，存善心者家里宁，为善事者子孙兴。”为善，乃立人之本，立家之本，立国之本。母亲是希望我们固善本，守善心的。

二、生不逢时

长相俊朗的二哥，满腹才学，一身手艺，却一生落魄贫穷，半生无妻无伴。

细看二哥，高挑个，大分头，长有一双顾盼情浓女人才有的花眼，牙口整齐白亮，一对酒窝格外显眼，经常有一些女子以各种理由来家找他。他爹说他是个人才相公，他娘说他长了个捉鳖脑袋。

我打小就叫他二哥，他是我母亲的表侄。人们都叫他凤子，也有人叫他二木匠。

二哥立志高飞的心被无情的现实扼杀。他本是上大学的苗子，打小就拔尖，他的努力总是让自己处在班级前列。

然而，二哥命比纸薄，学校停课闹革命，他高中上了一半，就提前毕业回了农村，他的孜孜不倦的学习都是徒劳。二哥跟前一些不学无术的人做了民办教师，到供销社做了售货员，再不济也可以当个民兵营长，唯有才貌双全的二哥当了农民。

那些日子二哥独自品尝来自心里的孤独和苦涩，一闲下来，他就到对面的树林子里去看书，仍有人嘲讽他是游民，捧着一本书悠来荡去。只有林子里的鸟听到过这个年轻男人的号哭。

二哥所有的优势都被他的成分拉黑了，他的心高气傲让他不甘在庄户地里耗自己一辈子，但终究又被成分这根绳缚得结结实实，内心被刀剑凌逼，傲气也被一点点抹去。

一个老木匠主动带二哥学徒，知道凭他的脑瓜，干啥啥不差，二哥便摆弄起木头，靠木匠手艺养家挣钱，只是可惜了他一表人才，整天做些灰头土脸的营生。尽管木匠是干苦力的，二哥走在可可以力更镇的街上仍非常吸睛，个头挺拔，面庞俊朗，加上他穿衣很讲究，黑亮的头发上没一点儿木屑，自带着一种玉树临风的气质。但有的人还是觉得他浮躁轻佻。

二哥平日手不释卷，总有爱慕他的女生投其所好，她们会在他骑自行车回家的路上等他，递给他一本难得的书。

二哥努力走出内心的孤独，干木匠营生时偶尔也会哼哼几句样板戏文，嗓子不错，且调韵味道十足。和人说话也不时甩几个雅词，村里人却把他当作另类，常常出言不逊。

二哥已经不在乎村里人说啥了，孤雁一样独自坚守着心中那片纯净的天空。后来他也习惯了农村的日子，自古亦耕亦读也是一种高雅人生。

那天正赶上下雨，别人都从地里往村里跑，二哥正想让春雨浇一下心中的郁闷，便在雨中漫步。村中小学钟楼下一群粗汉闲帮正在避雨闲扯，有几个平日看不惯二哥的斯文做派，出言损他："小木匠酸文假醋的，秀才的蛋泡——文绉绉！"人群大笑。

有人又说："郭二，不怕雨水把头上的泥刮了，漏了脑筋？"乡人说头上有泥等同头上顶绿。

二哥被逼出刻薄话："你们倒是有老婆的人，该当心你们脑袋上顶的泥！"又用手指着刚才挑衅的男人说，"你头上的泥标号挺高，比得上425水泥！"一帮汉子找不出话反击，只有憨笑。

二哥突然想起一首打油诗，改了一下高声朗读道："春雨贵如油，下得满街流。细辨一群人，个个是泥头！"

后面两句是二哥作的，没一句不通俗。人们听得懂他是在骂人，乡下人对泥头很敏感。人们当然不知道前两句话的出处，心里不得不佩服二哥出口成章的本事，几个人满脸错愕，任由他甩袖而去。

生产队队长对众人说："听他这诗作得痛快、好听，是个有大学问的人，从今往后众人就不要耻笑他了。"果然，后来就没有人再拿二哥开玩笑了。

二哥在无数双热辣辣的明眸下已然二十大几，眼见得爱情如风而至，眼见得海誓山盟誓死相随，眼见得泣声连连泪如雨，眼见得热恋人着红衣上花轿入了别家洞房。到头来七十二家送谱盖，天明空绻冷炕头。

二哥心凉气短，终于不再相信爱情，情急之下娶了长相不济且一身病的二嫂。

二哥一心做木匠，可突然一些南方木匠出现了，那些手持气枪的小后生们多快好省，很快把持了木工行业。二哥虽有些不屑和愤愤，说是家具比不得卯榫结构，但用户却不在意，眼看被人生生抢了饭碗。好在匠人之间互通，二哥干泥瓦匠、画匠、铸工、焊工，都不隔行，而且干甚像甚。

有一天，地主的帽子被摘掉了，可二哥并没有多兴奋，他想乘的那趟列车早已远去。凭着这些手艺，他没日没夜地给人盖房——放梁、垒墙、抹灰、割门窗一条龙营生他都做。

种地、耍手艺、读读闲书、喝喝烧酒的生活，光景虽艰难，二哥却陶醉在一种莫名的满足之中。耍手艺积攒下几个钱，自己也盖了三间大正房，看上去像个殷实人家。

有一年过春节，二哥挂出了他自书的一副对联：但求瓮中存余粮，只要桌面有闲书；横批：其乐融融。

二嫂有很严重的肺病，人又瘦小，脸上溢满病色。人们断言她不会生养，二哥信了，就抱养了一个男娃，谁知第二年二嫂竟然怀了胎，又生了个男娃。不等两个娃娃上学，二嫂病入膏肓，没了人样儿，大夫说没治了，二哥不死心，还想给她治，北京的大医院跑了个遍，落下一屁股饥荒，他便要卖他的三间大正房，有人打劝："你再能也扛不过阎王爷，留下两个小子拉扯成人不是易事，卖了房没了窝，俩娃跟你讨吃刮野鬼了？！"二哥不听人劝，硬是卖了房，结果房钱花完了，人没了。二嫂死了，二哥哭得死去活来，一左一右两个儿子跟着哭，左邻右舍无不落泪，可怜二嫂命薄，更可怜二哥今后的凄惶。

"郭二还是条有情有义的汉子！"人们说。

二哥搬到一间八尺大的老土房子容身。一盘炕，头磨着房梁，家里穷得炕板叮当响，二哥吃了上顿没下顿，但他的架子不倒，衣着干净，背头油亮齐整，骑车时腰板依旧笔直。

腊月二十几，母亲让我送些吃的给二哥，知道他年节难。推开门，二哥家里热气腾腾的，小火炉嗡嗡地响，火苗跳跃着，只见一个女人双膝跪在炕头上在擦玻璃，不大的空间挂满了刚洗过的衣物和被褥套，屋里显得更加拥挤。炕中央是一张炕桌，二哥端坐桌前，桌子上也有一盆刚炒好的肉菜、一壶热好的白酒。从我进去到走，二哥一直手不释卷，虽然眼睛不曾离开过书，也没误时不时一口酒一口肉。我好奇那书，仔细一看，是路遥的小说《平凡的世界》。

我说："好书啊！"二哥瞄了一眼旁边的女人，意思是她拿来的。我才仔细地看了看那女人。

女人算不得漂亮，甚至长得有些丑陋，但透过那双像啤酒瓶底的眼镜，我发现那女人我在一个文学青年创作讲座中见过。那天她突然闯入，也没有自报姓名，直接提问，提问算不得刁钻，和文学创作也不贴近，被提问的作

家邓九刚、李艇舫面面相觑。我便记住了她，没想到她竟然是我二哥口中的红颜知己！

女人不认得我，因为我那时候也没写过多少东西，人也默默无闻，再说她也算不上真正的文学爱好者，她欣赏的只是我那爱好文学的二哥。她对我还算热情，不停地劝我喝酒、吃菜。

二哥兀自看他的书，但他也没忘叮嘱我喝他的酒，一边又说这是少见的好书！不久，他叫了一声“好”，算是喝彩，那是一段描写主人公孙少平的精彩片段，二哥觉得这和他的人生极为吻合，仿佛孙少平就是他自己，书中描写的就是他做过的事情，他总是为孙少平的出彩而暗自骄傲！激情勃发时他端起杯一饮而尽。

在他仰头痛饮之际，正在做饭的红颜知己也跟着喝了一声：“好！”我被吓了一跳。

“这家伙在这方面确实有些格调，她买的这些书就能看出来，很有文学修养！”“这家伙”显然指他的红颜知己。

听到二哥夸她，女人的脸上绽开了笑容。她的牙不太干净，也不太整齐，但那笑容却很真诚，又夹杂着几分满足。

二哥在市里找了份工作，很清闲，为城中村一个村委会看门。他写得一笔好书法，常常写个通知，出个黑板报，村委会干部们惊喜连连，都夸二哥是个被埋没的人才。二哥便不缺书看，不缺酒喝，有时也会得点儿奖励。

儿子们都结了婚，二哥虽没给俩儿子添过一个镚子，但儿子们却十分孝顺。二哥穿戴也讲究了，文雅武奏，走到哪里都像个教授学者一般。

二哥再也没有出现在可可以力更镇，骑着单车穿行于老街巷，好多年没人见过他的身影了。他去了呼和浩特，住在儿子为他准备的养老的房子里，听说他腿痛，走路困难，但儿子时常守在跟前孝顺照顾他。又听说他的红颜知己半月二十天坐公交车去看他，帮他洗洗涮涮，并没有因为他变老变残而褪去热情。

我在大哥的葬礼上见到了二哥，他坐在轮椅上，形如枯槁，曾经一排整齐耀目的白牙凋零残缺，花白的长发不再顺畅成型，凌乱在头顶，他往日的俊美形象似乎正在远去。

二哥的生活本该更幸福，但他的命运之轨总是蜿蜒曲折，好在，他不曾抱怨命运的不公，沿着那条轨道继续着自己的行程。

三、假先生

假先生其实是贾先生，假先生是他的外号，贾先生是他身份证上的真实姓名。

只因他先于他的双胞胎弟弟从他娘胎爬出，所以被叫作贾先生，他弟弟当然还做贾后生，可惜贾后生八个月大时便夭折了，原因是他在攻占奶水的激烈争夺战中完败给他的同胞兄长。他们常常处在饥饿中的娘一天的奶水本来勉强够一个娃吃，却要由两张嘴分配，先生总比后生显得智勇双超。先生有一个天赋异禀的本事，就是虚哭。常言道："孩儿不哭娘不奶。"先生哭时虚张声势，声音分外大，他娘便急急忙忙地甩出奶子堵上他嗷嗷叫的小嘴巴。

先生展现出强者风范，一出口便紧吮不舍，外边任何事物都无法吸引他的注意力，吃相虽是难看，但收获颇丰。而他的弟弟后生饿得想号也无力，

有时他娘觉出大儿子先生虚号假哭时，奶他时肉囊里早已是空空如也。即便如此，先生仍伴着他饥饿的弟弟号啕大哭，他的戏精本色发挥到极致，哭声含着刻不容缓的需求，盖过弟弟微弱的嘶号，反叫他娘分辨不出真伪了。不久，后生便奄奄一息了。

终于有一天，他弟弟贾后生的瘦骨嶙峋的小身体被人用两根手指头提着放入一个小木箱，而后被埋在土下，提早结束了他的人生之旅，大获全胜的贾先生如愿以偿，独霸了他娘的两个奶头，独自优哉游哉地吮着奶水，他娘也再没听到他争食时厉声的呼号。

贾先生的善哭和假装成了他日后混日子的绝活儿，再加上他山药蛋一样掉土渣的外表，一双小眼溢着诚实的成分，这些都庇佑着他那颗花招百出的心，谁看一眼都会心生信赖之情。那一年，县晋剧团招一个临时电工，贾先生从六七个后生中脱颖而出，其淳厚的外表成为他最重要的竞争力。

当临时工很辛苦，除了电工的营生，比如装车、搭台这些苦力活，他必须干在前头。贾先生总结出一条经验，装台和卸台时正是领导们悄然出没之时，每到这个时候，演员的演出还没有开始，贾先生就开始了自己的表演，他总是格外卖力，在上面高声地说话，使劲儿的时候还会发出吼叫，他知道自己的表演总会被人看在眼里。

没有演出的时光还算清闲，贾先生住在剧团的后院，团长他爹一个人也住在后院。贾先生便和团长的爹在一起闲谝，充分调动他天生的演技，投其所好说些老汉爱听的话，有时添些油、加些醋，老汉更觉滋味十足，认为贾先生确实是个好娃，少不了在他儿子面前给他说些好话。有一年老汉病了，贾先生就请医买药，伺候得无微不至，老汉一激动，认贾先生做了干儿子。贾先生乘老汉不注意，在眼上抹了风油精，两行假泪便夺眶而出，顺口叫了声：“爹！”那声音像温柔的河流缓缓地流入老汉的心头。正好当团长的儿子回来看爹，眼见贾先生和他爹两个人相拥相抱，团长感觉到他的干兄弟如此真情地对待父亲，也跟着流出了激动的泪水。从此，团长就把贾先生当成自己的亲兄弟对待。

那年冬天，一场感冒夺去了老汉的生命。办丧事期间，贾先生像亲儿子一样跑前跑后地张罗，下葬前后，贾先生哭得死去活来，一把鼻涕一把泪。团长是个性情中人，感动得跟着贾先生一起哭，心里跟贾先生更近了一步。那年清退临时工，贾先生却意外地被留了下来，理由是因装台扭伤腰无法再干重活，且家庭困难。人事处的人调查时，贾先生“重演”了一回受伤的过程，把这个不幸的意外归咎于自己“不够小心”，又说自己爱剧团像爱爹妈一样，说到动情处又哭了起来。团里的人都同情他，有人甚至建议他在档案里做了许多虚假的细节。

当然，贾先生还是有点儿真本事的。团里一个演丑角的演员病了，有人建议让贾先生试试角色，谁知道他一上去又是哭，又是悲，把这个角色演得活灵活现。假戏真做，是个好演员，从此不仅舞台上有了贾先生一席之地，团里也有了他的一席之地。

贾先生看上了同村高存良的女儿红果子，只是高存良看不上贾家的穷光景。贾家多少代人都忠厚传家，靠勤劳节俭挣下份家产。他爹贾五算得上老实人，一根直肠子从上看到下，只知道老老实实地干活儿，靠从庄户地里刨生活，终究家道也没什么起色。好在贾先生不像他爹贾五，他脑瓜子活泛，眼睛有路，正符合当时农家女子的择夫标准。这桩婚姻就像是空中的风筝飘飘忽忽，经不住一阵大风。

高存良会些泥瓦匠营生，靠着包点儿小工程，渐渐发了财，手里有了闲钱，转而喜欢起收藏来，但又不敢用大钱，再加上他不识真假，也便入不得正经货。贾先生不知从什么地方弄了幅可以乱真的古画，又弄了一个早期仿

官窑的瓷瓶，小心翼翼地交到准丈人手里：“这是当年我姥爷传给我娘的，一直被当作祖传宝贝保存。村里房子老旧，透风漏水只怕早晚毁了，这本来是要传给我的，不如您老先存着。”

高存良知道贾先生的姥姥家是当地有名的大户人家，家传的宝贝自然值钱，收到这款大礼心中生出些激动。以往他听村里人说贾五人实在，生个儿却是个虚肠假肚的货，见他扑搭自家闺女，便对其爱搭不理，好像看见了一只想吃天鹅肉的癞蛤蟆。

高存良自己也不知道自己为何不由得笑容可掬，一口一个先生叫着，只觉得贾先生原先的俗里俗气变得温文尔雅了，原先的獐头鼠目变得眉清目秀了，原先的假惺惺变得真诚无比。高存良自叹女儿眼里还是有水，这小子穷是穷点儿，土是土点儿，心里立马把他认作自家的乘龙快婿了。

假先生靠假画、假古瓶拿下老丈人高存良，又故技重演，凭一条裙子、一次假摔（不是足球场上的假摔），引起了红果子的注意。

那时候县城里流行红裙子，满大街飘荡着红色的布，像燃烧的山火呈蔓延之势。红果子爱红裙子爱得不行，百货商店却无货，贾先生萌生出少有的决心，决定投其所好买一条送给红果子。

那时出行到二百里外的城里，公交车票难买不说，光往返车票就十多块钱，一时回不来还要住店，一条裙子的代价真能贵到吓死人。为了省钱，贾先生骑自行车翻越大山，长途奔波去了城里，为了节省一宿的住店费，又骑车返回，谁知道体力不济，一个跟头翻下路崖，先生人瘦身子轻，只受了皮外伤，但他却夸张地表现出了万紫千红般的伤情，又龇牙咧嘴装作疼痛难忍状。一辆卡车路过，看先生可怜，连人带自行车拉回了县城剧团院里。

红果子见了先生的惨状，情知为自己买裙子所伤，立马为先生的真情感动，一时泪流满面。红果子陪床看护无微不至，巧了，当晚病房另一个病床那人出了院，贾先生嘴里温柔手上却力冲，俘获了红果子的芳心。

贾先生有两个孩子，一男一女，按照计划生育政策他是要被处分或者罚款的。贾先生的姥爷在他姥姥死后又续弦娶了一个寡妇，那寡妇是个蒙古族女人，贾先生就用这个理由给自己的户口弄了一个蒙古族，计划生育这一关就轻松地过了。

事业单位评职称，一靠文凭，二靠论文，贾先生这两项都是以假充真，贾文凭竟然弄了个本科，论文则是傍了一个来剧团实习的研究生，那后生写了一篇《二人台起源于民歌爬山调》的研究论文，一个标点也没曾写过的贾先生不仅署了自己的大名，还放在前头，真作者却被排在后头，然后先生找了个杂志社的朋友刊登了。这样，他一脚迈进了高级职称队伍。凭这篇论文，贾先生俨然成了这方面的专家，频频参加各种研讨会，也成了评审二人台、爬山调非遗传承人专家组的成员。

贾先生吃到了剽窃别人文化的甜头，专挑外地的、没啥名气的作者的小文章下手，杂文、诗歌、散文、方志，尽揽怀中，换个标题，署一个贾意或贾平平（他百度到贾谊和贾平凹是贾氏古今两位文匠，硬是想沾光），生吞活剥成了自己的作品，一时成了多产作家。贾先生一时伪装成一只色彩斑斓的公野雉，吸引着众人的目光。

贾先生的母亲身体壮实，经常心悸胸闷盗汗，到县城找他去医院检查，第六天却猝死在他家中，假先生哭得死去活来。其实他母亲的死是可以避免的，贾先生平时对父母亲也是使出了假招，一天到晚匆匆忙忙，总说自己单位太忙，每天回家都很晚。他母亲是庄户人，直说儿子在干大事业，心绞痛了好多回也不好意思占儿子的时间去做个心脏检查，当然也没有进行有效的治疗干预。平时贾先生也把一些药品和保健品给父母亲吃，尤其当着亲朋好友的面，贾先生对父母还算是孝顺，只是他善于夸大事实，给母亲洗脚也要

做到尽人皆知；他还常给他母亲买那些花里胡哨的乡下人觉得难以穿出的衣服——他娘穿这些衣服出去本来也是给人显摆的，这些换来了贾先生孝子的标签。母亲的猝死加上贾先生断肠一般的号啕——号声自然也是真假参半，参加葬礼的人笃定贾家的儿子是少有的孝子。

在文艺圈里贾先生是出了名的正经干部，外号“不粘锅”。这些表象哄了圈子里的人，也哄了老婆和爹妈。其实假先生风月场、麻将摊驰骋自若，又做得奸巧，竟也没摔跤、没露相。

贾先生靠说假话和他天生的戏精表演，屡试不爽地获得了人生道路上一个又一个意想不到的收获。比如那一天，贾先生喝了些酒，开车走到一个路口，正赶上警察查酒驾，贾先生情知大事不妙，提早把车停在路边。警察以为他胆怯，过来就要让他呼测酒精的仪器，谁知道他一边口歪眼斜吐着白沫，腿和胳膊一顿乱抽，一边用手指着自己的包。警察发现里边有救心丸之类的药物，慌忙给他服下，同时打了120，哪还顾得上查他酒驾醉驾？在医院里，贾先生的心脏自然复苏了，第二天还和老婆专门去慰问了当天执勤的交警，并送了幅“大义救人”的锦旗。那些交警这下都认得贾先生了，以后碰到他，只觉得他是一个患有严重心脏病的人，根本不可能也不敢喝酒，摆摆手就让他走了。

贾先生是主持白事宴司仪中的高手，他一般不会为普通百姓去操办，只有领导才请得动他。一朵白花胸前挂，口中尽是伤情话。贾先生一言一语、一举一动煽起的伤感，把气氛渲染至悲情无限，动情之处贾先生早已是声泪俱下，让人觉得他和逝者是世上最贴近的人。

贾先生当年评职称的论文《二人台起源于民歌爬山调》是抄袭一个实习的研究生的，但这篇文章特别有艺术价值，为好多家杂志转载，贾先生铁成了该文的作者。贾先生顺理成章成了当地作家协会的会员。吃到甜头的假先生把他的嘴伸得更远，在网上搜寻一些外地无名之辈的文章，换个标题以贾益的笔名堂而皇之地登在C市文学杂志《C城文艺》上，从笔名看得出他是有意和古贤贾谊同框。文章几乎每期都登，虽然剽窃的文章文风不类，但这年月看纸质文章的人越来越少，又有谁去研究？人们都知道贾益是个多产作家，贾先生一夜之间像一只堆积了绚丽色彩羽毛的野雉窜出草丛。

贾先生的各种文章不住气地出现在《C城文艺》这本杂志上，著名演员、文艺理论家、高产作家贾先生被提拔到市文联当了文联副主席。

成天说假话、办虚事、反而叫贾先生活得极累，一天到晚脑筋不停地转动，假话虽然脱口而出，但圆这通假话要用一百句假话。久了，说过的假话真话自己也分不清了。见了熟人，自己编造的假话假事被人提及，反倒把他吓一跳，只能哼哼哈哈搪塞过去。他的假先生本色也渐渐露底。

贾先生的父亲贾五忠告过他——脚踏实地才稳当，久走冰滩的人最容易摔得鼻青脸肿。不久，贾先生就一个马爬摔倒，再也没了冰上巴黎般的表演。

一切都因为他的帮扶对象。

C市有两个县是全国特困县，市里决意脱贫，抽调干部下乡结对子扶贫。贾先生的帮扶对象是个山村里的老党员，贾先生一年也没去过几次，去了之后就拍那些帮扶贫户干活儿的镜头。其实也就是拿着一把锄头，挑一双空水桶装样子摆拍，之后在扶贫表格里填一堆内容，什么帮助贫困户买山羊、丛林鸡，种板蓝根、党参等药材。从这些收入来看，这老汉的收入翻了十多倍。贾先生所在单位的几个小伙为讨领导欢喜，也觉得这是个千载难逢的好题材，于是摇动他们手中的笔杆子，把贾副主席扶贫的战绩题为《不拔穷根誓不休》的报告文学刊在一家报纸上，贾先生一下子成了扶贫标兵。起初，贾先生还沾沾自喜，觉得自己比别人聪明了一大截，随后又觉得假的东

西经不得晾晒，难以应付上头的检查。正在思考如何补救，检查团几十号人已经进入贫困村。后果大家可想而知，被帮扶的老党员早就看不惯假先生虚头虚脑那一套，当着检查团进行了揭露："咱们党是凭一刀一枪打出的天下，这个贾先生是个假党员，凭笔头子作假，嘴头子只会糊弄人，一颗烂山药会染坏一窖山药蛋！不整治，党会叫这样的人习染坏了！"

贫困户老党员的发言出现在C市电视台屏幕上，立即引起社会的巨大反响，人们早就看不惯弄虚作假那一套，展开了各种形式的讨论，贾先生一时成了焦点人物。从贾先生的出生地、先后工作的单位都有大量的举报信传到纪检委的举报邮箱。

面对纪检、检察院的调查人员，贾先生哭得声嘶力竭，认罪悔罪态度诚恳，哭得几个办案人员都要心软，只说是一个好干部一时犯错。这时又有半麻袋举报材料进来，一封封读过以后，他们便打死也不敢从贾先生的表情中寻找一丁点儿真实的痕迹了。

最后认定贾先生的问题除了文凭职称造假，剧团当团长时做假账，虚开假发票贪污演出收入，还和数名女性保持不正当关系。这个罪名令他的老婆红果子非常的震惊，他的邻居们也无人相信。谁都知道，他们夫妻二人虽有吵闹，却也十分恩爱，出门总是成双成对，有时还要牵着手。但无奈是几个女人实名举报，她们的口风十分一致：贾先生先是假情假意，赌咒发誓，把他的演技发挥到了极致，女人们不得不相信眼前这个男人会为自己肝脑涂地。到后来，贾先生承诺的调动、提拔、金钱却无一兑现。

C市几个区法院受理了大批起诉贾先生知识产权侵权案件，几十个人列举了他剽窃他人作品近百篇的具体事实。那个创作《二人台起源于民歌爬山调》的研究生拿出了由出版部门提供的当年手写的原稿。这下这位大名鼎鼎的贾先生更是假名昭著，C城百姓认定他姓假而非贾，甚至在媒体上出现的字幕和文字都用假先生代替他的真名。

不久，贾先生被双开。

贾先生这只色彩斑斓的公野雉身上的美丽羽毛遭遇了一瓢又一瓢滚烫的开水，还原了他虚伪的真容，以往和他熟识的甚至和他相处热络的人都不想和他说话了。他作假的伎俩遁了形，便再也无法施展，于是假先生变回了贾先生。

红果子受不了贾先生和多名女子有不正当关系的事实，尤其是随着一些细节被曝出，红果子觉得想哭又想笑，努力回忆起他们在一起二十年生活的点点滴滴，寻不出哪一个场景、哪一句话是真实的，只觉得自己陪假先生演了二十年大戏。一时心脑大乱，身心俱疲，竟生出出家为尼的想法。终于有一天她离家后没了踪影，无论谁拨打手机，回答总是空号。

丈人高存良满街谩骂贾家祖宗，把女婿贾先生送他的假文物、假古董、假书画一股脑扔进垃圾桶，还不解恨，又掏出来，用双脚踩踩了几十回，边踩边说："癞蛤蟆装金眼黄鼠，嫩淋淋的果子叫猪拱了！"

贾先生本来肚子里没多少墨水，儿子属虎，他知道兽中之王实在是威风，便取名贾虎威，却给那些好给别人起外号的同学一个很好的把柄，同学们便想到狐假虎威这个成语。贾虎威成了假虎威。贾虎威一米八几的个头，外表确实很帅气威猛，喜欢打篮球，文化课却差得不能再差，贾先生便叫他儿子考试作弊。最后把这一招用到高考上，结果这假虎威在考场上被抓了现行，取消了高考资格，从此意志消沉，待在家里上网，眼看一天天变成了颓废人士。

贾先生此时也深陷一个迷离的世界，看着水泥森林般的高楼，小河里蝌蚪般来往的车辆，真真切切的现实让他彷徨迷离，他只认得一条路，就是他出生的贾家村。此刻，他最想见的人是他爹，最怕见的人也是他爹，父子俩至少八年没见面了，他爹当着他的下属骂他是“替死鬼的假先生”。他爹的愤怒成了一片燃火，原因是他利用权力为他丈人开了一个肺气肿病历，他丈人高存良本来财大气粗，平时手里把玩的串珠也值个几万，却成了村里头号贫困户，村里人心里不服，都冲着他爹贾五撒气。

贾家村的水泥路平直地划过金色的油菜花田，一个老汉戴顶大草帽正给地里喷药，贾先生的车停在草帽人身后。

话音从草帽下传来：“人怕虚，地怕实！人哄地皮，地哄肚皮！”

“爹！是您？”

“知道你的事了，快半百的人，栽了个大跟头，该看清人路鬼道各不相同了吧？唉！人常说人生如戏，可惜终归不是生活，演砸了重来！”贾五掏出一支劣质香烟递给儿子，给他点着，父子俩各自吐出变幻莫测的烟团，心里的真假却在缠斗。“真真实实活着，心不乏身不累！”他爹说这话时用自己的老手拍着贾先生的肩膀，先生感受到了父亲实实在在的力量。

“爹……”贾先生哭了，舌尖告诉他这一回流出的眼泪是真实的——很咸，很涩，来自心窝子最深处。

四、改名

农牧局局长严拴狗要被提拔为W县副县长，这个消息像西北风过街，迅速而又真实地传开了。

熟人碰到他总会上前道贺，有人甚至直呼他严县长。严拴狗拿出准副县长的做派谦逊友好地点头回应着，显然他早已知晓自己官运降临。

在乡里当秘书时，严拴狗还没把自己当个人物，上头有书记副书记、乡长副乡长管着他，忙得团团转，周围的人也没把他当领导，都“拴狗子、拴狗子”地叫他，叫得亲切，听得顺耳，他答应时也十分畅快，一呼一应间自然无隙。“拴狗子”这个名字从爹娘叫起，一直叫了四十多年，他从没觉得别扭。

自打严拴狗当了副乡长，分管接待，结识的人层次高了，眼界也变得宽了。尤其是驻乡扶贫队队长常华，这个人本事大，懂得阴阳玄学，据说有许多领导都找他点拨。领导们对他回以提携，常华几年间便从一般干部升到了正处。

常华晚上喜欢喝两樽，严拴狗便叫他回自己家，煮了些肉陪他吃喝。两个人投缘，后来渐渐超越了工作关系，变得无话不说了。

有一天，常华喝完酒后为严拴狗相面摸骨，说他相貌堂堂，才学深厚，会有百里侯的运，只是名字取得差些，影响仕途。严拴狗心中悲喜交织，悲的是自己的名字成了人生的羁绊，喜的是自己兴许还能当几天官。

酒喝到兴处，常华便三句话不离本行，说一个人的名字事关一生时运，又夸耀他自己的名字取得好，说光听谐音就令人舒坦——常享荣华、常拥奢华、常有钱花。严拴狗借着酒劲开玩笑补了一项：常拈野花……

常华一脸得意，笑得如团花簇锦：“咱一个农村娃，一生荣华，夫复何求？还不是出生时村里来了一个北京知青，顺口赐了此名，有意无意，契合命理，竟然考上了大学，毕业后做了公务员，从没依没靠一路升到正处……”

他又笑着对严拴狗说：“严拴狗，听着接地气！村里人天一黑便喊拴好狗，城里遛狗要拴狗绳，生怕狗咬了人。再厉害的狗，给一根链子拴了，爪

牙没了用，叫得再凶也没人怕你。加上你这严姓，一个严，狗没了自由，见不得本事，捕不到猎物，得不到犒赏，一根链子成了狗的羁绊，还有什么发展？最关键是这狗字，虽说被人宠，终是个解闷之物。多数时候招人恨——走狗、狗奴才、狗腿子、哈巴狗、看门狗、狼心狗肺、狗眼看人低……表面是骂狗，却都是骂那些只会顺从、仗人权势的家伙。占了这狗字，怕不是一辈子要被人呼来喝去。”

这段话令严拴狗刻骨铭心，从那以后他怕人叫他拴狗，叫他全名更能让他生出无名火。严拴狗开始暗自埋怨他那通天瞎捧的爹，他出生时村里有十多个男女知青，个个名字新鲜响亮，叫什么建刚、红宇、东风、凯歌……只需破费一顿家常便饭请几个知青，运用他们的知识，或是照猫画虎搬一个异姓名字过来，嫁接个严氏，都将会大不相同。

从那天起，严拴狗下决心要把自己的名字改掉。

于是，他昼里夜里翻一本《辞海》，眼光在“拴”和“狗”的同音字里搜索，却没发现几个适合做名的同音字，这种事又不好向外边的人征求，他只能一个人在家里叨叨。

严拴狗的老婆叫夏姬，知道这事后就骂他：“古今中外叫姬的人很多，古代有蔡文姬，现代有演员王姬，还有朝鲜电影里的金姬、银姬，她们是双胞胎，命运却各不相同。我的名字里占了个姬，几十年叫下来也没有出人头地，干脆你也给改改，就把姬改成鸡，改成个鸡飞狗跳如何？”

严拴狗只是摇头：“你懂个啥！”

常华来了，严拴狗问计于他。退了休的常华此时已两鬓如霜，但脸上的笑容依然鲜活，卖关子一般说了他的方案：“拴和栓虽说看上去相似，像双胞胎一般，但还是很有区别。拴改作栓，你身上便少了绳索、铁链之类的羁绊之物，如此方能放开手脚、大显神通。而且人还显得重要了，譬如枪栓、门栓都是起管控作用的物件。动词改作名词，既解除了拴这个字对你的妨害，又让你成了关键。至于狗，费了我不少脑筋，才算找了个合适的替代字，狗换作勾——咱打小上学总喜欢被老师用红笔打对勾，等同于正确；当地方言‘勾’与‘狗’同音，‘勾’是个好字——债务一笔勾销，勾股定理，勾勒描绘发展愿景，勾肩搭背关系亲密……”说完，常华满脸堆笑。

市委组织部找严拴狗谈话，他在新的县级领导班子提拔成员名单之列。严拴狗走出组织部后一路兴奋地冒汗，但心里却隐隐发痛，“严拴狗”三个字像刺一样让他深感不快，好像是自己穿着一件打补丁的衣服。甚至当秘书找他签字时，平时熟练写出的“严拴狗”三个字也让他觉得很不顺眼。改名成了当务之急，于是在领导班子公示前，他通过一系列操作，使公示名单上副县长的名字从“严拴狗”变成了“严栓勾”。

谁知在公示阶段，有大量群众举报他：什么与有夫之妇勾搭成奸，官商勾结，与黑社会里勾外连，做了许多见不得人的勾当等等。

经查，原来群众反映的另有其人：一家知名建筑企业的老总。巧就巧在那人正叫严栓勾，外号“勾魂鬼”，用小恩小惠诱导老年人投资，做了不少图财害命的灰事。听说这种人要当官，一下子勾起了往日旧怨，民怨潮水般涌进公示栏。人们把严栓勾过往的烂事揭了个底朝天，W县上下沸沸扬扬。

严拴狗叫得好好的，去了只“手”一下子变得手足无措，去了个“犬”，惹下了大乱子。他的改名也引起了组织部门的注意，决定暂缓提拔。

几天后，市组织部长邢二狗找严拴狗谈话：“狗怎么了？狗的忠勇天下第一，狗可以做导盲犬、护卫犬、搜救犬、警犬，当然如果不加以制约会变成疯狗。你爹给你取名拴狗，有一种朴素的观念在里头，而你虚妄不实、轻率冒失的表现和一名领导干部应有的水准背道而驰……”

部长的名字也带“狗”，部长的兄长也是一名国家机关工作人员，叫邢大狗，名字打小至今都这么叫着。

约谈结束时，部长邢二狗和严拴狗说了些题外话：“司马相如小名叫犬子，却不耽误他作凤求凰；‘采菊东篱下，悠然见南山’的陶渊明乳名叫溪狗；北宋状元时彦，官至工部尚书，他的词我儿时就喜欢，此君既有‘彤云又吐，一竿残照’的豪迈的家国情怀，也有‘甚是跃马归来，认得迎门轻笑’的细腻的儿女情长。这个状元郎的小名就叫十狗。这几个叫狗的人一生雅量高致，如圭如璋，广受赞誉。”

“当然反面的狗名也有，一千五百年祸乱中华，搞得天下烽烟四起、民不聊生，把皇帝活活饿死的侯景就叫狗子……”

临别时，邢二狗拍了拍严拴狗的肩膀：“兄弟！以狗为名并不轻贱，轻贱的是蒙上我们的灵魂的那层污物！”

严拴狗呆呆地伫立在原地，就像一只玩具狗久久不能动。

五、志做画匠的画家

画家陈永胜为人很低调，从来不摆谱，更不屑附庸风雅，坐在一个桌上的酒友形形色色，多不是文人雅士，这些人和他交往甚厚，陈永圣坐在他们当中全无鹤立鸡群之相。他对每一个朋友都回以真诚，甚至是学校的门卫、电工。

我有时也会加入这种场合，几两酒入怀，陈永圣的激情就涌动起来，众人便鼓动他唱歌，洋气的、土气的他都敢唱，他比较拿手的是俄罗斯歌曲《三套车》和武川民歌《割莜麦》，一出口便镇住众人，听来自有一番韵味。冷不丁他还会朗诵一段即兴创作的诗歌，那时候他就像一个明星一样被人们追捧。

这就是真实的画家陈永圣，这是他的真性情，但隐藏在更深处的是他的一身傲骨，他可是个和你脾气对怎么都行，看你不顺眼就懒得多看一眼的人。

陈永圣几乎包揽了我所有作品的美术设计，有一次他竟挺着被病痛折磨的身体完成了封面设计和插图，效果自然没的说。这让我感动了好长时间。同行的作家对我有这样的朋友羡慕不已。

陈永圣长着一副硬骨头，这几年他总是受伤骨折，上一次竟是因俯身关学校的水龙头滑倒而别断了右手腕骨头。我开玩笑说："成大器者，必先苦其心志，劳其筋骨……你都逐一经受了。"他的手腕肿得像块大面包，但依然面不改色，谈笑自若。且还没好利索，又动起了笔。

这就是车轴汉子——硬、刚、直。

陈永圣是个激情四溢的人，两条腿粗而短，走路却能带出风来。他的精气神冲撞起来是可以感受到的，相识几十年，我几乎忘了他的年龄，其实说他是老汉再准确不过，毕竟他退休已有两年了。如果他自己不说，人们不会知道他已经是六十几岁的人了。

陈永圣的名声本来可以更大一些，就是因为不事张扬的性格，他很少露脸，甚至刻意遮掩自身的光芒。他的画作已经处于一个更高级别的水平了。他的作品正在引起画界的关注，仿佛一枚深海遗珠渐露真容。

陈永圣是个全才，各种艺术门类的美术作品和书法他都在手，尤工人物，农夫、羊倌、学生、村妇、骑士，都是他画笔追逐的对象。通过这些人

物来反映他内心的平凡世界是他的生命根须所在。

个子不大，却拥有一支大画笔、一颗大心脏、一脑大学识……陈永圣博学多才，文学的、美学的、哲学的，西方美术学、古代美术学和现代美术学，通通融进了他那支出神入化的笔。他用心中的颜色描绘着脚下这片土地的骨血，每一组画面都充满神韵和灵性，震撼人的心灵。

陈永圣油画功底过硬，他崇尚自然，常常用最真实的眼界反映天地人的和谐感；他的山水画流露出宋元画作的古风，线条简练，刚中见柔，景物简洁空灵，隐逸脱俗；他的书法，硬骨朗朗，汉风历历，丑中见美，遒劲老道。

陈永圣总会为自己的思想找到一块自由驰骋的广袤原野，放纵画笔，如一股清风，他是一位真正保留了干净灵魂的画家。

我很欣赏他能从人们司空见惯的景物里，去体现他的艺术本真和深厚的美术功底，质朴的画面总能勾起人许多回忆，唤出些许似曾相识。

记得有一次他说："你的作品如果被不懂艺术的人齐声叫好，说明那是在喝倒彩。"看得出陈永圣把艺术和教学这个界限分得很清，所以他的固执不仅表现在生活中，更表现在他的艺术创作里。他在画自己的画！他的画风总是与众不同，"未曾下手风雨快，笔所未到气已吞"。

为了满足一些朋友装饰自用的需求，陈永圣的创作开始转向自己不擅长的山水画。其山水画不乏古意，多受历代画论、画谱、画派、画风、画家以及西方画派的熏染，博采众长又以己为主，借以山水形象抒情寄意，牢牢地守住画魂画意、绿水青山、乡情乡愁。

有了更多的休闲时光，陈永圣便依着两样东西——酒和笔。平日里把酒纵歌，激情澎湃，呼朋唤友，小馆大店，也不问名酒土酿，推杯换盏，好兄好弟，插科打诨，段子不断。按捺不住酒兴，按捺不住激情，按捺不住笔墨，众彩横姿，出手不俗。

陈永圣的老婆张秀丽成了他的专职司机，开车登山临水，村村湾湾，田头地垄，饱游观看。他的勃发的情感永远跳跃在画中，画家与山川之景结合得非常完美，摄取平凡景物入图，为最平庸的人物赋予个性情感，使两者相契相融，情深意浓。每回看到陈永圣的画作，每一帧场面都是我梦中的场景——故乡的风，故乡的云，故乡的歌，故乡的魂……

陈永圣是一个晋商后代的五个儿子中最小的一个，他父亲伴着旅蒙行商的驼迹在奔波中耗尽心力而英年早逝，这一年陈永圣尚在襁褓。孤儿寡母，童年的日子一定是苦不堪言的，他对自己的未来是迷茫的。

陈永圣暗树学画之志时年纪尚小，并非为了沽名钓誉，也非天赋异禀，理由甚至有点儿荒诞，竟然是为了一盘炒鸡蛋和几张烙油饼。他曾在别人家看到一个耍手艺的画匠正在画炕围画，热情的女主人便用一盘黄澄澄的炒鸡蛋和几张冒着油泡的饼犒劳他。那画匠四平八稳地坐在那里大快朵颐，让他好生羡慕。从那一刻起，做一个画匠的念头在少年的心中萌发，画笔在陈永圣心中成了最得劲的吃饭家伙。

十六岁的陈永圣成为下乡知青坠入广阔的天地，一千个日夜在一个小村里蹉跎，唯有手中的画笔成为他呐喊呼号的青春符号。一场连阴雨把知青点生豆芽一样泡透，空荡荡的屋子里没有一寸地方干爽，两个人各自垫了一排砖头以隔开湿漉漉的泥炕，上覆一排盖帘以御漏屋水浇面，然后轰然睡去。这一场景被陈永圣的画笔记录了下来。和他共赴时艰的另一个知青周月从海南回来专门要这张画，他说几十年过去，那幅画一直在他脑海不曾模糊，想起它就感觉远离了困苦。

一张人物肖像画，改变了陈永圣的命运。村里有个叫高老二的老农，八十岁没有拍过照片，陈永圣便为他画了一幅画，一下子惊呆了所有的贫下

中农：比照相机也真！他们看着这个满脸稚嫩的知识青年，觉得很是不可思议。军人出身的大队书记顿生惜才之情，一拍桌子让陈永胜做了大队的民办老师，教美术。画画成了陈永圣的专业。

终于有一天，陈永圣冲破了重重羁绊：一张内蒙古大学艺术学院的录取通知书握在他手中——他握住了自己的命运。在大学，他真正地接触到了美术学，系统学习了油画和中国画。这时，他才发现自己对美术是那么热爱。

陈永圣没有吃炕围画的饭，而是吃了教书这碗饭。他诙谐地总结道："归根结底是一样的，都是靠画笔和颜料吃饭。"

1996年，陈永圣走进了全国中学美术教师基本功比赛赛场，他没想到自己会获得头奖。这份突如其来的荣誉让他觉得他可以走得更高。这也成为他走向画家之路的第一个台阶。

然而他意识到，农村才是他创作的根本。陈永圣领略了壮美阴山，仰视着万壑千崖、密林层叠、羊群卷地、骏马追风之气象，这一切都走进了他的画框。

乡下零落的乡间小院，泥巴剥落，画笔修复着正在淡去的记忆。崭新的农业机械伴着农民最真诚的笑脸，白墙素瓦间炊烟依旧飘袅，这一切仿佛安静地诉说着一个个远去的故事。对于这平凡又美丽的风光，陈永圣揉情于墨，寄信于笔，借景于心。

陈永圣的中国画、油画都不刻意追求物的形似，而在意画中的神似与意境，讲求作画者的心境与画境的营造，重在托物言志。在其作品中，陈永圣的用线并非照搬十八描之类模式，更多的是信马由缰式的笔法，恰是以创造、顺应、冲撞、临摹、糅合之复杂线条，纵横逸笔，笔展神韵，一种情感、气势、力量水银泻地般展开……

我经常和他索画送朋友，我的客厅就挂有永圣兄所作的山水画。这些山水画无论大小，其用笔敷彩、构思造境，不循前人，不拘一格，笔墨醇厚，意趣高远。一派风雅溢荡于云峰之间，裸露的山石尽显肌理，显得夏天的山色十分有层次。树木恬淡，几间山舍，鸡鸣狗吠释放着生命的烟火，山径曲折，行于远方。这可能是陈永圣所追求的精神意境，再现了他深邃的内心世界。

陈永圣的画笔随意行走在纸端，如臂使指，用斤成风，这与他多年始终坚持书法训练与创作不无关系。他在学校干了三十多年，拥有自己宽敞的画室，高轩大案，闹中取静。在学校，他一直教学生基础课，自己几十年染翰不辍，没因琐事生了手笔。

陈永圣退休后又被学校返聘，但毕竟多了作画的时间，胸藏丘壑，笔生烟霞，个中滋味又远出笔砚之间，陶陶乐乐，难得一斛尽兴。

六、小人书里的文学梦

我现在办公的文化馆和图书馆在同一座楼，这个县级图书馆藏书已有十多万册，读者却寥寥。

在节假日的时候，偶尔会看到父亲或母亲们带着自己的孩子来借阅图书，心里便满是羡慕，感叹自己生不逢时。

我儿时为追逐一本书可谓挖空心思，小人书几乎是我心中的宝贝，它集中了我所有的童趣向往。而在今天，它早已湮灭在绚烂的智能娱乐当中了。

一个人饥肠辘辘时不会挑肥拣瘦，而是把能吃的东西都吞入腹中。

莫言先生多次提到他为了借一本《封神演义》被书主石匠的女儿当拉磨的驴使，他一边推磨一边被一双睡意蒙眬且毛茸茸的眼睛监督着。莫言把那个过程写得津津有味，全然没有一点儿受辱的感受。我竟然也感同身受，为了借一本书不惜为书主家干农活，但我比莫言幸运，可以把书带回家从容阅读。我至今对自己所付出的汗水和献出的殷勤毫不后悔。

我借读的不是《封神演义》，而是小人书。小人书是我苦难童年中一束绚丽的光芒，它是老天爷赐予我的礼物，我几乎所有美好的回忆都来自它。那时，我的脑子里一直在追逐一笔不属于自己仿佛又属于自己的财富，那是整整一箱子小人书啊！这箱子小人书成了我望梅止渴的精神依赖。

我近乎癫狂的阅读癖竟然始于小人书，喜欢上这种读物时我大概也只有四五岁。我出生后生活在一个白丁比比的小乡村，而我的求知欲却是那样的强烈。父母虽然是教师出身，但他们能给我可读的东西实在是太少了。

公社盖中学，脱土坯是苦重营生，这必少不了我父亲的参与，他去了几个月之后，有一天突然回来了，变戏法一样把藏在口袋里的几本小人书拿给我，我如获至宝，高兴极了。小人书成了我的珍爱，以后的日子里不知道被我看了多少遍，它们给一个渴望知识的少年带来了无数快乐的时光。

痴迷小人书大概是因为里面那些引人入胜的图画，我甚至对年画、炕围画也情有独钟，到别人家总会认真观摩，不舍离去。

终于有一天我找到了我的图书馆，从此由小人书里走入我的大世界。一山一溪、一木一石、一鸟一兽，让人发现生命的本源；一刀一枪、一弓一马，让人领略到英雄本色。

他叫蛋娃，是我表舅后娶的妗妗带过来的继子，我叫他大姑舅。当木匠的舅舅没儿子，把他视如已出，对他万般疼爱，甚至有些溺爱。

我这个舅舅算是个木匠，但是在同行眼里，他的手艺并不好，不过他还是给蛋娃做了两件令村里娃娃眼馋的物件，一个是一支木质被漆过的剥壳枪和枪套，另外一个就是刷了红漆的木箱子。这个普通不过的小木头箱子对我而言简直就是聚宝箱，那里头装了我许多童年的梦想，至今仍然会在我的梦中浮现。

村子离县城十里地，蛋娃一直在城里上学，舅舅有充裕的钱让他上学，每天还给他两毛钱的午饭钱。蛋娃宁肯饿着肚子也要去新华书店买一本小人书，妗妗舍不得责怪她的宝贝儿子，偷偷地又给他加了钱，他便手脚更大地买小人书填充他的书箱，久了就积了一箱子。我记得那红色的箱子五尺见方，有两扇小门，门开后是一摞一摞的小人书，简直夺人眼目。

每次来到舅舅家我都是怯生生的，觑觎的目光却一刻也离不开那个放满了小人书的小木箱。大姑舅显然没有把我这个小人儿放在眼里，兀自鼓捣他的什么玩意儿。妗妗则一眼看出我的来意，终用商量的口吻要他拿几本小人书给我看。他极不情愿又极小气地取了一本给我，忙不迭锁了柜子。

那一刻，我的心却欢喜雀跃起来。我终于看到了我梦寐以求的读物。记得那是《水浒传》中的一册《清风寨》，小李广花荣的无敌雄姿、矮脚虎王英的贪色、宋江的大度洒脱、刘知寨婆娘的忘恩负义让我对江湖充满了神往。我像着了魔一样，一遍一遍读着每一个细微之处，一页接一页，意犹未尽。妗妗调侃我是小猪拱进山药窖了，直到母亲寻我吃晚饭，我还在大榆树下看那本小人书。临走的时候我的眼睛还在顾盼那个小红书箱。

这些小小的书展现着多姿多彩的世界，装点着我渴求填充的内心。是它们让一个乡间贫儿如痴如醉，忘了饥寒，忘了时光。它们就像黑暗中的一盏灯，照耀和美化着未来。我认真地凝视着画页，就像凝视自己未来的投影，然后滋生出一点点雄心壮志，伴着书中的英雄策马奔驰，去建功立业，去闯荡江湖。

那时候的画家水平着实很高，他们对不同时代的人物、着装、场景、神色把握得炉火纯青。我对小人书的痴迷远胜于当时的电影。今天用高科技制作的影视作品总令我觉得索然无味，没有什么影视作品像小人书那样冲击过我的内心世界，以至于留下些许回味。

我一如既往地找机会去大姑舅家玩，并努力地讨好他。到了十一二岁时，《三国演义》《水浒传》《红楼梦》《林海雪原》《铁道游击队》《烈火金钢》《敌后武工队》……他的小人书被我翻了一遍又一遍，我好像没有厌倦的时候。的确，那个时候找一本好的书，比看到菩萨都难。

小人书对我的影响，是把我带入了它们的源头——小说中。除了四大名著，还有《隋唐演义》《封神演义》《三言两拍》这些章回体小说。四大名著中我对《水浒传》更为偏爱，十二岁时我已看了十多遍，而且是竖行排繁体字的，书页里有插图。

但《红楼梦》我只勉强读过一遍，那时年纪小，看不懂世间情为何物，但连环画页中的红楼场景让我难忘。画面中透着俗常里的唯美，雕栏玉砌，曲径通幽，佳丽们在那里嬉戏的场面跃出画境。一切都在婉转的线条里呈现着，一把折扇、一盏灯笼、一面画屏，都纤毫毕现，栩栩如生；人物都是细瘦婀娜，标致娴雅，宛若仙子。林妹妹的飘逸始终如一，形象不改，后来看电影电视剧里的林妹妹，怎么会有丰盈的血肉呢？她就该那么弱不禁风地孤单单地立在残花里，只有一身清骨、一袭素衣，脸上挂满清愁。

我长大后，小人书画面中的林美人竟固化成美女的标准，一直影响着我的审美观。

小人书里有空灵超俗的画面：一朵云彩飘向山中或由山中飘来，每个人物超凡脱俗又充满烟火味道，那些动物鲜活地跳跃在阅读者和书页之间。跌宕起伏的故事触碰着摆渡者的灵魂，悲和喜如散开的网，在不可预测的深处捕获惊奇。

那时我还不足以读通全部文字，但画面的语言似乎贯通于整个心灵，像敞开的动画随意展翼，引领我穿越每一帧画页。尤其是系列的故事，延绵如溪流涓涓，人物庄重登场，连环画故事全没有轻薄戏谑，首尾从容展开，未显简略匆促，也无烦琐絮叨，黑白分明，正邪壁垒森严。

就这样，我在小人书中走进沧桑史海、人物百态的岁月，少年人激情澎湃，在爱恨悠悠的故事王国里寻找自己崇拜的英雄——飞将军引弓如月，张力十足，不教胡马度阴山的霸气毕露；关云长刮骨疗毒时的气定神闲，教人感叹武圣的威重；岳飞枪挑小梁王的豪情万丈，国家干臣初露锋芒；武松脚踢飞云浦的鹰击虎扑，徒手杀虎英雄绝非虚名；梁红玉擂鼓金山的英姿飒爽，令多少男儿面露愧色……

十一岁那年，因诸多困难，我辍学跟着父亲放羊，那时我已经读了很多的书，而且我用卖药材的钱买了几本小说，其中有一本黎汝清写的《万山红遍》和一本《渔岛怒潮》。我拿来给蛋娃看，我发现他的眼神很吃惊，从那一刻起，他再没有把我当作小孩。之后我俩经常一起谈论书中的人物，我们成了书友，而且是平等的书友，尽管他大我十多岁。

后来，我开始涉猎小人书之外的书籍，凡是能抓到手里的书，我都如饥似渴地揽在眼里，有些书再让我今天去读，一定是味如嚼蜡，却不知道当初如何读得有滋有味？

我始终相信上天一直在眷顾我，那年村里来了一个天津知青，姓罗，大个子，十八九岁的样子。他忧郁孤独，晚上总是到村边的土丘上弹吉他唱歌，歌曲是《红河谷》之类的，我会静静地听他歌唱。有一天，他从一只皮箱里拿出了不少小人书给我看，其中不少是外国作品，如《基督山伯爵》《静静的顿河》《钢铁是怎样炼成的》《战争与和平》。其中保尔柯察金和

冬尼亚在西伯利亚冰雪天地的铁路边相逢的场景让我印象十分深刻。

当时看着我惊喜的目光，显然他很兴奋，因为他也想找一个同样的读书人一起谈论书中的人物，虽然我只是一个十二岁的少年，但他把一种亲热的友好的目光给了我。他说我可以把他的小人书和小说拿回家读，那一刻我像发了财一样，竟有点儿不知所措。之后我俩每天都在村外的一个小山丘上谈论书中的人物。有一天他被公安局带走了，说他偷了别人的几瓶酒，给知青办的人送礼了，之后我再也没有见到过他。直到今天我手里还有他的两本小说，一本《烈火金钢》，一本《林海雪原》，希望有一天能亲手还他。

现在蛋娃的孙子也上了中学，他还是喜欢看书，当然是有故事情节的书，他那个书箱还在，只是漆色暗了许多，柜子里的小人书竟然没丢。后来我参加工作，给他送了几次书，算是报答他当年对我的借书之恩。直到有一天，我把我写的小说《绝牲》送给他，我听到他说："你把书都看到肚子里了，你是一个真正的读书人啊！"

"看小人书能看成作家？"他仍在自言自语。

七、吊郭自刚

笔下知志刚常怀十万珍珠字

门中见苗正犹存三代书卷风

这是我写给郭自刚先生的一副挽联，将其原名、乳名写入联中，作为表弟、文友对他一生做最深刻的总结。

八十岁的郭自刚走了，带着他未竟的事业和满腹才学走了。好在武川人还记得他的文章，还记得他慈祥的微笑以及那颗跳动不息的赤子之心。

二十天前他打电话给我说有事和我商量，谁知被杂事屡扰，竟未成聚。后来去他家，邻人说他住了院，是因为骨折，知道应不会有大事。今早长侄建东来电话，语带哭腔，听到的竟然是噩耗。

大哥郭自刚，乳名苗正，他的父母亲希冀他这棵树苗的未来是一棵正溜挺拔的大树。他的确正直、挺拔，堪称大材。

他的成长遭遇了更多的狂风沙暴，那个年代，知书识礼的母亲看不到生活的希望，兀自投向被井水冻结的圆滑的井口，她撒手四个还未成人的儿女离开了这个冷酷的世界……

坠入井底般寒冷漆黑的还有沉默的父亲和不断号泣的四个弟妹。一介书生郭志刚是怎样承受这些苦难，怎样理解这样的变故？他把志刚悄然改作“自刚”，激励自己男儿当自强。痛苦万分中他投入书中，古今中外，题材繁杂，他都浸于其中，从中汲取的养分让他的灵魂得到了慰藉。之后他不停地笔耕，几十年生生不息地为家乡唱着赞歌。

郭自刚有不幸，但他的人生更多是幸运，一个聪慧贤良的妻子，四个好学上进的儿子，还有他对创作治学的热情。

他的《青山劲松》《芳草地》《曾经》是他留下的踏实的脚印。他为《武川县志》等地方史志操觚染翰，笔耕终身，书卷气质让人难忘。

他的创作灵气是从勤奋严谨的治学中掘取，他的生活乐趣却是在踏实平和的信条里获得。

父辈和他自己的夙愿在下一代身上得以实现，他和老伴精心教育的四个儿子根壮苗正，自刚自强。一切都显得很自然，自然得像在重复一首老歌，

重复一个故事。一辆老旧的自行车，一顶失色的前进帽，一个古董般的旧书包……那个佝偻着身子的老文人匆匆走向夜幕。昨天他还说要出一本文集，昨天他还在凝笔书法，昨天他还说年底举办自己的八十大寿。一切美好的愿望都静止在那个温暖的秋夜。

表兄郭自刚，乳名苗正，这个武川的大好人、大文人此刻永远地离开了，留下的只有他的书香和同样充满香气的灵魂，让人怀念。

大哥走了，我痛失了慈兄良师。

大哥去了，我们身边少了一位满腹经纶的学者。

我们痛惜逝者，更痛惜充满正能量的逝者。愿大哥郭自刚的书香和他的名字不朽！

八、武川一小赋

阴山北麓有校百年，校居武川古镇可可以力更（意为灰色之崖），天高云淡，河环水绕，边草凝碧，蝶舞雀跃。据阴山通衢承秦关汉墉，衔草原漠朔闻马啸驼铃；展蒙歌汉调舒胸畅心旷；奉朋酒斯飨感方物丰隆。

政绩卓然，拔萃杏坛，桃李门墙，名冠漠南。岁逢辛丑，追抚吾校百年奔逸，众志如磐。擎篇开鸿，浴火涅槃。毓秀钟灵，情志春蚕。

众擎易举以肇基，遍求骐骥以致远。文脉始终然一树百获，教泽延绵显十步芳草。遂感怀而赋：

北魏重镇王气弥盈，关陇集团启隋唐盛景；马背民族联翩接踵，胡笳长调注中华民族魂。走西口为逐梦北域，随共生。

万里茶道凶险载途，致兵连祸结雨井烟垣，使农夫驼户复坠泥涂。教育救国成共识于乡贤，文觌武匿化旧俗于市井，志在青衿弃牧耕于少年。

闪钦辰时武川县令，薪资净捐私囊皆空，办学始于武川终于莱州，三年两地建七校享誉杏林，疲命难继殉于公；郭树德初掌柁引程，弃家舍业投身教学，生为树德死为树人。四季匹马走千村呕心劝学，身神耗尽逝于任。二公英才卓荦，焚膏继晷，鞠躬尽瘁，蜡炬成灰，俱舍身于校成之时；同盟会双雄“东梁西石”，石良屿、梁永芳慷慨大义，倒廪倾困，筚路蓝缕，功在后世。

两河拥戴城有高阜谓之“东梁”，校址所在，烟寒草衰。校之初建，易子析骸。山无一棵胡杨之木，库无一铢库存之财。士吏工商倾囊相捐，贫民驼户劳力为代。

教室五间坯砌泥抹竟负一县教育之大任；教员八人鸾翔凤呈却为十区学子之师表。众志成城建一小于乱世，民气如虹扶危卵于复巢。时局多舛城墉几破，屡经支离师走生杳。纵千里蹀躞以梦为归，然校魂不死初心不挠。

嗟呼！以区区百人之陋校，汲五县学子于驼镇，凭胼手胝足改蔽俗旧念，劝白屋寒门行邹鲁之风。弦歌不辍必基固根深，有教无类求教泽绵长，行远自迩以作材育人，爱国爱乡当奋武揆文。

一小经百年土壤细流培梁扶栋，以一隅遐州僻乡养育桃李妍妍，栉风沐雨展翼中华声名赫赫，行远不怠履践美英光争熠熠。

倭寇犯，山河惨，烽烟燃，男儿起。一小师生忠骨铮铮，书生意气。面对强虏掷笔从戎抛头故垒，共赴国难无悔喋血以身许国。跃马于堑壕碛路昼夜杀贼，投身于密林深沟经年游击。

共和国缔造，百业待兴，一小英贤济济，栋梁尽显：大辂肇始东风卡车工程巨匠马志成；着手成春以心为灯国之大医母义明；名典畅销春风化雨教育名家尹建莉；治学立学成绩斐然工大校长邢永明；寸草春晖重报师恩石化博士陈志德……凡此英才不可胜数。

壮哉！嵌功阁墙唯大贤为纲，育才青圃知蕙兰成芳。试看一小百年大气和畅翰墨留香。耕耘树艺已然家满穰穰，众志成城竟铸校魂铮铮，格物致知筑就正气泱泱。吾校虽年期颐，不怠航程，革故鼎新，唯守校魂，老骥嘶风，其志骞腾。阴山风劲，万里扬旌。畎亩辽阔，放歌干云。居高原厚土不弃穹庐之志，承朔风漠尘不舍鸿鹄之程。见贤思齐，以文化人。精血诚聚，言为心声。秉继魏韵，轻度胡风，风物长宜，耳目一新。勃然奋励，跻攀高峰，初心于胸，磐石守恒。辛丑兰月试笔，是为赋。

跋

——召唤英雄主义精神的篇章

■耿　瑞

《紫塞白雪》是文化工作者、作家胡国栋将自己多年来写下的三十多篇散文重又精心修改后辑成的个人的第一部文集。这是他继长篇小说《绝牲》出版后又一部厚积薄发之作。

多年在边远地区从事基层文化工作，使他积累了丰富的历史知识和较高的文化素养。他喜好文学创作，具有敏锐的艺术感知力……这保证了他首部散文集具有较高的文学价值。正如九刚先生所言："他是站在大青山之巅放眼古今，看那些历史的烽烟正在散去，先人们走过的路上薪火飘袅，敦风化俗。"他将自己真实的生命体验化为文字，将自己对历史和现实的真知灼见灌入所写对象的灵魂。他的散文充溢着蓬勃的生命张力和充沛的理性力量。他在真实展现家乡汉骨魏风、天穹地阔、骑尘箭雨、长调情歌的同时，放眼当今风云突变的世界和我国"十四五"规划起步面临的诸多困难，不禁心潮澎湃，思绪万千……

通读《紫塞白雪》开篇前四章（紫塞篇、赤旗篇、牲灵篇、王气篇），让人感到一股王者霸气扑面而来。这是阴山下长城边的武川所占据的龙兴风水所致，还是作者多年置身于此染了王气，下笔时王气自然而然就流露出来？虽不得而知，但文集开卷便纵笔长城、阴山，气势雄浑地再现了这片在中国历史上群雄争霸、英雄如虹的舞台以及舞台上风云变幻的铁血相争：战马与箭矢同飞，残月与悲歌共起……文集开篇便定下了全书悲壮的底色，预示了散文不同凡响的精神指向——缅怀历代英雄豪杰，召唤英雄主义精神回归。

该文集首篇散文《紫塞悲风》记述了作者面对长城和阴山时的真实感觉和思考：长城被称为“紫塞”，是因长城下的土石皆为血凝似的紫色。这紫色在想象力丰富的文人眼中是由千百万修建长城的役民的鲜血所致。面对千百万役民前仆后继创造的旷古奇迹——紫塞，作者认为：“万里长城看似劳民伤财，制造了成千上万个家庭悲剧，但它挺身阻挡了无数战马军尘的入侵，中华大地薪火苍烟里湮没了多少紫塞悲歌，我们先人付出的秦血汉骨支撑起一个又一个盛世华章。”“紫塞——兴筑于秦，修葺于汉，横亘于中国北方，延展万里，两千年来是中华民族挺直的脊梁。”作者透过秦砖汉瓦准确地发掘出紫塞对中华民族的精神价值。“从长城的夯层中可以窥见一种世上罕有的精神：它凝聚的不是泥土，是民族图存的信念，是抵御外敌的群情共志，是牺牲自我的大义铸就的伟大工程——紫塞、长城。”

在散文《阴山之魂》中，作者的笔触淡化了物质层面的探究，理性之光深入阴山，照亮了它的灵魂。“雄踞北疆的阴山，筑就了长城，也铸就了许多英雄。”在文中，作者独独将“秦时明月汉时关，万里长征人未还。但使龙城飞将在，不教胡马度阴山”中的飞将军李广视为阴山之魂，表现了其深厚的文化积累和独到的文学眼光。李广征战一生，功不如霍去病，官不及卫

青，且“屡败屡战，匈奴悍将铁骑却畏之如虎。飞将军是征服他们肉体和灵魂的英雄”。“李广在阴山广阔的草原找到了属于他的自由天地。他喜欢和他的战士骑歌箭雨，以骑克骑，以箭伏箭。他更喜欢决斗式的较量，来展现他英雄的本色，这更符合人们对一位旷世英雄的鉴赏口味。”“他是一位人民英雄。他挽弓射虎的故事点燃了士兵一不怕苦、二不怕死的斗志，彻底摧毁匈奴将士的好战意志，飞将军李广的大名成为威慑敌人的重器。他是兵家推崇不战而屈人之兵的典范，是道家无为而不为观念的践行者。李广是地地道道的中华英雄，是秦汉群雄的代表。

本书中，作者以史实为据，肯定了作为防御工程的阴山紫塞在秦汉乃至以后的岁月中抵御无数马背胡族如风如云的喧嚣，使他们无法逾越这道天堑。“终究……他们新鲜的血液源源不断地注入中华民族生生不息的血脉，使我们成为钢铁一样的民族屹立不败。”中华五十六个民族在阴山紫塞蕴含的英雄主义精神的感召下万众一心，成为世界上令人瞩目的民族。“壮哉！长城！……我们的民族何曾停止过以血肉之躯夯筑长城？长城是耸立于这座山脉上伟大的丰碑。总有一种不朽的力量在阴山长城的夯层若隐若现，这正是我们所探寻的中华民族勇往直前的足迹。走到近代，民族英雄主义精神在抗日战争时期体现了它强大的力量。

第二章《赤旗篇》中对大青山军民抗日的英雄事迹做了真实而热情的文学描述。这一篇章是“把我们的血肉，筑成我们新的长城！中华民族到了最危险的时候……我们万众一心……”的生动形象的文学再现，是十四年抗战民族英雄主义精神的一曲悲歌。文中重墨写了两位平民英雄，一位是庄稼汉白生宝身背两百多斤的石磨徒步在无路可行的深山峡谷，将如磐的石磨送往八路军驻地，解决了伤病员吃面的困难。他创造了一个人间奇迹，被称为“白袍将”。他一生无地无妻无后，默默如青山一石，半个世纪后才被记起，连同那扇染过他鲜血的石磨被列入地方博物馆。另一位平民英雄刘四磨，他“毁家纾国难，利用洪水把日本侵略者的四万斤小麦送到根据地，把财产和生命献给了抗日斗争。这是多么伟大的人民啊！”作者之所以特别关注平民英雄，是因为只有在平民英雄身上才能显示出英雄主义精神的伟大力量，才能体现这一精神的重要价值……而且这一精神还可以超越人畜之间的物种界限。

《牲灵篇》讲了一匹红骒马和一头大驴子不平凡的故事。被称为“火驹”的一匹母马，为维护自己自由的天性和生命的尊严，奔跑在辽阔的北疆草原，人们想尽办法都无法驯服它。然而当遇到一位理解它、尊重它的天性和尊严，真心爱护它的人后，被彪悍掩盖的母性之爱生发，它甘心成为一个尽忠尽力的劳动工具，并为世人留下几匹血脉宝贵的后代。最后，由于遭遇恶人恶待，绝望之下，它独自挺立在一处荒寂的山巅上，发出凄厉的嘶鸣。而后：“却看它身姿抖擞，天马行云一般，蹄声像擂动的战鼓，身体像启动的马达，随之火色的身体流星般弹出，冲向一处绝壁，轰然一声，大山复于寂静。那是生命力凝聚后的一声绝响……”读到此处，脑海不由浮现出古代的一位大英雄——西楚霸王在十面埋伏中拔剑自刎的豪迈形象！

《驴侠》中，一头家驴勇敢地冲向恶狼，从狼口救下平日善待它的人类。作者把这一壮举称为“侠”再恰当不过！中华民族的英雄主义精神已成为中华大地万物共同的生命财富……

2020年到来之际，面对世界大变局的复杂形势以及世界经济下行、我国经济发展遭遇瓶径等困难局面，中华民族遇到了改革开放以来的关键时刻。在此作者心情沉重却又兴致勃勃地用昂扬而悲壮的文笔写下了阴山紫塞那曾经感天动地的辉煌以及在此地涌现出的无数英雄豪杰……长城象征的民族英雄主义精神薪火相传不熄，伴随着岁月的逝去不断点燃民族的希望。而今重温那段英雄的岁月，不禁令人热血沸腾，豪气冲斗！该文集为当今战胜困难、振兴民族、建设社会主义强国提供了极其宝贵的精神财富。

20世纪六七十年代，无法无天的造反精神取代了先祖们留下的民族英雄主义精神，扰乱了人们的认知，解构了核心价值体系。随着物质文明的高度发达，一些人被物质异化，丧失了信仰和理想，成为权钱的奴隶……世界上从没有哪个国家因为经济发达而成为强国，强国往往是因其精神文化强大才令人瞩目敬仰。在当今面临历史大转折的重要时刻，弘扬民族英雄主义精神迫在眉睫。

缅怀英雄、弘扬英雄主义精神是当前文艺工作者的历史使命！作家胡国栋的这部文集的出版虽非黄钟大吕，却也像一声响亮的哨声惊醒了浑浑噩噩的人们，更像一曲悲歌深入人心，唤醒了英雄主义精神的回归……

笔者以为，这是文集《紫塞白雪》的价值所在。

写于2022年腊月二十

后 记

自《绝牲》出版后，我本想再写一部长篇小说《马背》，当时是用平板电脑写的，谁知写了四五万字后因操作不当误删了自己的心血之作，找专家寻回简直比登天还难。我好像破产了一样颓废了一年。严重的过敏性哮喘落井下石般袭来，大剂量服药导致自己记忆衰退，神不能聚。在这种梦游状态下写作肯定不行，就像失去靶牌乱射箭一样，眼前一片茫然。

岁月流逝中，我没有虚度时光，零零碎碎写了一些短的文章。有一天我发现电脑里尚存有近百篇散文杂录，算算足够一本文集，想着整理下出版，才发现有不少文章属于“烂尾工程”，自己拿起来看觉得对不起读者，于是重新动笔修改。

我天生就是一个懒惰的人，像是大梁榨油，将干巴巴的物质一点儿一点儿挤压出清凌凌的油——人需要压力，不承压力容易报废。我只想抓紧时间把这本散文作品集拿出来，然后再去干点儿什么。

我曾经对自己的散文没有一点儿信心，甚至写了东西羞于示人，一直不清楚自己几斤几两。有一回，田彬老师主编一本散文集，向我约稿，我的《朔漠藩屏》入选，后来他说编辑都对我的这篇散文赞不绝口，甚至认为比我的小说写得还好。虽然只是随便说的一句话，却重塑了我的信心，这是对我散文创作的莫大鼓舞。在内蒙古文联举办的“弘扬蒙古马精神”文艺精品创作工程中，我的散文《马痴村的红骒马》竟然获奖。既然迈出这一步，就要坚定地走下去，我只希望不让支持和鼓励我的人失望。

画家陈永胜先生和作家邓九刚、耿瑞两位老师，他们给我总是以长兄般的关怀，对我的帮助让我深受感动。

女儿女婿也给了我很多实实在在的支持，让我焚膏继晷地去码字、爬格子。写作是个稳赔不赚的营生，出一本书要搭进一年的工资和数年时间，甚至还会搭上健康。但不写作会让人坠入空虚，就像庄户人说的：心难过。我还是放不下写作，爱它就不能计较得失。

我已经没有什么爱好了，不抽烟，不喝酒，极少在微信里聊天，我只想把自己留在另一个世界里去享受平时不能享受的自由。有时候想想，能给自己带来最大快乐的，就是把心里想说的话变成文字。马上就要退休了，我应该庆幸自己还有这样的爱好，就像一个人在苦旅中跋涉，孤独中它是我唯一的伴侣，那支笔就像我在苦海中泛舟的桨。

我的故乡在大青山，我的灵魂一刻也没有离开过那里。那里的土地并不肥沃，却能产出稀有的物产；那里的历史久远独特，出了许多的厉害人物。有这样丰厚的资源供给我，我岂不“自肥”？我觉得自己有必要写她。

身边有不少文友，诗如早餐，每朝毕至，咏雨咏雪咏大风，咏酒咏肉咏时节，好生羡慕他们的随性。我的文章不擅讲人生哲理，叙儿女情长，行歌功颂德，描花好月圆，只能写大青山的尘与土、风与物、往与昔，只为我的许多情与怀。

在这里我还要感谢我的工作单位，马上就要退休了，有点儿舍不得离开，不是因为工作，不是因为工资。我有时候觉得自己的眼光还是很独特的，当年文化馆是好多人不屑一顾的单位，我却义无反顾地选择了它，当中也有机会离开，甚至都到了办手续的时候，我后悔了，一晃便在这里工作了快四十年。我在文物管理所的十多年间，虽然跑了六七个旗县，吃了很多别人不曾吃的苦，但也积累了别人无法积累的见识和知识，我的单位为我注入了创作的能量和资源。

我有幸成为呼和浩特百人百组百万人带动工程武川组委会的负责人，并取得了他们的信任和支持。我也做了许多工作，惠及一些会员，鼓舞了那些在基层辛勤创作的会员们，他们值得我信赖和依靠。本书的出版也得到了他们的有力支持。

我觉得自己的油箱里还有油，前路虽漫漫，风景却独好，还不舍停车酣睡。

2022年写于呼和浩特